人体解读师

The Body Reader

[美]安娜·弗雷泽 著
陈罗皓 肖维青 译

上海文艺出版社

死者的脸上留有生前的故事。

第一章

这一天,她停止了呼救。

这一天,她不再幻想土墙之外的世界。对她而言,那个世界消失了,属于她的位置也没有了。有个男人会时不时送来几碟食物。她什么都看不见,只能摸黑进食。她丧失了味觉,无法分辨送进嘴的食物是什么味道。

对她来说,如今的生活就是追踪楼上那人的脚步,就是每当那人走过水泥地时准备好聆听他的讲话。让人担忧的是她甚至有些期待那人的声音和到来。什么都比这一片死寂要来得痛快。

有时候,那家伙会把她拖出那间漆黑的牢房。牢房外是地下室。天花板上挂着的小灯泡非常刺眼,她的眼睛会不受控地哆嗦。她的嗓子仿佛生了锈,刺耳、陌生、空洞。只要她一开口,那个男人就会抽她耳光。

可是,这又算什么呢?

今天,那家伙把她领到地下室的排水口,拧开水龙头,用水管瞄着她。强力的水流在她赤裸的身体上炸开花,冷得刺骨。

可就算那样,她也一声不吭。她已经没了尖叫的本能。

"你真恶心。"

她觉得没错。也许这就是他不愿意碰自己的原因。恶心不是件坏事。

冲洗完毕后,他关掉了水龙头。因为寒冷,她在一边剧烈地颤抖。那种抖动真是一种有趣的反应,她置身事外地想着。

"快!滚回去!"

起初,她竭力保持住对自我感官的控制。有段时间,她不断提醒自己她是谁、她的发色还有她的脸型。但是她最终还是放弃了。这就是她现在的生活,她的头发和脸不论怎样都不会改变这里的生活。人一旦没了渴望,存活就变得容易起来;人一旦接受命运、不再挣扎,生存就不再难熬。因为这场无休止的噩梦再也不会被新的一天重置。

她蜷缩在牢房的地板上,双手抱膝,身子止不住地颤抖。

现在,他打算锁上房门。

"你可以再待一会儿么?"她的声音游丝一般纤细,"和我说会儿话?"

那个男人胡子拉碴、棕色的头发乱成一团。他盯着她,眼神阴冷、一副心不在焉的样子,显然并没有思考她的请求。如今,她变成了一件苦差事——一条他希望自己从未沾上但是现在不得不喂的狗。当然,前提是在他想到要喂她的时候。

他身后的灯泡闪了几下,熄掉了。整个房子顿时陷入一片寂静。黑暗中,他咕哝着咒骂了一番。

这里大概是世界上最黑暗的地方,但黑暗是她的朋友。在这个伸手不见五指的世界里,她的听觉变得异常敏感。她喜欢盯着黑暗幻想她周遭的景象、墙壁的距离和房顶的高度。

灯灭后片刻,她心中涌起一股奇怪的感觉、一种她很久都没有体会过的感觉。

希望。

她知道那个男人的体型、身高和体重。她知道那个男人手上的茧和他腹部那条又长又宽的疤痕。她知道那个男人肱二头肌的维度和呼吸中混杂着香烟和啤酒的味道。

奇怪的是在她放弃这么久之后,她的心中竟然会再次燃起逃跑的冲动。也许一直以来,她只是处于自己的蛰伏期里,她在潜意识中一直都在等待合适的时机、等待命运的天平向她倾斜、等待手握优势的那一刻。

她对黑暗的敏感要远超常人。

这并不是某种神秘能力。就像是生活在完全无光的世界里的裸鼹鼠一样,一段时间后,黑暗根本就不是障碍。

那个男人左腰间挂着一把泰瑟枪,她并不熟悉那把枪的型号,但是那把枪对她的无数次折磨已经教会了她需要知道的所有信息。黑暗中,她计算出与那个男人的距离,然后猛地站起来、扑了过去。她一手扒开男人的手枪皮套、拔出了泰瑟枪。

她按住"启动"按钮。嗡地一声,那把枪立刻运转起来。男人伸手抓她的时候,她感到一股气流迎面扑来。

像手拿长剑的斗士一样,她将枪口对准男人的胸口,然后扣响了扳机。那个男人不自控地发出一声呜咽,随即倒地,在她脚边抽搐不止。

她绕过男人倒下的躯体,颠簸着朝楼梯口冲去。当她握住那条木质楼梯的扶手时,步伐才稳健了些许。

她花了无数个日夜收集楼上的动静,分析他摘下手枪皮套时的走路方式和手枪撞上桌角的声音。

她伸出双臂，东跌西撞地往上爬。来到厨房后，她在桌上摸索一通，找到了她想要的东西。

她扔下泰瑟枪，打开了另一个手枪皮套、然后拔出了里面的武器。从重量和形状来看，这把枪似乎是0.4英寸口径的史密斯威森手枪——警局的标配。

她的身后传来了嗵嗵的脚步声。

她来不及检查弹匣，两手握稳手枪的同时耳朵追踪楼下传来的脚步声。她听到螃蟹般的步伐和急促的呼吸，意识到那个愤怒的男人正在向她逼近。

她扣响扳机，一共三次，每一枪都在黑暗中留下一撮火花。灼热的空弹壳落在她赤裸的双脚边，火药味扑进她的鼻孔。

那个男人发出一声低吼，哗啦一声坠下了楼梯。

现在我可以回家了。

她转过身，凭直觉找到了房子的后门，然后拧开了门锁。

现在是冬季。

她没料到现在是冬季。那种严寒让她感到窒息。

她的理智催促她快跑。然而，她还是强迫自己走回了厨房。把门旁的衣帽架搜索了一通后，她找到了一件厚帆布夹克。她用夹克裹住自己赤裸的身体，将拉链从膝盖拉到下巴，然后又从其中一个大口袋里拽出一个绒线帽戴到头上，压住自己潮湿的头发。

一切都带着那个男人的味道。突然间，她的心中涌起了一阵意外的悲伤。她做得对么？她应该杀了他么？

她蹬上一双超大的靴子，把枪塞进口袋，然后头也不回地跑出了屋子。

家。

去找另外一个男人。一个她想不起名字的男人。但是，她记得他的脸。不仅是脸，她还记得他的抚摸和微笑。

她走过的房屋没有一间开着灯，就连路灯也不见一盏，星星没有，月亮也没有。拿她从前的话来说，这种现象叫作断电。

她拖着脚移动以免靴子掉下来。双腿已被冻僵的事实，她丝毫不在意，现在，她感觉挺好。

一辆车出现在她身后，向她驶来，汽车的前光灯照亮了那条两侧堆满积雪的街道。她裹紧大衣，继续往前走。

那辆车在十字路口停下来的时候，她看出那是一辆出租车。

她立马追上去，打开后车门，坐进了车厢后座。

下一刻，她的大脑陷入了纠结当中。从前的生活授予她的认知依旧残留在她的体内。她知道她应该设法联系警察。她想过是否要把自己的遭遇告诉司机，但是她不愿分享有关自己的一丝一毫。现在，她的心里只有立刻回家。

司机一阵反胃，回头瞥了她一眼，他立刻大骂道："见鬼了！出去！快滚出去！我不载要饭的！"

她绝对不会下车的。想赶她下车，绝对不可能！

"我有家。我要去的地方是……"

她的声音在车厢里显得十分奇怪，和她在地下室的小隔间里自言自语的时候完全不同。那种声音空洞无力，而此刻，她几乎感觉得出有股声波正在跃出车厢。她还听到了回声，那种尽管尖锐、刺耳，但是和她的声线无比和谐的声音。先前那间牢房密不透音而现在这个车厢则没有任何抑制感官的东西。每当她意识到这一点的时候，她都感到无比煎熬。人们怎么忍受得了这个世界上的各种振动、各种气味？她腿下的座位因为太久没有更换而产生的黏浊感让她恶心，挂在后视镜上的清新剂灼烧她的肺部、刺激她的泪腺。

她从夹克中掏出枪,指着那个司机。"开车。"她把地址报给了他。地址突然出现在她的脑中,仿佛昨天刚刚用过。

司机驱车前往她口中的地点。

当她看到那栋复式公寓的时候,她再次感到眼睛刺痛、喉咙发干。这一次是因为高兴,是因为解脱。他会站在门口,一把搂住她,将她紧紧地拥入怀里。他可能会哭,然后她会安慰他自己一切都好。然后他们会抱在一起,很久很久。之后,他会为她煮些食物、会用喜悦和宠溺的眼神看着她……

这个梦她记得清清楚楚是因为她实在幻想过太多次了。她几乎每天都会在脑海中像电影一样将它播放一遍,通常会有细微的差别,但是内容大致相同。

司机在大街中央停下车。出租车没有出现在她臆想的"电影"里,所以她不确定接下来会发生什么。下车之后,当她还在犹豫是否应该向司机索取发票的时候,他早已呲溜一声消失在道路的尽头。司机消失的那秒起,他就彻底离开了她的世界。

她站在街道中央,仔细端详着眼前那栋位列一排房屋之中的复式公寓的黑色轮廓。

这就是她的家。

沿着这样熟悉的小路,踏上这样熟悉的台阶,走到这样熟悉的门廊前,这感觉实在是太怪了!她试了试大门的把手,又敲了敲门。大门打开时,蜡烛光照亮了两张脸——一个男人和一个女人。

现在,她想起了他的名字。

埃里克。

她在等他认出自己,等待故事按照她在脑中排练了无数次的情节展开。但是他什么也没说,只是站在那里,脸上写满了疑问。

"是我。"她终于开口了。这两个字仿佛可以解释一切。没错,这两个字应该可以解释一切。

她的声音在室外听起来更加奇怪,就好像她的话可能会被冰冷的空气给卷走一样。这种感觉非第一次造访地球的外星人莫属。

他呆呆地盯着她看了大概几分钟的时间,然后他的表情逐渐起了变化,各种情绪交替浮现在他的脸上。最终,他的脸定格在了惊讶上。

她有些难为情地伸手碰了碰自己那一长绺潮湿的头发。这是她几个月里第一次好奇自己的模样。

"朱迪?"他的语调满是怀疑。

朱迪——从前,大家都这样叫她。她早就忘了。这怎么会忘?真的是太蠢了!

她的名字在空中飘荡。那些她苦苦坚守、支撑她活下去的美好时光突然浮现——周日的清晨,享受两人世界的甜蜜,然后来到咖啡馆继续分享阳光和拿铁。

"我到家了。"她正在解释一些不必解释的东西。她失踪了,现在她又回来了。

他瞥了一眼身边的女人。

过去的这段时间里,她学会了如何解读地下室的那个男人。当他的到来变成人生中唯一的刺激时,想要读懂他的每次眨眼、呼吸、转头就变得容易起来。现在,此刻,她正在阅读眼前这个男人——不仅仅是他的表情,还有一些别的东西、一些蕴含在他细胞内的东西。现在,她确信自己幻想了这么久的情节是不会上演了。

他们是一对。

这个女人很可能就睡在朱迪的床上，甚至还穿过她的衣服。

"看来你没花多久就找到新的人了啊。"朱迪说。如果她对此有所准备，她的措辞可能会得体一些。

他欲言又止，一番挣扎后吐出了三个字："三年了。"

她眨了眨眼，回忆起牢房里的生活。她本应该反驳他，告诉他自己只在里面待了几个月，而不是几年。他在撒谎。因为他有了新的女友，他正在试图掩盖自己的背叛。"不可能……"她不利索地摇了摇头，颤抖着否定他口中的期限，然而她心底里明白错的人是自己，而不是埃里克。

他的眼神悲伤极了，烛光下闪着泪光。没错，是眼泪。"真的。"

他是一个体贴的好男人。这一点她始终没忘。"你等了我多久？"

现在，他看起来十分惭愧，就好像随时都会放声大哭一样。她不想看到那样的场景。

"一年。"他答道。

因为无法应对他的悲伤，她尝试口头安慰："没关系。"可随后，她又随口补充道："反正我再也不想被男人碰了。"

她的言下之意对他来说是一波更强的冲击。"对不起，朱迪。"

现在他的脸上除了悲伤又多了一些别样的表情。曾经那个眼中只有宠溺和爱意的男人现在正在用一种惋惜中夹杂着反感的眼神看着她。

那种惋惜她可能理解得了，那种反感她始终想不明白。

"今天晚上，我杀了一个人。"她说道，"我杀了他，所以能够回来找你。"说完，她转身跑开。

那个她刚刚才想起名字的男人正在身后喊她,但是她并没有停下脚步。她再次融入黑暗之中。最可怕的是,有那么几个瞬间,她甚至在考虑要不要回到那间地下室,回到那间牢房,回到那个死掉的男人身边。她几乎已经开始后悔了——要是没有杀掉那个人就好了。

不过,对她来说,还有一个地方可去——还剩一个、唯一一个像家一样的地方。她对这个地方再熟悉不过。黑暗中,她拐过街角,朝市区和明尼阿波利斯警局的方向走去。

第二章

"有个女人非要说她在这里工作。"警官迈拉·内特尔斯站在明尼阿波利斯警局凶案组办公室的门口。"她被前台拦住了。"警探尤赖厄·阿什比显然没有工夫和一个疯子周旋,但是此刻前台正在上演一场该死的"末日浩劫"。尤赖厄本来的工作并不是分配任务,但是局长薇薇安·奥尔特加让他在同事们都外出巡逻的时候暂时接管这项工作。"我觉得你能够搞定这个人。"他对内特尔斯说。

紧急照明系统已经启动。每次发生全市断电的时候,它都会启动。断电现象开始于一年以前,当时城市的一个核心变电站发生爆炸着火,城市的电力随后开始出现供应不足的现象。这起事件余波难了,因为现存的变电站负荷过重,城市断电变得愈发频繁。每次停电期都是对烧杀抢掠的一封公开邀请信。过去许多年里,类似的现象在全国各地时有发生,其中要数 1977 年的纽约城断电最为恶劣。近些年来,最为严重的非飓风卡特琳娜席卷后的新奥尔良莫属。黑暗怂恿投机者犯罪。对于明尼阿波利斯来说,断电的噩梦远未结束。至少六个月里,新的变电站是没有建造并投入使用的希望了。

"她说她叫朱迪·方丹。"

这引起了尤赖厄的注意。"方丹？你确定？"

"我只是在转述她的话。"迈拉耸了耸肩。

"带她过来。"

不一会儿，迈拉再次出现，一个女人跟在她的身后。"她带着一把史密斯威森手枪。"

尤赖厄从未见过方丹，但是他看过许多照片和媒体报道，所以他确信眼前这个人不可能是那个被警方认定为死亡的失踪警察。"她不是方丹警官。"尤赖厄斩钉截铁地说。

方丹和他年纪相仿，今年应该三十五岁左右。这个女人看起来非常老，而且她的发色很浅，不是方丹的棕色。

所以她就是一个流浪女而已，一个精神失常的流浪女。鉴于这个精神极其不稳定的女人携带武器并且试图闯进这里……"先把她关起来，"尤赖厄说，"给她一些食物，再给她一条毛毯。我待会儿再来处理。"他觉得还需要进一步审问才能得知是否有必要拘留这个女人。牢房是现成的，名叫亨内平县监狱。这是"断电时代"的产物，也是城市的"新地标"。天知道超过半数的囚犯真正需要的是精神治疗而不是蹲监狱，但是拜几年前州精神病院关闭所赐，这种想法只能想想而已了。

迈拉把那个女人的双手拉到身后，咔嚓一声扣上了手铐。那个女人神情恍惚，直勾勾地盯着尤赖厄。"你是我的继任吗？"她问道。

外面的疯子已经够多了。尤赖厄挥了挥手，示意迈拉把她带走。消防队整天收到成千上万的求救电话，他们能够及时处理的十分有限。所以对他们来说，当务之急是确定哪些房子就算烧成灰也没什么大碍。这个道理大家早已了然于胸。

"等等。"警察都知道绑架案的受害者，也就是人质可能在短时间内发生巨大的变化。当他们重返社会的时候，他们的容貌会变得判若两人，有时候甚至连他们的亲友也难以辨别。"带她回来。"

迈拉把那个女人转了个身，推了她一下，示意她往回走。

"你的办公桌在哪儿？"尤赖厄问道，"带我过去。"

她越过尤赖厄，拖着不合脚的靴子大步朝前走，留下一串沉闷而坚实的脚步声。

局长办公室通体玻璃建造，位置隐蔽。其余职员的办公桌则四散在办公室内。这是间开放式办公室，没有隔间。办公室一侧是一排窗户，可以用来俯瞰城市街道。如果天气晴朗，大把阳光会从窗户洒进。如果有人热爱园艺，在这里放上几株植物，绝对能够茁壮生长。有些警官甚至在照片墙的墙角也种了些花花草草。

她朝一张收拾得干干净净的办公桌点了点头。这张桌子上没有照片也没有相框。她说道："这是我的搭档——格兰特·王。"接着，她又朝另一个方向点了点头，"珍妮·卡莱尔。"她继续往前走了几步。"就是这里。"

那个桌子属于警官卡罗琳·麦金托什。她是新晋职员，也是一位单身母亲。如果不是急需人手，警局应该不会雇佣她。尤赖厄的搭档退休了，局长于是推荐卡罗琳接替。尤赖厄拒绝了这个提议，因为卡罗琳的心思并不在工作上，她有约不完的会，上班也经常迟到。尤赖厄难以忍受自己的搭档是如此不靠谱的一个人。有时候他甚至怀疑卡罗琳在勾引自己。对此，他也难以招架。

"最近有没有遇到合适的人？"每次和母亲通话，她总会问这个问题。对他来说，恋爱是最无关紧要的事。

一个在大街上游荡的流浪女怎么可能找得到方丹的桌子？尤赖厄盯着眼前这个女人，仔细地打量着她。当他看到那件松垮的大衣和那双不合脚的靴子、又闻到她身上的恶臭时,他的脑海里拼凑出了一种全新的假设。天呐,她真的是太难闻了!几年没有洗过澡的人才会发出这种酸臭味吧!

她的眼里锐气尽失、空洞无力,闭上眼的时候,活脱脱一副尸体的样子。

"解开手铐。"

那个女人瞥了他一眼,眼神中充满错愕。她读懂了尤赖厄的语气,尤赖厄也察觉到了这一点。这一切实在是太荒唐了,但是尤赖厄非常冷静。他一直都这样冷静,这是他的拿手绝活。

手铐刚被解开,尤赖厄就立马掏出手机,打开了一个软件。"把你的手伸出来。"

她的指甲残缺不全,淤泥深嵌在她的每一条掌纹之中。她手腕上的皮肤薄到近乎透明,身上的痕迹无不透露着她被虐待的事实——到处都是伤疤、红肿和感染。当他抬起头的时候,他发现出现在自己眼前的是一张饱受饥饿摧残的脸。

尤赖厄将她的手指压在手机屏幕上,收集完指纹后,又按了几个键。一分钟不到,他便找到了匹配的人选。他又震惊又欣喜,目不转睛地看着手机屏幕上那个女人。她一头深棕色秀发、魅力十足。"这不是你正式的入职照——屏幕上那个人看起来太活泼搞怪了。警官朱迪·方丹。"

尤赖厄知道她的故事。那天晚上,她出去慢跑,之后就再也没有回家了。当时,警局安排了一整个侦探队来调查这起案件,但是毫无斩获。侦探队里的很多成员已经不在警局工作了。

他将目光移向方丹,眼前这个女子脸颊深陷、嘴唇干裂、皮肤没有丝毫的血色。

对方丹来说，微弱的紧急照明灯光都十分刺眼。她眯起眼睛，问道："你看到了什么？"她的吐字含糊、零散，每说一个字、每吐一口气仿佛都会陷入痛苦之中。尤赖厄记录下她充血的下巴，然后又将视线转移到她的手上。她有好几根手指都有些扭曲，很可能是骨折造成的。这是受虐的证据之一。观察的同时，尤赖厄咽了咽口水。

"不。"她咕哝道。

她再一次读懂了他。当然，这一次，他的反应连盲人也能体会得到。

"不要同情我的遭遇。"

自打他当上警察，难以描述的残暴行径，他算是没少见。在不计其数的受害者中，眼前这个女人的遭遇并不算是让人印象极其深刻的。实际上，她比许多受害者的表现都要好得多。至少，她活了下来。

也许因为她也是警察的缘故。对，也许就是那样，她的遭遇才会让尤赖厄感到如此地心神不宁。也许就是那样，尤赖厄努力隔绝外部世界这么久，却仍然被她直戳内心。

她之前问是不是尤赖厄取代了自己的位置。事实也差不多如此。尤赖厄的入职时间是在她失踪几个月之后。格兰特·王当时正在负责她的案子，但是尤赖厄也对此有所耳闻。他知道警方实际上毫无头绪。有位目击证人称曾看到一位和方丹外貌相似的女子被强行拖入了一辆面包车，当然这个线索也没有什么后续发展。所谓的线索大多都是胡扯，但是最有可能的情况就是这是一宗绑架案。尤赖厄之前认为她已经死了。实际上，大家都认为她已经死了。当时的定论是这起案件是职业绑匪所为，方丹已于案发当晚遇害，尸体已被处理。案件性质疑为报复性谋杀。不幸的是，报复警察是一件再平常不过的事了，当时没有人觉得案件还有任何悬念。

"你怎么逃到这里来的？"

"停电了，我逃出来，走到这里的。"

他心里还有无数个谜团。谁干的？过程呢？原因呢？但是现在提问并不合适。现在她最需要的是治疗，而不是审问。"我让内特尔斯送你去亨内平县医疗中心。待会儿，我再去和你谈一谈。你看怎么样？"

"那里有床可以躺么？"

医院——绝大多数人特别害怕的地方，对她来说却充满了吸引力，因为那里有床。他感到心头一紧，不过他仍然故作镇定地答道："有。"

第三章

"她的伤势怎么样了?"尤赖厄问道。

"除了这些明显的外伤……"医院走廊上,那位医生双手插在工作服的口袋里,"我不知道从何说起。"

距离朱迪·方丹现身警局已经过去六个小时。供电系统重启之后,街道恢复了宁静。她接受了全面检查,梳洗完毕后被送到了一间私人病房。另一边,尤赖厄早早地回了家。他睡了几个小时,洗了一把澡,然后把这件事上报给了奥尔特加局长。局长随后任命他来负责这起案件。她认为对方丹而言,和陌生人打交道可能会容易不少。尤赖厄对此表示赞同。

方丹逃生的消息对奥尔特加来说是一个巨大的冲击,警局上下无不感到愧疚不已。虽然朱迪·方丹失踪案已经过去好几年,但是时间不会改写他们抛弃同伴的事实。

"患者身上存在多处骨折,大部分都难以复原。"医生继续说,"患者患有脑震荡。背部和胸前有多处伤疤。患者的部分牙齿存在病症,虽然相比之下不是那么严重但是也急需治疗。等她的状况稳定下来,我们就立刻安排牙科医生替她进行针对性处理。还有,血检报告已经出来了,她几乎就没有什么是达标的——这对于一个长期挨饿的人来说并不意外。你说她一个人逃出来的?还走到了警察局?"

"大概是这样的。"

"老实说,我根本想象不了她是怎么做到的。"医生停顿了片刻,然后继续说道:"好了,你可以进去了,但是千万别刺激她。"

尤赖厄点了点头。"我得弄清楚她被囚禁的地方,还有到底发生了些什么。说不定,她现在还很危险。"

"我的意思是你最好慢慢来,如果她现在不想和你说话,不要逼她。她随时都可能崩溃。要真是那样,你就前功尽弃了。"

"我明白。"

说完,医生便走开了。尤赖厄敲了敲并未合上的房门,然后走了进去。

她梳洗过后穿上病号服的样子比之前穿着厚外套看起来更加让人担心。尤赖厄能够清楚地看见她胳膊和手腕上的擦痕和伤疤,能看出有人试图帮她清洗头发,但是并未成功。他此刻真想拿起一把剪刀,将她这一头"杂草"统统剪掉。

"你好。"他把一把座椅拖到病床边,然后问道:"还记得我么?"

她按了按床边的升降按钮,背部的床板缓缓地升了起来。"我的继任。"

"我可没这样介绍自己。"

"阿什比警探,对么?"

"对,没错!"她的记性让尤赖厄颇为意外,"我需要问你几个问题。"

清晨稀薄的阳光洒在方丹的脸上,衬出她深蓝色的眼眸和直勾勾的眼神。那眼神让尤赖厄不太自在。她发色和近乎乌黑的眉毛反差剧烈。尤赖厄走到窗边，准备拉上窗帘。

"不要拉。"

尤赖厄抬起的手臂停在了半空中。

"敞着吧。"

"阳光不刺眼么？"

"这样挺好。"

尤赖厄没有追问原因。当然了，她看起来那么苍白，可能很久没有见过光了。

他坐到床边的座椅上，方丹这种异乎寻常的镇定和警觉让他着实意外，但是转念一想，眼前这个女子不是被关了两三天，而是两三年。这几年里，她学着封闭自己所有的情绪，学着接受必须面对的一切。现在这种突如其来的自由也不例外。

"不要有什么顾虑。"她说道。

他表现的很明显么？尤赖厄最引以为豪的就是保持镇定，至少是表面上的镇定。他并不爱用外表的冷漠去掩盖内心的波澜，而是善于控制内心的起伏。这种能力帮助他解决过不少的麻烦事，包括去年那件。虽说他的遭遇和方丹的残酷经历不同，但是说到着手处理，差别可能并不大。

"不要有什么顾虑，想问什么就问吧。"她说，"不要对我的遭遇感到抱歉。谈论这件事并不会让事情变得更糟糕。现在的情况并不是我已经忘了，讨论这件事会重新揭开伤疤什么的。"

"恩，好的……这和我想的一样。"他如实地说道。

"帮你减轻一些负担，我先说，我能告诉你的是我并不知道我被关在了哪里。"

"但是是住宅房。"她继续说,"不是废弃的大楼或者仓库之类的地方。就是这样。"

"是某条街道里的一栋住宅房。"

然后他们开始谈论有关她如何逃脱的事。她告诉尤赖厄她杀了那个囚禁自己三年的男人。

"用你在警局时带的那把枪?"

"对。"

那把枪的序列号已经被销毁。那枪连同她穿的大衣、帽子、靴子都被送到了犯罪实验室。尤赖厄希望可以从中找到匹配的指纹或者DNA。"那个男人——你确定你杀了他?"

"我确定。"她的眼睛中流露出几丝迟疑,"不过,当时很黑。"

尤赖厄又有了拉上窗帘的冲动。刺眼的阳光让她的遭遇无所遁形:凸起的胸骨,透明的皮肤还有头顶的斑秃——可能是她自己扯掉的,也有可能是别人干的。

她不一定能准确判断出绑匪的死活。对她来说,那一刻真的是得来不易,她甚至可能有些难以置信。当时,她肯定吓坏了,哪里还会有什么判断力。

"如果你再看到那间房子,你能认出来么?"尤赖厄问道。

她没有看向尤赖厄,似乎集中精力在回忆些什么。一番搜寻过后,又是绞尽脑汁的回想。"不行,我没有看过那间房子的外观,我不知道它的样子。"

"所以你直接跑到了警局?"

她迟疑了一下。人们总是在说谎的时候产生迟疑。看吧,谎言要来了。尤赖厄审问过太多的人,任何的谎言都逃不过他的法眼。但是,毕竟眼前这个人是方丹,尤赖厄看到她最终还是抛开了撒谎的念头,选择说出了他所期待的、某种意义上可以称之为真相的东西。

"我回了家。"

"家?"尤赖厄皱起了眉头。他试图去理解方丹所说的话,用他所有已知的信息去填补她省略的内容。单身,但是失踪的时候有一个正在交往的男友。"你回去之后发生了什么?"

她咽了咽口水,"我现在不想讨论那件事。"

"好的,等你想说的时候再说。"他想起了医生的嘱咐,没有强迫她。"我们谈谈出事的那天好不好?你失踪的那天?"

那似乎是她愿意讨论的话题。

"我不记得绑架的具体过程了。"她说。

可以理解。除去精神创伤,那天她很可能还遭受了一次脑震荡。

"我恢复意识的时候,他正把我拖去地下室。他把我关在一个没有窗户的房间里。房间很小,不够我平躺,我只能缩着身子睡觉。除了昨晚我杀掉的那个男人之外,我什么人也没见过。我第一次见到那个男人的时候就是三年前他第一次拉开隔间的时候。"她停顿了一下,尤赖厄可以看出他们的讨论又一次触碰到了她的伤口。但是他需要一份完整的口供,他需要记下地下室里发生的一切。这样的话,如果那个绑匪还活着,他们才能正式起诉他。

"待会儿,我可以派一名模拟画像师来见你么?"

"可以。"

她很坚强,但是尤赖厄的短暂拜访依旧让她筋疲力尽。这一切都在尤赖厄的眼里。尤赖厄知道,等她精力恢复以后,他能够得到更多他想知道的信息。"我们明天继续。"尤赖厄与她的前男友取得了联系并部署了警力逐户排查她逃跑时可能经过的区域,但是考虑到当时的断电,存在目击证人的可能性微乎其微。与该案件有关的信息会在明尼阿波利斯警局进行全局通告。也许某个邻居听到了枪声。也许模拟画像师能够帮助他们找到一些线索。

审讯环节告一段落后,至少目前来看,她可以松一口气了。

"如果你想和女性警官谈论绑架的细节,我可以安排。"

"不管怎样,你还是会看到我的正式声明,对么?"

"没错。"

"而且你是负责这起案子的?"

"是的。"

"那我还是和你说吧。"

他向后挪开椅子,转身准备离开。就在这时,外面传来了一阵急促的敲门声。

尤赖厄有些惊讶。那个当地媒体频繁报道的男人竟然出现在了他的面前——亚当·施灵。他穿着价值不菲的皮夹克。搭配的便裤也至少得花尤赖厄一个月的工资。他的皮肤光泽亮丽,两颊的络腮胡和一对眉毛都散发着细致打理过的痕迹。他是个花花公子,是城里赫赫有名的单身汉。这时,尤赖厄突然想起来被自己忽略掉的一个信息:朱迪·方丹是州长菲利普·施灵的女儿,而眼前这个男人就是她的哥哥。

双子城不是尤赖厄出生的地方,而且他对明星八卦本来就了解得不多,然而他对"方丹十六岁时与家人断绝来往"的新闻依然有些印象。很明显,她与施灵家已经断绝了关系,她甚至把自己的名字都换掉了。从她惊恐的表情来看,这些年来,她对于家族的态度似乎并没有得到任何改善。

"你来这里做什么?"她声色俱严地问道。

施灵皱起了眉头,"我想来看看你。奥尔特加局长告诉我们你逃出来了,爸爸让我来看看你,确保你一切正常。"他咽了咽口水,泛红的双眼紧紧地盯着方丹。"我的天呐,你看起来太糟糕了。"

"出去!"她低声呵斥。

搅动她的情绪对于调查有害无益。"你最好还是先回避一下。"尤赖厄在一旁建议道。

施灵举起双手,一副宣告投降的样子。"我走,我走。"他一边向后退一边转身出门,立刻撤离了朱迪的视线。

朱迪慌乱地摸索着升降按钮的位置,突然停下了动作。她紧闭双眼,两手无力地耷拉在身体两侧,面如死灰。

尤赖厄担心她会昏倒,立马跑过去按住按钮,让床板降了回去。

"窗帘。"她虚弱地说道。

尤赖厄立马拉上了窗帘,屋子一瞬间暗了下来。"你还好么?"他的问题显得十分多余。

仿佛一个因为害怕呕吐而不敢乱动的人,她给出了一个让人几乎难以察觉的点头。

"要喝水么?"

"不。"她的言下之意是让尤赖厄离开。

他意识到自己待了太久,当即说道:"我明天再来。"

在走廊里,他看到施灵正靠着墙壁。听到尤赖厄的脚步声后,他直起了腰板。

尤赖厄做了简短的自我介绍后亮出了自己的警徽。

"她完全变了一个人,"施灵说道,他毫不掩饰内心的忧虑。"我是说我想过她看起来可能会很糟糕,但是……"他摇了摇头,"难以置信。"

"你要咖啡么?"尤赖厄问道。通常这种行为都是一种礼貌的邀

THE BODY READER 023

请，意味着一场对话的开始。

五分钟之后，他们坐在了一家咖啡馆靠角落的桌子上，两个白色的马克杯分别放在他们的身前。

"我真的没什么能告诉你的。"施灵往咖啡里加了两茶匙的砂糖。他用力搅拌的同时，不锈钢和陶瓷的碰撞制造出刺耳的响声。"从朱迪十六岁开始，我们就断了来往。一点联系也没有。我不知道今天自己中了什么邪，竟然跑过来看她。我原本以为她看到亲人可能会开心，你知道么？我想着她可能需要有个人来陪。"

"很显然，你不合适。"

施灵瞪了他一眼，然后开始解释："她在小的时候被诊断出患有精神问题。老实说，如果今天她看起来不是那么的糟糕，我可能会觉得过去三年只是她的一场恶作剧。她的失踪都是自导自演的。"他耸了耸肩，继续说道："她只是想报复我们，因为她认为我们对她做过很多坏事。但是今天看到她那副模样……我相信这一切都是真的。我真的觉得自己糟糕透了。当年我们怎么就不能够再努力一点呢，也许再努力一点我们就找到她了呀。"

这是尤赖厄第一次听说方丹精神不稳定。她加入警局前一定通过了心理评估，不过施灵对方丹的了解也仅仅停留在她的儿童和青年时期，对于成年的方丹，施灵一无所知。青少年时期情绪不稳定是司空见惯的事。"她有一直联络的家人么？那种可以帮助她渡过难关的家人？"

施灵摇了摇头，"据我了解没有。她被绑架的时候，她和一个男人一起生活，但是我敢肯定那个人已经有了新的生活。他有新的对象。我撞见过。但是谁又能怪他呢？"

尤赖厄突然有了一个尴尬的疑问。"曾经和她一起的那个男人是不是还住在他们以前的家里?"

"我不知道。"

如果真是那样,当时她该有多么绝望啊——好不容易逃出了被困了三年的地狱,跑回家后却发现自己的爱人和另一个女人生活在自己的屋子里。

"我只记得……"施灵说道,"在这一切发生之前,她的精神就不稳定,你能看出来她的异常,那不是正常人的反应。"

任何理智的警官都知道不能轻信一面之词。"你是她的哥哥还是弟弟?你们还有别的兄弟姐妹么?"

"只有我们两个。我比她大四岁。朱迪八岁的时候,也就是我十二岁的时候,我的母亲意外中枪身亡。朱迪没有看到事情的经过,但是她当时在场,她就在案发地北面的小木屋里。她看到了事发之后的场景。所有人都吓坏了。我的父亲当时完全失去了理智。我敢肯定对于一个孩子来说,看到大人们惊慌失措还有自己的父亲崩溃无疑是十分艰难的。我觉得她就是从那个时候开始变得不正常的。情有可原,对吧?那件事之后没过多久,她就开始臆想、变得多疑。她坚持说我的父亲就是凶手。她就是走不出来。"

亚当·施灵提到的这件事尤赖厄有些印象,他想起来亚当·施灵就是那个意外开枪的人。他的故意省略或多或少反映了他的个人作风,但是话说回来,人生阴影怎么可以做到说提就提,尤其这还是在陌生人的面前。

"我知道这听起来不太可靠。"施灵说着,眼神因为真诚而变得严肃起来,"但是我认为这是她的个人经历中你值得关注的地方,这样你才能知道你处理的人到底是什么样子的。"

"我知道的越多越好。"

"她能够回答有关自己被绑架那天的问题么？还有她被带到了哪里？绑匪是谁？她是怎么逃出来的？"施灵问道。

"到目前为止，我们还是一无所知。但是就算我得知了任何消息，我也不能和你讨论。"尤赖厄拿出自己的名片顺着桌面滑了过去。"如果你想起来任何遗漏的信息，不管是多么微细的信息，都请打电话给我。"

施灵看了一眼名片，然后把它放进了自己的口袋里。"你会盯着她吧？无论她怎么看我，我始终相信要密切留意她的一举一动。如果有我可以帮到忙的地方，即使是需要暗中帮助，也请告诉我。"他含糊地比划了一个手势，"钱或者任何她需要的东西。"

朱迪·方丹看起来并不像那种愿意接受帮助的人，更别说是来自一个已经决裂的亲友的帮助。此刻，尤赖厄的当务之急是尽快找到那个禽兽不如的绑匪，是死是活不重要，关键是要确保警方不会再次辜负方丹了。

第四章

第二天，尤赖厄又来到了她的病房。这一次，他带来了几件衣服。

"我听说你明天出院。"他说，"我觉得你可能需要一些衣服。不知道大小合不合适。"

朱迪躺在病床上，听到声音便抬起了头。阿什比警探把一个白色的塑料袋放在了靠墙的那排椅子上，然后坐到了病床旁的椅子上，拿出纸笔以及一个数码录音机。

他穿着西装打着领带，深色的卷发看起来有点凌乱有点长，大概四十岁不到的样子，但是干这一行的也说不准。与罪犯打交道特别容易让人衰老，这一点朱迪深有体会。也许他可能才十二岁，这也不是没可能。

三年的与世隔绝可能早已将她的意志摧毁，但是她的幽默感还没有完全消失。

"气味很重。"朱迪突然说道。

他眉头紧锁，浓厚的眉毛和深棕色的眼睛一同皱了起来，可是显然他难以理解这突如其来的一句话。

"我可以闻到任何东西的味道。"她解释道,"你穿的夹克衫、你喝过的咖啡、那些塑料袋、大厅里的食物……就好像我以前什么都没闻过一样。是不是很奇怪?"她没有继续说下去。尤赖厄此刻身上散发出一种淡淡的气味,大概是昨天晚上或者今天早上还没有消退的酒气夹杂着一些她无法识别的东西——有可能是肥皂。

他用手背擦了擦嘴,说道:"长期与外界隔绝的确会这样。"

嗅觉并不是唯一发生变化的地方。朱迪总爱凝视对方。她的凝视仿佛在检查尤赖厄脸上的每一个毛孔、头上的每一根头发还有每一根睫毛的弧度。即使尤赖厄不自在地闪躲,她也丝毫不会感到抱歉。

考虑到她要讲叙的是过去三年的人生遭遇,对话并没有持续太久,大概一个小时的样子。她本可以选择背诵一张购物清单或者别的什么东西来逃避分享这些遭遇可能给她带来的冲击,但是她没有这样做。从过去三年里的某些时刻开始,她的内心就已经完全封锁了。如果她没有这样做,那么现在的她很可能已经疯掉,然而此刻她正和一个能够气定神闲地讲述暴行的人共处一室。对话结束后,她抬起头看了一眼尤赖厄,他的脸上没有一丝血色……

"你的手。"她开口说。

尤赖厄低下头,惊呼地低呼了几声。他迅速用笔尖敲了敲纸板,这才止住了自己的颤抖。

她不想观察他的一举一动,但是她不知道如何是好,奇怪的是,每当她看到尤赖厄的惊讶,她都会觉得很罪恶。有时候她会觉得她过去三年的经历从某种意义上来说剥夺了她的人性,让她感觉低人一等。也许这就是为什么女性通常不愿意遭遇家暴后选择报警的原因。她们恐惧报复、恐惧未来、恐惧单身以及恐惧失去爱人——这只是一部分原因。一旦消息公布,一旦家暴事实成为新闻的头版头条供全世界消遣,那么家暴就剥夺了受害人的尊严,重创她两次。一次在施暴者手中,一次在世界手中。

阿什比关掉录音机。"明天继续,怎么样?"他一边问一边合上自己的笔记本。

他离开之后会再听一遍她的口供。她对此十分确定。有那么一瞬间她甚至想要一把抢走录音机,然后把它摔个粉碎。

"明天继续,怎么样?"她反问道。

"你有待的地方么?"

"我会去找一个房子。"

"钱呢?你有钱么?"

"奥尔特加局长刚来过这里。她带来一张支票。她说这是补发的工资。"朱迪怀疑这就是奥尔特加自己的钱,她只是想确保自己能够有足够的生活经费,至少可以让自己暂时地周转过来。奥尔特加在朱迪被绑架的六个月前上任。六个月的时间并不足以和朱迪在工作中建立起足够的交情,但是足以让朱迪真切地感受到她体贴关怀的个性。

"哦对了,我给银行打了电话。很显然我还有一个账户能用。我死之前还攒过一点钱。"等等,不对,她没有死。但是过去的三年对她来说和死并没有什么差别,现在她就像一个幽灵,不停地穿梭在全新人生的陌生与熟悉之中。没有了家,没有了男朋友,没有了工作,但是一系列新的角色加入了她的人生。"虽然不多,但是够我用一阵子的了。"

听到她并不是身无分文,阿什比舒了一口气。"我能送你出院,如果你觉得身体能够应付,我们可以开车四处逛一逛,看一看有没有你眼熟的地方。说不定就找到了作案的房子。"

"好的。"她点了点头,心里却是另一番想法。

"我能帮你找到落脚的地方。我还会给你配一部手机以及任何你需要的东西。"

"不麻烦你了。"

"这是奥尔特加的命令。"

"好吧，那谢谢你。"

这个下午让朱迪感到身心俱疲。模拟画像师拿着炭笔和画板来到病房。她一完工，朱迪立马躺倒在枕头上。过去两天里她说的话比那三年加起来还要多。那么长的时间里，她的生活里只有画师笔下的那个人，她多么渴望可以看到一张新的面孔，但是此刻的她却只想一个人待着，什么人也不想见，哪怕只有一分钟也好。她至少能够调整调整，享受一下真正的自由。

即便她非常疲惫，在强烈的灯光、奇怪的气味和各种噪音的围攻下入睡也不是一件易事。引擎、鼓风机、齿轮、滑轮的运转声就像大楼的心跳，有时候她甚至觉得这楼正在大口呼吸。每当外面传来敲门声的时候，她总是紧闭双眼。一句话也不多说。一个问也不要答。但是每当她闻到咖啡的气味时，又总会不自觉地瞄一眼。

警探格兰特·王正站在走廊里，一手拎着白色纸袋，一手拿着咖啡的外带杯托。"香草拿铁和蔓越莓司康饼。"他一边解释一边举起纸袋。

格兰特身着深色西服，个头六尺不到，精瘦、健美，黑色的直发遮住了他的额头。比起他的突然造访，更让朱迪惊讶的是他看起来还是原来的样子。他的这番模样让朱迪感到十分不公，然而她想象中的格兰特又是怎样的呢？

也许就是一个成熟版的格兰特。也许就是多了几束白发和皱纹。他的容貌验证了三年的时间对于一个饱受折磨的人来说就是永远，但对于一个正常生活的人来说其实并不算长。

朱迪想知道他有没有中意的对象？是否还是单身？是不是还像当初那样喜欢自己？当然她希望答案是否定的。要知道在他袒露心声却遭到拒绝之后，两人继续搭档并不是一件容易的事情。

"你应该看一看外面，都乱成一锅粥了。"他一边说一边往病房里走。"大楼的正门前大概有一百来号记者，都想挖得你的第一手资料。"

她还没有准备好。

重新见到过去的朋友，尤其是这个曾经和她在工作上合作密切的朋友，让她的大脑难以负荷。她在竭力保持清醒。她看到格兰特把咖啡和包裹放在病人餐桌上，然后将桌子朝她推来。他的目光停留在了她的脸上，很久很久。她知道他正在努力接受病床上这个长相丑陋的女人就是曾经他所认识的那个魅力十足的女人。

"我找过你。"他的双眼流露出恳求的目光，"我希望你知道。我找了你好几个月。"

每个人都希望得到宽恕。朱迪发现自己在这起绑架案中再一次扮演起那个让大家不再内疚的角色、再一次充当起安慰他人的角色。"没关系。"她告诉他。

"我问奥尔特加能不能让我接手你的案子。"他向床边拖来一把椅子，然后坐了下来，一股百花香混杂着棉衣和医院餐的气味扑面而来。"但是她似乎觉得你和阿什比交谈起来会更加放松。"

"没错。"她只说了两个字，然而两个字就已经足够。

他点点头，低头看向自己的双手。"关于你被绑架的那天，你还记得什么吗？"

她感觉自己被困住了，被这间病房和他的出现和所有他希望从她这里得到的东西逼得喘不过气来。无论是随意的谈心还是他们之间的感情纽带,此刻她都难以给予。她不知道如何让他离开。

一切都太快了。

"不记得了,什么都不记得了。"她背过身子,假装自己睡了过去。确认他离开之后,她才再次睁开眼睛。

第二天,朱迪一早便换好了衣服。阿什比警探前一天带来的衣服相当合身,不过主要还是因为他带来的是黑色运动裤、连帽运动衫和蓬松的蓝色外套。外套闻起来像是塔吉特公司①的产品。朱迪非常熟悉它家产品的味道,三年过去了还是能够立刻分辨得出。她把外套蒙在鼻子上,闭上眼,深吸一口气。她试着想象那个警官为一个压根不认识的女人买衣服的场景。

她套上外套,双手插进口袋。她还找到了手套和绒线帽,也都是那种好看的蓝色。她全身的装备都焕然一新。但是到了鞋子的部分,她似乎就没那么好运了。那是一双耐用的棕色短筒靴,对她来说有一点紧,不过暂时穿一穿也没多大问题。

"准备好了么?"一个手拿写字板的护士问道。

"好了。"

"有人来接你么?"

"我自己打车。"

"在这张出院表上签个字。"朱迪在护士递来的写字板上签上了自己的名字。

她尽量让自己看起来不那么匆忙,即使她内心无比焦急,生怕阿

---

① Target 公司总部位于明尼苏达州明尼阿波利斯,定位为高级折扣零售店,是全美第四大零售商。

什比警探在自己离开前出现在这里。她不想看到他眼里的同情,她尤其不想的是从他的表情里读出他又听了一次口供的事实。

电梯将她送到一层的第八大街方向出口。她随后穿过自动门,来到宽敞的病患通道。寒冷的空气像针一样扎着她的眼睛,她下意识地抬头望了望天,蓝得那么纯粹。

路边停靠着一排正在等待顾客的出租车。一辆 WCCO[①] 电视台的面包车霸占了最佳的采光位置,记者聚拢在一起,因为寒冷个个耸肩弓背。他们每个人都手拿一杯驯鹿咖啡[②],焦急地等候播报,一丁点风吹草动也不放过。之前,她从病房的窗户里观察过他们,但是现在他们仅仅隔着几尺的距离,却没有一个人能辨别出她。也是,他们怎么可能认得出来?连她自己都认不出自己。

病房里的电视整天都在播报她的消息,从地方电视台到全国电视台都参与其中,但是报道中所使用的照片来自她在警局的个人简介。和她的旧照一起轰炸电视媒体的还有模拟画像师所画的嫌犯头像。

画像和他像么?也许吧。表面上像。眼睛像,鼻子像,嘴巴像,头发和胡子也像。但是没有任何一幅画可以完全呈现出他的样子,那个真实的他,那个每天都出现在她面前的男人。那个他和画像一点也不像。那个他太可怕了,盯着他看都会让人发怵,供电视观众坐在安逸的客厅中消遣就更不用提了。

但是那已经结束了。

她深吸一口冬日的新鲜空气,双手紧紧地塞在蓬松的塔吉特夹克的口袋里,然后转过身朝着与人群相反的方向走去。

[①] WCCO 为明尼苏达州电视台,总部位于明尼苏达州明尼阿波利斯。该电视台面向双子城电视市场,隶属于哥伦比亚广播公司(CBS)。
[②] Caribou Coffee 为一家总部位于明尼苏达州的咖啡公司。

没人试图阻止她离开。她什么也没做，就已经成功隐藏身份。

朱迪没有给那群记者回心转意的机会。她不去思考自己要去哪里、要生活在什么地方、要靠什么为生，她也没有考虑如果她射中的那个男人没有死，如果她找到了度过三年的房子，事情会怎样发展。眼下，她只想在冷风中走一走，好好享受一下这片湛蓝的天空。

第五章

逛了两个街区后，朱迪无意中发现了自己要去的那家银行。银行标志旁滚动的电子屏上标有今天的日期和即时温度。对于明尼苏达的冬天来说，零下一度可以称得上是十分宜人了。她从没来过这家分行，但是她觉得银行一定有她的指纹备份，因此她不用担心身份识别的问题。

事实证明，的确没问题。鉴于铺天盖地的媒体报道，银行的理财顾问一下子就认出了这个名字。她看起来有些局促不安，又有些见到明星后的惊讶和不知所措。她甚至冒出了一些古怪的想法：绑架竟然把一个普通人变成了明星。

朱迪兑换了奥尔特加给的支票，取了几百美元的现金。她把钱塞在夹克衫的口袋里便离开了。她在第十大街南部的一家咖啡馆前停了下来。这家店之前她经常光顾。进去之后，柜台里琳琅满目的甜品让她彻底抛弃了只点一杯拿铁的计划。

相较于几天之前，她感觉自己渐渐找回了做人的尊严。输液和营养品对身体的改善确有奇效，但是从精神上来看，她却始终处于高度警觉中。有时候她甚至觉得自己恰好处于某个频道，她几乎能够听到血液在血管里流动的音律。动物的世界，尤其是狗的世界是不是就是这样子的呢？她注视着周围的一切事物，从被打磨的光洁一新的水泥地上渗出的细小裂缝到天花板上装饰华美的图案细节都逃不过她的眼睛。咖啡机的嘶嘶声和迪伦的歌曲搅拌着咖啡馆的每一寸空间，但是她仍然可以清楚地听到墙上挂钟的嘀嗒声和那一锅对话中的每一个小句。

咖啡馆很温暖，有咖啡混合巧克力的香味、有衣服带来的寒冷气味、有各种布料独有的气味还有独属于冬天、小孩以及老人的气味。

"那是什么？"她指了指柜台。

柜台后面的男孩顺着她手指的方向瞄了一眼。"焦糖起司布朗尼。"他直挺直腰板，视线落在了朱迪手中那个塞得满满的白色医用塑料袋，眼神立刻流露出淡淡的好奇。她用帽子压住了自己乱蓬蓬的头发，对于脸，她却束手无策。她看过镜子里的自己，因此她十分肯定想要做到避人耳目并不是一件难事。凹陷的两颊和浓重的黑眼圈并不会让人感到那么震惊。她从来都不是个虚荣的人，但是她的头发曾经是她最引以为豪的部位——稠密、光亮而且色泽饱满。现在却没有人会再说一句赞美的话了。

她指向另一侧，"这个呢？"

"朗姆椰香味的。"

"那个呢？"

看到她难以抉择的样子，那个男孩说："你想知道我最喜欢哪个么？覆盆子黑巧克力布朗尼。它里面加了一些红辣椒。"

"这听起来特别的不可思议。"于是，她点了那个男孩推荐的口味外加一杯拿铁。等待取餐的时候,她拿起了一份《城市周报》[①],这是双子城当地的免费报刊。还没等她翻到招聘启事,柜台的那一边就已经响起了她的名字。

"今天过得怎么样?"站在柜台后面的服务员问道,"今天有什么计划吗?"

这个问题无疑是她例行工作的一部分,所以这不是她的错。但是,她送餐时的说话方式显然默认了这个世界上没有人会遭受不幸。也许咖啡店出售的就是这种态度,这种认为一切都好的态度,至少在咖啡店里、在取餐的那一刻,一切都好的态度。从某种意义上来说,这的确奏效。

朱迪拿起了套有纸套筒的咖啡。"我最大的计划就是喝了这杯拿铁,然后吃掉这块布朗尼。"

不知什么原因,朱迪的回答让那个女孩心中闪过一丝兴致,不过她很快就投入到下一份餐点的准备之中,继续询问下一位客人的计划。

咖啡馆的窗户上摆满了绿色植物,朱迪在靠窗的地方坐了下来,然后倒着翻了翻报纸。

一勺一勺将布朗尼送入口中,这让一个正在复苏的灵魂得以保全她现有的尊严。布朗尼和舌头接触的一瞬间,她感受到了内啡肽的释放。

这些食物是怎么做到的?能立刻让人感到幸福?

她一边享受布朗尼的美味,一边仔细阅读租房信息。她拿着从收银台借来的那支笔在报纸上勾选了几个自己较为心仪的住处。

[①] 即 City Pages,是明尼苏达州双子城的地方性报纸。

像普通人一样真的容易么？回到现实生活真的不难么？

有一条招租信息吸引了她的注意。没有背景核实，没有批注。位于南芝加哥大道，距离普德尔豪恩公园两个街区。

她把笔还了回去的时候询问了附近电话亭的位置。

柜台后的那个男孩望着她。"我记得我在电影里看到过一个。"

听到这句话，朱迪缓缓地露出了久违的笑容。也许这是她逃生之后第一次露出笑容，也许是被绑架之后。她不确定她的真实感觉是什么样的。

他注意到朱迪折叠在手里的《城市周报》以及报纸上方被标记的信息。"来。"他掏出手机，"你可以用这个打。"

她把报纸放在了柜台上，拨通了报纸上刊登的电话号码。她约好看房时间后，把手机递了回去。"谢谢。"

"我好像在哪里见过你。"

这种情况还会持续一段时间。这里的大街小巷一度贴满了她的照片，最近她的逃生又让全国上下的媒体都……"可能吧。"她没有继续说下去。

"普德尔豪恩？"他把报纸推向朱迪，"你去那儿一定会后悔的。"

"为什么？"她一直觉得普德尔豪恩地区不错。那块街区花了很多年的时间摆脱恶名。无论那些坏的名声是否属实，都已经是过去的事了。

"那地方原本犯罪率就很高，后来变得更加恶劣。你看看现在？那儿的工厂大多都已经倒闭了，住宅区也都搬得差不多了。破坏分子把那儿的房子从里到外扒了个精光，铆钉和铜丝都不放过。你应该看看探戈镇或者哈里特湖附近的房子。市郊住宅区也还不错。"

探戈镇和哈里特湖的房价肯定超出了她的承受范围而市郊住宅区的现代节奏和吵闹拥挤又不是她想要的生活环境。"谢谢你的提醒,还有你的手机。"

穿过几个街区后,她乘上了一辆开往普德尔豪恩的城市公交。她打算前往刚刚约好的公寓,与楼管会面。

咖啡馆的男孩说得对。巴士沿着熟悉的街道向前行驶,发出突突的声音。一家家唱片行、咖啡馆和古董店向后倒退的同时,荒芜的气息也一点点地弥散开来。一些店面的橱窗被胶合板封上了,另一些店面被涂鸦覆盖,还有一些店面贴满了乐队海报。很多地方看起来都是空荡荡的。就连朱迪的目的地——那栋四层楼的砖砌公寓也充斥着年久失修的氛围。

"洗衣机和吹风机在地下室。"楼管叫作威尔·塞巴斯蒂安。此刻他正望着朱迪,健壮的双臂交叉摆在身后,而朱迪则在检查刊登在报纸上的这间房屋。他扎着马尾,留着胡须,戴着一副彩色的飞行员眼镜,穿着皮革背心,看起来高大结实。他脖子和手指上的文身图案会让人立刻联想起监狱里的囚犯。他身上散发出香烟和汗水混杂的气味,那种体味是冬天长期不洗澡而产生的恶臭。

和租赁启事里说的一样,那间公寓在大楼顶层。再也没有人会在楼上踱步了。公寓一室一厅,厨房在客厅里,被早餐台和三把高脚椅分隔开来。屋内阳光充足,窗户上配有卷帘供夜间使用,暖气片、硬木地板、石膏线浮雕一样都不少。浴室里的猫脚浴缸和地铁砖大概从房子建造完毕那天起就没有更换过了。人们能轻易地觉察到这里几百年的居住史——从一个崭新的、充满光芒和希望的新房子到近几十年来残破萧条的样子。

"之前的房客走的时候没有带走他们的东西,"威尔说,"还有三个月才到期,但是他们就直接离开这个小镇了。东西全都留在这儿了,连盘子都没带走。当然如果你不想要,我可以把这些东西统统拖走。"

"这些都派得上用场。"这里有橘色的复古沙发、椭圆形的咖啡桌和手工编织地毯。墙上贴着印有谷物带啤酒标志的海报,这是一个当地艺术家的作品,具体艺术家叫什么名字,朱迪一时想不起来。

"最棒的部分要来了。"朱迪跟着他走出公寓,向下穿过一段漆黑的走廊,又沿着一段狭窄的金属台阶爬上了楼。

如果朱迪否认这段路走得很艰难,那么她一定是在说谎。狭小的空间,周围一片漆黑,还有老式建筑和潮湿砖块散发出的气味。有那么一瞬间,她想掉头就跑,她甚至在计算,在他追上自己,像狮子扑倒羚羊一样扑倒自己之前,她到底能跑多远。

以她目前的状况来看,她不可能跑得很远。过去三年里没怎么派上用场的两条腿此刻已经一点一点地开始泄气了。

走到楼梯的顶端后,楼管推开了一扇门。

从黑暗到光亮的瞬间转换晃得她几乎看不见任何东西,但是她还是能够轻松地跟在他的身后,穿过那扇门来到屋顶。

屋顶平坦,表面铺了一层沥青纸和砾石,四周被半米多高的砖墙围了起来,老式的公寓楼都是这样。黑色的沥青纸善于吸光,这让屋顶暖和许多,温度绝对没有银行电子屏上显示的零下一度那么低。这里不只是一个铺满沥青纸的屋顶,屋顶上有一块地方摆放着一个凸起的木质平台,周围有几张廉价的塑料草坪躺椅和一个小型的户外玻璃桌。桌子中央摆着一个塞满烟头的烟灰缸。朱迪慢慢走近的过程中,她发现烟头的味道和这个人衣服上的味道是一样的——一种让人联想起加油站和油腻食物的味道。然后她突然意识到为什么这种味道是如此的熟悉。绑匪抽得也是这种烟。

"你抽的烟是什么牌子的?"她问道。

"你说什么?"

"你抽的烟。"

他露出疑惑的神情,伸手在皮马甲的内兜里找了找,然后掏出一个被压扁的白色烟盒,递到朱迪的眼前。"商店里卖什么我就买什么。这种是我最常抽的烟。"

X牌。这种烟原来叫X。

他摇了摇烟盒,有几根香烟靠着惯性冲出来一截。他随即示意朱迪拿一根。

她摇了摇头,"不了,谢谢。"

"嫌太便宜了?"

"我不抽烟。"

他有些疑惑,用嘴衔了那根伸出来的香烟,用塑料赠品打火机点了火,然后把烟盒和打火机装回了衬衫口袋,动作十分连贯,一看就是练习了很多年的结果。"我们在做一笔特殊交易,"他说道,香烟随着他口型的变动上下起伏。"不需要订金。首月房租再减200元。"

他急于出租的意图十分明显。

"你刚出狱么?你看起来有点像。"

"差不多吧。"

"好吧,我懂了。我也蹲过监狱,因为毒品。但是我已经戒毒五年了。我对自己进过监狱这件事从来都是直言不讳。我不想你某一天突然发现这件事,然后被吓个半死。"

这本是个分享自己遭遇的绝佳时机,但是她突然感到一阵疲惫,于是放弃了这个话题的深入，她想反正这件事他迟早都会知道的。"你有认识的人要卖车么？我没多少钱。"

"我有一辆想转手的摩托车，但是现在时机不对。冬天。明尼苏达有谁会在冬天买一辆摩托？"

她从来没有骑过摩托车。准确来说，她坐过，但是从来没有亲自驾驶过。"我可能会感兴趣，但是我不会骑。"

"其实不是很难，我能教你，或者你可以报个安全驾驶摩托车的培训班。我比较推荐这个。"他吸了一口烟，然后吐出一团云雾。"你看这样好不好。你买下我的摩托车，搬来这里，我保你的车不断油。"

摩托车要是放在三年前，她看都不会看一眼。但是此刻她却在考虑这笔交易是否划算，这真是太奇怪了。

楼下的车库又黑又湿，车轮卷带的盐巴在车库的水泥地上结成了一层厚厚的屏障。在那里，她见到了那辆摩托。黄色的，看起来很漂亮，金属拉框十分亮眼。

"这是 1976 年的本田 550，"威尔说道，"这款在这附近已经不多见了。"

"多少钱？"

他给了自己的理想报价。两人争执了一番后，他还是答应了她的削价。

"我要了。"她说。

第六章

"你不再是警局的人了。"尤赖厄说出了这个明摆着的事实。

他去医院探望朱迪·方丹已经是好几天前的事了。今天她似乎一扫阴霾,主动向尤赖厄邀约,绝口不提从医院凭空消失的事,没有道歉,没有解释。鉴于她的遭遇,尤赖厄尽量保持宽容,没有责备她,心里甚至没有丝毫的不满。心烦是真的,但是她一个人走出了医院,很显然她没有退却。要做到这一点,真的需要不少的胆量。

他们俩花了整整一个下午的时间,想要找到一些关于囚禁地点的线索,但是最终还是颗粒无收。一个小时的努力搜寻后,尤赖厄意识到想要通过巡街发现线索简直就是浪费时间。她对此一无所知。也是,她怎么可能知道?当时天那么黑,再加上她的身体和精神状态……尤赖厄不确定如果自己处于这种情形下还会不会注意周围的环境。现在,她坐在尤赖厄的对面,期待他能够将绑架案发生时她接手的案件全都给她看一遍。

上一次见她之后,她一定切掉了自己那头乱糟糟的白色长发。切掉是最准确的形容方法。就好像她抄起剪刀咔嚓咔嚓剪掉好几厘米的头发。这也是尤赖厄第一次在医院见到她时想要做的事。既然他也这么想，那她很可能就是这样做的，发型看起来还不错，和那些花了很多钱剪出来的头发相差无几。不知道她是怎么做到的。她看起来活脱脱一个"海洛因时尚"的追随者。

"我想看看我之前处理的案件，"她说，"我不知道我的绑架案是否属于报复行为，但是重新检查之前的案件很显然是我们的首要任务。"

"我们已经做过了，在你被绑架的时候。昨天我们又重新做了一次。这是我们反复研究的部分，而且……"他重复了一遍，"你不再是警署的人了。"

"我想看一看。"她的脸上近乎没有任何表情——除了那双蓝色的眼睛。每当朱迪紧紧地盯着他时，那种眼神都让他感觉浑身不自在。他估计，这种眼神恐怕永远都不会变得柔和了。

他看了回去，但是最终还是不敌她的目光。

他觉得当年她一定就是凭着这股倔劲成了一个好警察，而如今这股倔劲让他大伤脑筋。很明显，如果他今天不让步或者强行把她撵走的话，她一定不会离开。也许选择一个折中的办法可以带来满意的效果。

"你被绑架的时候，你手头主要有三个案子。"他拉开抽屉，抽出一叠文件夹放到了自己的桌子上。"它们都在这儿了。我指的这里。你和王警官合作的那个大案子已经结案了。"他手腕一抖，把那个文件推到了旁边。

"结案并不表示就一定排除嫌疑了。"

"我懂，但是你要相信我，我已经说了我们详细地排查了所有的案件。"

尤赖厄盯着朱迪，朱迪的眼神丝毫没有躲闪。她冷静地等待着，不接受任何劝说。在尤赖厄拿出点什么来证明他会竭尽全力处理这起案件之前，她是不打算离开了。

他连同整个警局都辜负了她。可以说，他还抢走了她的工作。现在，他还告诉她她无权查看自己处理过的文件。综合考虑，她在这件事的处理上干得漂亮。尤赖厄最终还是做出了自己的决定，他把椅子向后腾了腾，然后站了起来。"我们楼下说。"

他们一起走到电梯口，一起走进电梯。然后，尤赖厄按了"B"。

"你办公桌上的所有东西都在物证室里。"尤赖厄说道。电梯下降的同时显示屏上的楼层数不断变化，最后轿厢微微一震，停了下来。

来到地下室后，他们朝物证室走了过去。实际上，她走在前面，这似乎在告诉尤赖厄她清楚地记得大楼的布局并且以前经常来这里。

"我马上需要查看一下方丹的物证。"尤赖厄告诉柜台后面的武装警卫。

那个警卫看到朱迪之后，突然露出喜色。这些年来，尤赖厄从未见他这样笑过。"嗨，方丹警官。你能回来真是太好了。"

"谢谢，哈罗德。"她给出了一个疑似微笑的表情，不过并没有纠正他的误解。"回来"的含义有很多个，比如重新回归正常生活，但是哈罗德很显然认为她重新回到了凶案组。

"我们需要看一看和她绑架案有关的物证。"尤赖厄告诉他。

哈罗德盯着电脑屏幕的同时敲了敲鼠标。"这里有她办公桌上的所有东西、电脑、硬驱、一些衣服以及她的 DNA 样本。"

"我们从桌子开始吧。"尤赖厄说道。

尤赖厄和朱迪在柜台前等候，而哈罗德则走进了物证的陈列架中。大概十几分钟之后,他抱着一个大大的棕色纸箱再次出现在了他们的面前。尤赖厄签收了物证,然后把纸箱抱到了一个空房间。在长长的荧光灯下,他和朱迪面对面坐在了一张疑似食堂餐桌的两侧。

"你被绑架之后,你桌上所有的东西都在这儿了。"他一边说一边取下纸箱的盖子,然后将其放到了一边。

"我消失后过了多久这些东西才被归档的?"

这个问题他也问过。"多亏了奥尔特加局长,几乎立刻就归档了。"

朱迪看了看贴在纸箱外部的"证据链"标签。"这几年,它被调出来好几次。"

"你看吧,你的案子从来没被怠慢过。"

检查一名失踪警官的个人物品本身就很奇怪了,现在这位失踪的警官就坐在他的身边,这感觉就更怪了。

他把办公桌上找到的普通物品放到一边,主要是钢笔、铅笔、便条簿还有笔记本。他还发现了一些更私人的东西,比如照片。这里有很多照片。一些是她以前的照片,当时的她头发还是棕色的,表情十分随和,笑容随处可见;还有一些是她和男友的合照。尤赖厄两天前和那个男子取得了联系,随后他证实了自己的猜想:朱迪满怀期待地逃回家中却发现自己的男友正在和他的新女友共度良宵。除了填补了时间线的空缺之外,那个男子在解开朱迪深夜逃脱的重重谜团上丝毫没有任何帮助。

除了与前男友的合照外,还有一些朱迪和警局同事的合照——他只认识其中一部分人。他们下班以后都喜欢去附近的一家酒吧放松放松,这些照片大多是在那里拍的。他也去过几次,但是不常去。一来他不太喜欢那种氛围,二来他通常都急着回家,没有闲工夫去。

照片上的内容再也不会有了。

尤赖厄把照片摊在桌子上,然后把照片统统掉换了方向,以便朱迪阅览。他对朱迪和王的那些合照有些好奇。有几张照片里,他们看起来就像情侣一样亲密,但是那可能仅仅是喝过头的缘故。有些人喝醉以后就会那样。

"有什么值得一提的东西吗?"他问道。

朱迪快速地浏览了一遍,然后摇了摇头。

"这个呢?"这不关他的事,他也无意趟这趟浑水,但是他还是指了指一张王搂着朱迪的腰的快照,抛出了心中的疑惑:"你们当时在约会么?我从没听说过这件事。"

她皱了皱眉,接着摇了摇头。"我们出去玩了几次。"

"你们同居了么?"

她抬起头,望向尤赖厄。"这和案件没有一丁点儿的关系。"

"不一定。王从没提过和你的交往,这很奇怪。"

"那是因为我们从未交往过。这不关你的事吧。"

你说得对,同居而已嘛。对于什么职业来说,这都不是一个好主意。对于警察来说,这个主意尤其……糟糕。

他把箱子里的东西一件一件地拿出来,摆在桌子上。"唯一看起来有些奇怪的就是这个。"他把另一张照片顺着桌面滑了过去。"还记得这个女孩吗?"

她拿起了那张正方形的小照片,仔细地检查了照片上的内容,然后摇了摇头。

"她叫奥特塔维娅·杰曼。不是杀人案,她是失踪者。和你的案子无关。"

"有时候,失踪案就是潜在的杀人案。我猜当时有人找我调查这案子。不好意思。"她把照片滑了回去。"我不记得她了。后来找到她了么?"

"没有。"

"那这些笔记本呢?"

"想不出来有什么特别的事情。"尤赖厄把一摞螺旋记事本递给了她。那是学生才会用的那种笔记本。封皮五颜六色的,内页的行距很大,几乎每一页都记满了笔记和草稿。逐字逐句地读一遍大概要花上几个小时。如果真的想要做好这项工作,可能需要几天的时间。他读过这些笔记,虽然不是一字不漏,但是他读过。

她拿起一本快速地翻了翻,然后拿起了另一本。很显然,她得出了相同的结论。"如果我能把这些笔记带回去……"

"绝对不行。你知道的。"

"如果我回到凶案组工作了呢?"

"没什么好考虑的,因为绝对不可能。"

"哦?是么?为什么不可能?因为我的遭遇?因为我不够聪明,让歹徒得手了?"

"不是这些原因。"

"因为我受到的打击太大了?"

在朱迪凌厉的眼神之下,尤赖厄觉察到朱迪心中有了答案的那一刻。"我说中了,对不对?"她追问道。"你的表情出卖了你。"

他把笔记本叠成一摞放进了纸箱,又把散落的照片摆在了一起。他感受着朱迪一刻也没离开过的目光。"你不适合待在凶案组。"他说道。

不要看她,他告诉自己。

"我适合待在哪里?你觉得我一个月后会在哪里,阿什比警探?

六个月后呢？两年后呢？在星巴克工作？还是坐在便利店的柜台后面？"

她的嗓音中迸发出一种新的力量，这让尤赖厄颇为震惊。他抬起头。她满脸怒意。也许这是好事，因为之前那种毫无血气的语调消失了。"不是这里。"他沉着坚定地说出了这四个字。

"真的吗？我觉得我哪儿都不适合，就适合待在这里。"她猛地向后一靠，叉起双手。"你觉得我会在哪里？我想知道。"

"享受人生。看看电影。读读书。发展发展兴趣爱好。如果你觉得这样的生活太放纵了，那么就去妇女避难所或者食物慈善机构帮帮忙。动物收容所也行，具体的我也不清楚。"他一边说一边整理照片，最后拿起了那张他一直在找的照片——那张朱迪脸上带着戏谑笑容的照片。他用两根手指夹着照片，然后把照片翻了个身，朝向朱迪。"既然你已经回来了，为什么不设法找回这个女孩？"

照片她几乎一眼没看。"那个女孩已经死了。"

"她可能还活着。"

"她死了。"

"好像你挺恨她的。"

"也许吧。"她挑了挑眉毛，似乎也被自己的话震惊到了。"你称呼得对，她是女孩，不是女人。"

"你需要给自己放个假。"

"我恨她，因为她让我一个人在那里待了三年。"她用下巴指了指他手上的照片。"你知道么，我以前很幽默的。"她说，"真的很幽默。我总能逗得大家哄堂大笑。"

"这我听说过。"他停顿了片刻，脑子里在酝酿接下来的对话。"你可以找回幽默的自己啊。"

"我觉得不行，我觉得过去的那个自己再也回不来了。"

"她也许能回来，至少能回来一点儿吧。"尤赖厄看着她的眼睛——他渐渐地不再犯怵了。"你想她么？"他问道，"想她回来么？"

"也许吧，有点想，我不知道。"她有些犹豫，"以前那个朱迪太软弱了。"

"她不可能软弱。她活了下来。"

"没错。"

"我不知道人们为什么总是嫌弃过去的自己。"尤赖厄说道，"我们应该感谢他们，不应该鄙视他们。"

确保所有物品都放回纸箱之后，尤赖厄合上纸盖，站了起来。椅子在水泥地板上刮出刺耳的响声。"我把箱子还回去，然后送你上楼。"他并不是故意的，但是"送"字似乎用得恰到好处，一方面提醒朱迪别忘了自己的客人身份，一方面让朱迪明白能够前来查看物证完全是他的功劳。

朱迪发出了一阵厌恶的声音，然后立马起了身。"我想你误会了。"

"我不清楚我是否误会了，但是我真的觉得你看起来有些可怕。"话说出口之后，他似乎产生了一些顾虑，不知道"可怕"这个词是否合适。"听着，朱迪。"他用肚子抵住纸箱。"你需要时间调整。你可能感觉已经过了好几周了，但是实际上你才逃出来几天而已，几天的时间可以忽略不计。你是一个凯旋归来的战士，你正处于磨合期，你需要咨询师的帮助，你需要学着重新进入社会，那才是你现在应该关注的重点。我之所以带你来这里是希望你能够放心地将案子交给我。"他希望自己的这番话可以给她带来一些慰藉。"回家吧,照顾好自己。"

他等待着朱迪的反应。

天呐,她又开始盯着他了。

"你用的是什么香皂?"她终于开口了。

"你说什么?"刚开始他觉得自己听错了。"我不知道。随便从货架上拿的。它不难闻,所以我就买了。"他皱起眉头,试探性地问道:"你刚才有没有听我说话?"

"我闻到一丝甜味,可能是杏仁的味道。"

他好几秒后才反应过来。"哦,看来你的感官还处于过度敏感期。"

她点点头。"这真的很奇怪。"

"如果我之前的建议你都不喜欢,也许你应该考虑一下香水行业。嗅觉灵敏是一个极大的竞争优势。"一个小玩笑,但是他并不确定朱迪是否觉察到了他的幽默。毕竟,灵敏嗅觉并不是一个笑点。

她摇了摇头——但是她好像真的快要笑了。难以分辨。但是紧接着,她面无表情的两句话几乎让他瞬间毁灭。瞬间毁灭。

"我从一个箱子里来,别逼我到另一个箱子里去。"

尤赖厄感到一时喘不过气来,发出了一阵近乎啜泣的声音。

"我不打算现在回家,然后坐在沙发上打一天的毛衣。"朱迪说道,"我打算去射击场磨练自己的射击水平。我打算报个防身术进修班。另外……"她停顿了一下,"我还打算学习一下如何驾驶摩托车。"

他并不是一个性别歧视者,但是他意识到自己的行为很难不让人那样想——他刚刚还告诉她要发展发展兴趣爱好。"我并没有'你应该回家然后息事宁人'的意思。"

"真的吗?"她反问道。"因为我正好就是这么理解的。但是你不用担心。几个月之内,我就会回来。我回来不是为了向你打听那些你可能正在处理或者你压根就没有接手的案子,我回来是为了拿回我的工作。"

第七章

他的女孩。

那个男人称她为他的女孩。

在她被囚禁的第二天,那个男人发现了她记日记的习惯,于是他带回了一堆一元店里常见的那种廉价笔记本。他带来的钢笔也很劣质,不是她喜欢的那种中性笔。精品中性笔游走在纸张上的那种畅快淋漓的感受是这支笔无法带来的。

但是对于被囚禁在密不透风的监狱、与世隔绝的她来说,一支笔又能带来什么不同呢?

空白日记本的数量惊人。这意味着那个男人打算囚禁她一辈子。但是这庞大的数量也是件好事,她觉得这表明那个男人可能不会杀她。只要他不停地带给自己日记本,自己不停地写,自己就不会有性命危险。

一开始,她不停地写,一天也不落下。她定时给闹钟上劲。从她来到这里的第一天,从她坐上这片床垫开始,那个闹钟就一直坐在角落嘀嗒嘀嗒地响个不停。当她的十七岁生日快要到来的时候,她记录了一些有关"如果她在家里会如何庆祝"的假想。

后来，她甚至写到了自己流产以及那个男人是如何让她服用避孕药来避免类似情况再次发生的经历。她不知道那个男人是如何处理死胎的。埋起来了？她对此十分好奇，她设想过好几种不同的方案。

她把每一种都写了下来。

在现实生活中，她曾经是一个怪人。她喜欢诗歌，政治和动物。高三那年，她为动物保护组织募集到了1000美元并参加了婚姻平权游行。这些内容也都被她写进了日志。

有一天，她发现其中一本日记不见了。

他一本本地拿走，一本本地阅读。

阅读她最私密的想法。

有段时间，她完全罢写。但是只有不断地把自己的感受都倾吐出来才能让她免于失去理智，所以不久之后，她又继续写了起来。这一次，她不会忘记自己的那位读者。

她准备和他来玩一把。

扰乱他的想法，让他为自己的所作所为感到后悔、感到愧疚难耐、最终放了自己。那是她的计划，她的目标。

那也是她的美梦，她的幻想……

他的声音不错。这样的评价听起来有些怪异，但这是真的。他的身材并不臃肿，但也没有少年的清瘦。他一直散发着干净的气味。但是她无从得知他真正的长相。每次他带来食物或者撤走尿壶的时候，他总戴着一副黑色的滑雪面罩。

即便她从未见过他的真容，她还是止不住地幻想他拥有一张英俊脸孔。她开始渴望他的到来，开始琢磨如何才能取悦他，如何才能让他爱上自己。

她把心中的爱慕之情写了下来。那个男人对她是如此的重要！她日夜期盼的就是钥匙在锁眼里转动的声音,就是听到他开口说话,就是他的双手游走在自己身上的那刻。但是这一写反倒让她自己着了迷,她开始沉溺在自己的文字之中。很快,她变成了那个陷入爱河的人。

这种转变也被她写了下来。

她还写到那个男人有多么的爱她以及他对于流产的发生是多么的伤心。她写了很多关于他的诗,还画了很多关于两人的画。好多页白纸都被她画满了爱心。

终于有一天,她鼓足勇气开口问了他的名字。

"你想叫我什么?"他问道。

"哈里森。"她想了想,"不,科林。"

"嗯,那就是我的名字。"

当他们亲热的时候——亲热是她开始使用的字眼——他会关掉手电筒,然后摘掉面具。

然后她开始抚摸他,他让她这么做。她的指尖划过他满是胡碴的下巴。他的头发不长,嘴唇很软,身体十分结实、强壮,右臂的肱二头肌上有一道伤疤。

"这疤是怎么来的?"她的手指顺着伤疤凸起的脉络一点一点地摸索。

"你觉得它是怎么来的?"

"枪战中留下的……不,银行抢劫……还是一场只有你活下来的车祸吧。"

"空难怎么样?"

"这个棒。"

她把这部分也记了下来。飞机失事以及他是如何在山区着陆以及逃生的。他光着脚在雪地里走了好多天，身上没有任何食物，但是，他抵达了一个小村庄，然后成为了当地的一段传奇。

  这些故事是她为他们俩、也是她为自己创作的，目的是为了活命。

  他是她的英雄，她爱他。

  他拿走那些日志，读完之后再送回去。不久之后，这些日志成了她最管用的计时工具，因为很早之前，她就已经忘了时间。

  日记不断增多。它们先是沿着墙角铺在地上，渐渐地顺着没有窗户的墙壁越叠越高。这垛书由于堆得太高，会不时地轰然倒地，四散落开。这让她不得不重新将它们堆叠起来。因为这些书都做了编号，她需要非常仔细地按照顺序进行这项工作。与其说她在那间屋子待了一个月还是一年，倒不如说她在那儿待了十本日记还是二十本日记的时间。实际上，她在那儿一共待了二百本日记的时间。

第八章

"你究竟为什么不愿意和方丹一起工作?"

听到局长薇薇安·奥尔特加的发问,尤赖厄这才回过神来——最近他总是这样。快速整理完思绪,他掉过身子,背对着办公室的窗户和窗外的街景。在他身后,是一片空荡荡的办公桌,其他的警员早已开始今天的外出执勤。奥尔特加故意让方丹迟点再来。这样她能更好地适应这里。王建议准备一个欢迎蛋糕,不过奥尔特加否决了这个主意。

就是普通的一天而已。

"我已经接受了她来这里工作的提议,"尤赖厄说道,"但是为什么不能给她安排一个文职工作?我绝对不会相信她能够经受得住高强度工作的考验。恐怕压力稍微大一点,她都会崩溃。而且,我确定以及肯定,我不想和她搭档。"他不知道局长为什么坚持要让他和那些完全不可行的人搭档。也许奥尔特加认为这样能顺带让尤赖厄盯着方丹——然而这是他最不情愿做的事。

"我们已经确认了方丹在警局的新职务,我们需要她。她的各项技能都已经重新达标。她还额外参加了枪械训练和自卫训练。四个月了,媒体早就消停了,都开始着手下一个大新闻的报道了。"奥尔特加双手叉腰说道。

有些人觉得奥尔特加穿得过于性感,并不像一个在凶案组工作的人。她一头深色的长发松散地披在肩上,长指甲,紧身裙,还穿着低胸上衣。但是尤赖厄十分欣赏她,因为她敢于把想法付诸实践。在协调生活和工作,尤其是这样一个凶险的职业方面,奥尔特加是一个楷模。

无论发生什么,她总是一副气定神闲的样子。她居住在高级住宅区,有两个聪明的孩子,两只蠢萌的金色拉布拉多,还有一个爱她的丈夫。甚至有人提议她去竞选市长。尤赖厄觉得这个主意不错。

"还有,我要强调的是我一直在给你找合适的搭档,而你一直都在拒绝。"奥尔特加说,"我不会再问你的看法了。警局规定警员必须两人一组执行任务。"

"王怎么样?他的搭档不是刚离职么?他和方丹曾经搭档过。他俩一组再合适不过了。"

"我心意已决。"

"我只是想让你知道我的处境。我觉得这不是个好主意。我林林总总地和她打了这么久的交道,她看我的时候还是一副神情恍惚的样子。"更别提每次对话时她扫描般的举动,仿佛要嗅出他用的是哪款肥皂,数出他头顶有多少头发。

尽管他们已经好几个月没有经历断电的状况了,这里仍然像战场一样。人们总爱把近来犯罪率的激增同 20 世纪 80 年代作比较。那时候的明尼阿波利斯被人们称为"谋杀案波利斯"①。那时候,罪犯十

---

① Murderapolis,该词为 Murder 和 Minneapolis 的合并,意指该地区谋杀案频发。

分猖獗。枪击案几乎每天都会发生。现在，在这个倒退的乱世里，尤赖厄需要一个能够赢取其支持与信任的搭档。

那个人一定不是方丹。

他对于调查毫无进展感到十分抱歉。没有与绑架者衣服上提取的DNA相匹配的样本、没有完整可用的指纹、无法追踪枪支的来源、没有记录在案的枪声报案、在她逃跑当夜没有医院接受枪袭伤者的记录。即使警局已经向社会发起求助，搭载她的出租车司机还是没有出现。在进行了数个月一无所获的调查之后，尤赖厄不得不宣告放弃。朱迪·方丹的过去再一次沦为悬案。大家再一次辜负了她。

奥尔特加若有所思地打量着他。"神情恍惚？你在说你自己吧。"

"我没问题。"

奥尔特加耸耸肩表示异议，然后重新回到了重要话题上。"我们生活的城市正处于危机当中，"她说，"我们需要竭尽所能帮助居民渡过难关，这是我们的职责。如果我们各司其职，我们就能攻克难关。"

局长认为城市能够恢复常态、认为他们可以按下"重置"按钮。尤赖厄的想法则完全相反。人们的恐惧已经达到饱和，这座城市不再安全。这种情况还怎么复原？大量居民、甚至连部分警员都离开了这里。尤赖厄知道这不是他们的错。奥尔特加没有说的、那些可能更加接近真相的是他们急需各种可能的帮助，方丹的帮助也不例外。

奥尔特加环视了一遍凶案组的开放式办公室。"她来了。"这是一句提醒。表现得正常一点，就像我们之前没有谈到她一样。

方丹的个头总是让他感到震惊。她又高又瘦，着装打扮更适合去做卧底工作——一条牛仔裤、一件复古款机车皮夹克、手中还拎着一个黑色头盔。很显然，她可以把"学会驾驶摩托车"从她的待办清单中划掉了。

"我喜欢无拘无束的感觉。"她解释道。

她会读心术么，还是说他的表情太过直白？

她把头盔夹在腋下，然后补充道："我喜欢一边骑车一边感受阳光和风。"

错过了三年的阳光和风，不知道要花多久才能弥补得了。

他听说她住在市区的东南角，有些人戏剧性地称之为"罪恶地带"。那个街区一度回升势头明显，但是多亏了反复断电和犯罪率的上升，那里重新沦为了重灾区，急需新鲜血液和活力。市长正在竭力挽救局面，但是他的承诺让人觉得空洞无力。遵纪守法的市民选择离开，罪犯选择留下，当然同样选择留下的还有像他和方丹那样无处可逃的人。

但是她不会久留。他至多给她一个星期的时间。

第九章

尽管尤赖厄·阿什比站在一旁，满脸的不情愿，朱迪丝毫没有受到影响。与奥尔特加局长握手之后，她还向奥尔特加给予自己试用机会表达了感谢。

"今天是你回来的第一天，祝你好运。"奥尔特加局长说道，"慢慢来。有什么事和我说。别把我当外人。"奥尔特加走向自己的办公室，中途停下来，回头补充道："还有，记着，你们俩虽然是搭档关系，但是阿什比警探是负责人。"

与方丹分到一组是他最大的噩梦。从前的朱迪一定会觉得这整件事荒唐可笑，在反对她复职这件事上，没有谁比阿什比的态度更加坚定——坚定地反对。倘若这事发生在过去，她一定会立刻用行动证明他是错的。但是如今的朱迪在接受分组的时候丝毫没有向别人证明些什么的冲动。

"你可以在那儿办公。"阿什比指向一个靠在房间角落里的灰色金属桌。那个位置似乎暗示着某种惩罚或者侮辱，但是比起过去她坐在一群人之中，现在的位置可能更合她的心意。

她走向办公桌时，他继续说："刚收到通知，岛屿湖发现一具女性浮尸。"

慢慢来的部分到此为止,他在试探她。她还没来得及把笔记本和回形针放到桌上,一桩案子就来了。

"那儿犯罪率很高。"他补充道。

"我不怕犯罪率高的地方。"她估计他对此早已心知肚明。她把头盔放到桌上,然后别上肩章。"我就生活在犯罪率高的地方。"她转过身后说道。

"这是明智的选择么?"

"我需要空间。在天桥①里生活显然不适合我。"虽然那些悬空的通道的确打通了很多的市区大楼,让生活变得无比便利,她还是难以想象自己生活在那些玻璃覆盖的、通体透明的"仓鼠笼子"里的场景。"郊区生活也不适合我。"

"所以你宁愿和地痞流氓混在一起?"他接着问。

她点点头。"没错。"她盯着他,眼睛一眨不眨。

"我不住在天桥里。"他说,"我的公寓楼有天桥通道。生活方便很多。而且我不喜欢寒冷的气候。"

"如果你不喜欢极端天气,你就不该在明尼苏达生活。"

"我搬到这里来的。"

"从哪儿?"

"明尼苏达南边。"

"农场主的儿子?"

"我是在农村长大的。"

"明尼苏达南部也很冷。"

---

① 明尼阿波利斯拥有一个庞大的"高架路"系统,即长达11公里的封闭玻璃天桥。该天桥将市中心的八十余个街块连接起来,内部设有温控系统,可供市民抵御该市的寒冷天气。

"没明尼阿波利斯这么冷。"

他们走出办公室,并排走向电梯口。他们看起来很不搭,一个西装革履,一个牛仔夹克。"事实上,"尤赖厄说道,"我不喜欢不停地帮新人磨合,我的意思是我在找一个长期搭档。如果你坚持生活在那地方,那么这一点显然不可能实现。为什么要自找麻烦?"

她的直觉告诉她尤赖厄抱怨的真正原因并不是她选择住在哪儿。他期盼着她的失败。他期盼着她离开警局的那一天。而且,他觉得自己越是紧逼,这一天就会来得越快。"我并没有马上去死的计划,而且我并不需要向你证明任何事。你说的没错,我被关了三年,但是三年以后我还有余力逃跑。我觉得你知道这件事就足够了。况且我住的地方并不像你想的那样糟糕。"

"有多糟糕我心里有数,四个月的时间完全不够你康复。"说完,他又加了一句,"就算是一年,我都没有把握。"

说实话,她自己也没有把握。如果人们能够看清她的所想,一定有人会认为她还处于神志不清的状态。也许这正是他读到的内容。一个心智健全的人不会住在她住的地方。"我通过了精神健康评估。"

他微微一笑。"那个不难通过。"

朱迪和阿什比不同。她知道那有多难,不仅仅是因为她的身份、她的经历以及那些遭遇对她造成的影响——压制她的声音、削弱她的力量、永远地改变她。变电站故障不仅导致了反复断电和城市部分区域的毁坏,也给她带来了自由。

阿什比提到了她的安全问题,但是事实上大多数人都躲着她。就像疯子会戴上耳机来隔绝可怕的怪声一样,她会不自觉地发出一种扰人心绪的声音,那种声音似乎在向人们展示她的与众不同。但是说到底,她似乎并没有什么好害怕的。她的无畏并不是勇气使然,而是源自内心的矛盾，因为她拥有一个人所能拥有的、最为黑暗的经历。也许正是这一点，她才如此的与众不同。

经历过才知道。

三年的非人生活，这件劣质 T 恤是我的全部家当。

从眼角的余光中，她隐约看到了一个移动的身影，没等她反应过来，那人就已经扑到了她的身上，双手紧紧地搂住了她。她的脑海顿时一阵慌乱，濒临崩溃。她伸手去掏腰间的手枪，然后又停住了，因为她意识到这双手臂属于她认识的某个人。

"朱迪，我的天呐，你能回来工作真是太棒了。"格兰特·王说道，"我试着联系过你。我给你留过言。"

"我收到了。"自从上一次的医院见面以来，朱迪一直都有意地回避他，这一点她并没有点破。她不知道怎样才能随意地聊聊天，也不知道如何和格兰特通电话，这让她非常的不自在。她发现自己在伪装自己，在试图找回从前的自己。她的努力都是为了他。然而，她绝不允许自己那样做。

格兰特松开手，不过双手还搭在她的胳膊上。阿什比则站在一旁，将两人的交流尽收眼底。

阿什比猜的没错，她和王同居过。不过，那是一个错误，发生在她和埃里克确定关系之前。"你能留在凶案组，我很开心。阿什比告诉我很多人都打算离开这儿了。"

他笑了笑。"我该去哪儿呢？我在圣保罗长大，一个土生土长的城市人。"他用大拇指勾住自己的腰带。"我之前试着说服奥尔特加局长让我们俩搭档。"他说。"毕竟我们曾经搭档过，但是她丝毫不肯让步。"

那实际上是朱迪的主意。她曾经提出请求，希望和没有共事过的警员合作，因为这样就不会有人将她和曾经的朱迪·方丹相比较了，但是她万万没想到她的新搭档就是尤赖厄·阿什比。

叮的一声，电梯门向两侧拉开。朱迪努力回忆过去的社交技巧，然后成功地向格兰特道了声再见。她和她的新搭档一起踏进电梯。随后，电梯将他们送到了车库层。

第十章

他们驾驶一辆无警局标志的轿车离开了停车场。能够看到来往的行人和飞驰的摩托,对朱迪来说实在是太棒了,然而这座城市比她记忆中的样子还要阴郁得多。很难相信单单几次断电就把这座城市变得面目全非了。可是,她不该对此感到惊讶,尤其在经历过那件事之后。人们生来就爱自相残杀。不知道此刻的她对人性是否还抱有希望?

车程并不远。

岛屿湖位于明尼阿波利斯市区的西北部。曾经的富人区如今沦为了枪击案和公共财物毁坏事件最为频发的地区之一。街道两侧随处可见坍塌的公寓废墟和烧毁的房屋残骸。断电事件发生之前,这座形状奇特的湖深受人们的喜爱,湖畔公寓更是让游客们羡慕不已。而现在,羡慕一定不会再有了。

"我以前经常来湖边散步。"朱迪说。和埃里克一起,回想起来仿佛已经是上辈子的事了,那感觉就像是欣赏杂志里的某张情侣写真,也像是一个再怎么努力回想也只能想起一半的梦。

尤赖厄把车停在法医车的后面,然后关掉了引擎。黄色的警戒线已经拉起，围观的群众越聚越多。

朱迪解开安全带，然后下车关门。

朱迪首先注意到的是案发现场的基调与过去完全不同。那种无声的肃穆去哪儿了？那种尊重还有那种悲伤呢？此刻，这里让人觉得无比的……猥琐。路人相互推搡，用尽一切手段抢占绝佳的"观赏视角"。几个警察则神情凝重地站在外围，不让人群越界。

她认出了那个法医——一个年轻的女人，一头黑发与下巴平齐。看到这张熟悉的面孔让朱迪不由地一震。她不喜欢遇到那些能唤起过去的人或事。

最先来到现场的警官之一——一个四十多岁的男人向他们汇报了具体情况。"几个孩子在湖边散步的时候发现了尸体。年轻女性，案发时间大概是昨天夜里。我们赶到现场之前，有几个路人合力把她捞上来了，所以尸体上的信息可能有所破坏。"犯罪现场小组正在岸边采集资料。

"死因可能是什么？"尤赖厄问道。

"初步估计是自杀。"

尤赖厄发出了一声微弱的哀叹，朱迪对此感到不解。

那个长官指了指尸体所在的地方。"去看一看吧。"

死者很年轻，不到十七岁的样子。湿漉漉的白色睡袍紧贴在她的身体上。她的嘴唇发青，一头长发是蒲公英的颜色。

看到警察走过来，两个犯罪现场组的专家向后挪了几步，好让他们前去查看。其中一个人给他们递来了乳胶手套。

朱迪套上手套，然后在女孩的尸体旁边蹲了下来。那个警官说的没错，尸体没有在水里浸泡很久，也就是说她刚去世不久。如果不是青色的嘴唇和略带外凸的眼睛，她看起来和睡着了没什么两样。

那个女孩脖子上挂着一条廉价项链。朱迪把吊坠翻了一面，心形图案中间刻着黛利拉三个字。

"这是不是游乐场贩卖机卖的那种？"尤赖厄问道。

"我觉得是。"她想到自己曾经在明尼苏达北部的某个旅游景点买过。你需要投币，然后在键盘上输入自己的名字。之后，你就能透过玻璃窗看到整个雕刻过程了。制作完毕后，项链会自动从取货口滑落，取出即可。

朱迪扫视了一遍尸体，从头顶到脚底没有放过任何细节。她抑制不住内心的冲动，轻轻地抚摸女孩的手背。她特别想把女孩一把拉入自己的怀中，紧紧地抱住她。然而她并没有这样做，她只是小心翼翼地握住了她的手。

"你在干什么？"阿什比越过她的肩膀，冲着她的耳朵大叫起来。他脸上的痛苦此刻消失得一干二净。

"握她的手。"朱迪说道。

"为什么要握她的手？"

她耸了耸肩，"我想握她的手。"

"该死。"他挺直腰板的同时说了句"够了"，随后又给了她一个过来的手势。"起来。"

朱迪没有动。"我们应该给她一条毛毯。"

"她死了，她什么都感觉不到，她不会冷、不会伤心、也不会孤单。"

朱迪抬头望向他。"我知道她死了，但是她在和我说话。"

尤赖厄缓缓地闭上眼睛。几秒钟后，他恢复了冷静，于是睁眼看向她。在他身后，天空是明尼苏达标志性的湛蓝色，远处鸟儿的叫声无比的振奋人心，朱迪仿佛可以看见音符在天空中飞舞。

"你最好庆幸你的话没被别人听见。"尤赖厄冷冷地说道。

他们的合作就在这样的磕磕绊绊中开始了。"我认为这不是自杀。"朱迪说道。

"看。"尤赖厄蹲在她旁边。他一边掩饰自己的不耐烦,一边把潮湿的衣角掀开,映入眼帘的是女孩腰间的睡袍口袋。此刻她看起来就像是明尼阿波利斯艺术学院里的一尊大理石雕像。"石头,"他说,"她的口袋里装满了石头。"

那个女孩是此时朱迪眼里的唯一目标,她不再是曾经的那个警察,现在的她正在以一种全新的方式审视整个案件。重获自由的几个月里,各种画面、声音和气味的狂轰滥炸让她无时无刻不在竭力压制自己的极度敏感。然而,此刻她突然意识到自己收集信息的方式和自己从尤赖厄身上收集信息的方式几乎一样,这种方式最初是为了收集那个男人的信息一点一点磨砺出来的。那个女孩还有没讲完的故事,而现在,她正向朱迪娓娓道来。

"不是谋杀案,"尤赖厄说道,"就不是我们的活儿。"他绕着朱迪踱步。"不是每一起死亡案件都是他杀。她把口袋塞满石头,然后跳到湖里。石头,湖。就是这样解释。"

"我觉得这是凶手故意制造的假象。"朱迪紧紧地盯着他,不错过他任何细微的反应。

"你是怎么得出这个结论的?通过不到两分钟的粗略检查?"

"她告诉我的。"

"天呐。"他掉过头扫了朱迪一眼,"别再说这种毫无意义的话了。她已经死了。"他停顿了一下,字正腔圆地重复了一遍:"死了。"

"没错,但是她临死前的感受都写在她的脸上和肌肉里,她的感受还在这儿,我能读到,我能读懂她。"

他哼了一声,十分不屑。"她还说了什么?"

朱迪想要替那个女孩捋顺头发,但是考虑到现场证据的完整性,她还是制止了自己的冲动。"恐惧,她临死之前非常害怕。"朱迪对那种恐惧感同身受。那种恐惧绝对是他人所致。

"既然她已经告诉你这么多了,不如你再问问她的名字和住址可好?"

朱迪丝毫不在意他的嘲讽,这没什么大不了的,此刻最要紧的是那具尸体。她温柔地松开女孩的手,站起身,眼神飘向远处。远处的湖湾波光粼粼,白色的帆船划出令人拍手叫绝的弧线。真是个惬意的日子,女孩的死亡却让人唏嘘不已。

"你的名字是光的意思,"她告诉尤赖厄。这句评论显得十分的不合时宜,然而朱迪希望借此转移他的注意力,让他从焦虑中跳脱出来。她转向尤赖厄,问道:"你有想过吗?"

他的表情几经转变,最终两肩一沉,诅咒了一句:"妈的。"接着他又用极为镇定的语气说道:"我开始不能理解你究竟经历了什么,但是你没准备好,也许你这辈子都准备不好了。你应该回家,警局会给你一笔遣散费,拿着吧,干嘛勉强自己做这一行呢?"

"那你又为什么要做这一行呢?"

起风了,空气中充斥着木炭的味道。他盯着她看了很久很久。"这是我唯一会做的工作。"

"我也是。"

他们互相打量了片刻。

"这实际上没有它听起来那么不可思议。"她最终还是决定向他透露一点自己的分析过程,但也仅仅是一点。她解释道:"我不是在和死人交流，这和通灵没有任何关系。我被囚禁了整整三年。我没有书、没有音乐、没有电影、甚至看不到任何颜色。我唯一拥有的就是那个恶人的脸和身体，解读他成为了我存在的唯一意义。我活着就是为了等他到来的那一刻，就是为了感受他身上的每一条纹络、情绪的每一次转变、肌肉的每一次收缩和思维的每一步跳跃。所以虽然这个女孩去世了，我依旧能够读懂她。我知道这听起来很奇怪，但是她的经历都掩藏在她的表情和她的肌肉里。"

这个解释让他冷静了一些，朱迪感觉尤赖厄对她的信任正在逐渐增加。"你可以读懂活人吗？"他一边问一边好奇地等待朱迪的答案。"你能读一读我吗？"

早在那个警官说出"自杀"两个字的时候，朱迪就已经在留心他的反应了。但是，朱迪觉得把这事儿告诉他并不是个明智之举。朱迪看到尤赖厄快速控制住了自己的颤抖。她没有告诉他每次在警局的相遇都是一次新的解读。她没有挑明：由于她的遭遇带来的恶果仍在持续发酵，此刻尤赖厄的内心深处歉意和悔恨再次泛滥成灾，也许这也是他如此抗拒和朱迪共事的原因之一。她的存在无时无刻不在提醒他那些令人发指的罪行和痛苦，而这一切都是他没能找到她、没能结案所造成的。"善良。"她思考了片刻后说道。"我看到了善良。"

"真的吗？善良？"尤赖厄语气中的不耐烦再次回潮。"毫无价值的品质。"

"你敢说不准吗？我在地下室的时候，整个大脑都像是被推翻重组了一样，我现在看待事物的方式和以前截然不同。"

"善良是弱点。尤其在今天这种场合，尤其对警察来说。"他避开了朱迪的问题，自顾自地说道。

他是对的。如果她可以更加不屈、更加强大……"但是善良是我们必不可少的品质。"她眉头紧皱,眼神坚定。"善良可能是人之所以为人的最重要的品质之一。也许它比爱还要重要。"

　　他的目光再次定格在她的脸上,绵长且尖锐,眼周的皱纹由于用力全都无所遁形,就好像他也在解读她一样。"我不敢相信我们竟然站在这里进行了这样一个对话。你真的达标了么?没有吧?"

第十一章

那天傍晚,和往常一样,朱迪骑着她的摩托,穿过那些走过不下百次的街道,搜寻曾经的囚房。她才不想参观那个自己一心想要忘掉的地方。支持她不断寻找的是她渴望穿过那道门,看到那个男人躺在地下室腐败不堪的样子。

她想要的是死亡证明。

断电那晚,殡仪馆一共接到了五具男尸,都不是那个男人。所以她一直在努力搜索那栋房子,一直在不断地扩大搜索范围。毫无线索。她觉得可能的情况是:一、那具尸体还躺在楼梯底端;二、已经被秘密处理;三、那个男人还活着。

她想知道他的名字,她想拿到刑事犯登记表。只有那样,她才能着手还原绑架案的真相。因为她一直认为这起案件的动机不是迷恋,更不是随机犯罪。

她需要那个男人的死亡证明,她甚至想过通过张贴传单的方式来收集线索。传单上边写:您的住所附近有难以忍受的恶臭么?下边是可撕下的联系方式。撕光联系方式要多久?几天还是几小时?好像每个人都有个可疑的邻居。

她对其中一种风格的建筑特别留心。那几年，她早就在脑海中构建出了房屋的布局和设计，但是建筑材料她无从得知，木质房、砖砌房、灰泥房、茅草屋都有可能。一层还是两层她也无法确定。她完全不记得进屋时的场景了，而她逃出来的时候，到处漆黑一片，天上一颗星星也没有。当时，她脑子一团糟，身体又如此虚弱，步子都迈不稳，找地标显然不是当时最要紧的事。逃跑、回家，才是当务之急。但是现在……

她不知道那屋子长什么样，但是她不会放弃。几乎每天傍晚，她都在街上搜寻、回到家中的第一件事就是在地图上划掉今天走过的街道。她把地图挂在公寓的墙上，每一天这张地图都引领她有条不紊地探索新的未知区域。每天傍晚，她都毫无斩获。

尽管她的搜寻屡屡受挫，穿梭在街头巷尾时，她还是会受到鼓舞，因为断电的余波正在逐渐瓦解。城市文化正在逐渐复苏，她甚至会因此感到骄傲：街头商贩、快餐车、咖啡馆、小餐厅、酒吧、人行道绿化都在一点一点地增加。

这天晚上，她在公寓走廊里撞见了威尔。

"摩托还好吧？"他问道。

"没问题。"朱迪接手那辆摩托之后，威尔帮她报了培训班，帮她顺利拿到了驾驶证。他还传授了保养摩托的小技巧。朱迪知道他不过是打着摩托车的幌子在接近自己罢了。她一直保持着必要的礼仪，但是从未表现得过分友好。

回到公寓后，她没有卸下手枪，而是直接打开了从便利店买来的寿司，一个人静静地吃了起来。吃完饭后，她把餐盘冲洗干净。最近，她开始给出没在公寓楼里的小野猫送食。洗漱完毕后，她回到厨房，从橱柜里拿出一罐猫粮。随后，她夹起枕头，一根手指勾着睡袋顶部的尼龙绳,走出了公寓。锁好房门,钥匙丢进口袋,她顺着狭窄的楼梯朝屋顶走去。

她在屋顶摊开睡袋、摆好枕头之后,面朝夜空,躺了进去。

街道上车辆的嘈杂声沿着大楼爬上了屋顶。远处,时不时传来几阵喊叫。这附近有一家餐馆。她感到烧烤的油烟正在疯狂地钻进自己的鼻孔。

屋顶总是十分明亮,她几乎没见过很多星星。城市的灯光太足,为了对抗公共财物破坏事件,它们的数量仍在不断增加。可是,今晚的月亮十分清楚。确切地说,它的左边十分清楚。

她把手枪从腰带的皮套中取出来,放到睡袋的旁边,然后又拉开了猫粮的金属瓶盖。她伸手把猫粮放在了一米开外的地方,然后重新躺回了睡袋。朱迪望着月亮,开始回想溺亡女孩的案子。

第十二章

穿好防护服，戴上面罩后，尤赖厄和他的新搭档跟随检验员前往解剖室。那个女孩躺在解剖台上，身上蒙着一层白布。

死者的身份已核实。黛利拉·迈斯特斯，家境富裕，就读于一间私立学校。

主验尸官叫作英格丽德·史蒂文森，身材高大，金发碧眼，大概五十岁的样子。浓烈的尸臭味让尤赖厄止不住地咳嗽，但是英格丽德对此却丝毫没有异样的反应，朱迪似乎也毫不介意。除了她哥哥拜访那次，尤赖厄竟想不到朱迪还在什么场合有过明显的情绪波动。此刻，她对于这种气味缺乏应有的反应，这似乎在告诉我们那几年她所处的生存环境是怎样的。囚犯面对刺激的反应会逐渐消失，这是一种自我保护机制的启动。施虐者通过施虐获得的快感会随之减少，从而逐步减少甚至放弃施虐活动。

"我必须为这里的空气质量向你们道个歉。"英格丽德说道，"我们的通风系统出了故障。昨天晚上我在车库的时候，我丈夫要求我必须脱掉衣服再进屋。我洗完澡后，他还是抱怨个不停。"

尤赖厄一点一点地抿着空气。他甚至因此感到缺氧，但是他坚决拒绝大口吸气。

"我知道这感觉很糟糕,不过马上就好了。"英格丽德补充道。"我觉得有些事是你们应该知道的。"

她朝屋内走去的同时示意他们跟上来。"我想给你们看的是……"她掀开白布,女孩和那一头蒲公英色的头发映入他们的眼帘。"伤口。"她指了指女孩的腹部。"她有自残行为。"那个女孩的肚子上深深浅浅的伤口纵横交织。

"最近留下的?"尤赖厄问道。

"一些是,还有一些时间比较远。"

"多远?"

"几年之前。除了这些伤口以外,我还发现一些挫伤和组织损伤,也就是说死者曾经遭受过性侵。有一些损伤看起来比较久远,还有一些是最近留下的,我是说可能不到 24 小时。"

尤赖厄看了看朱迪。由于自己的猜想略占上风,朱迪看起来底气十足。实际上,这些迹象进一步增加了自杀的可能性。那个可怜的小姑娘饱受抑郁症的长期摧残,性侵很可能就是她自杀的导火线……

"还有,她的肺部积水严重。"

"所以是溺亡?"尤赖厄问道。语气中丝毫没有惊讶的成分。

"是湖水吗?"朱迪问道。

"问得好。"英格丽德把正对着解剖台的灯推向一侧。"她肺部的积水氯气含量很高。"

这是一个意外的发现。"有意思。"尤赖厄恐怕需要把自杀猜想全都抛到脑后了。然而,此刻朱迪的脸上依旧没有表情,幸灾乐祸或是洋洋得意都没有。他必须为她做出的判断鼓掌。当然这不包括她阅读尸体的那一部分。当然,不可否认的是他对于那部分也钦佩不已。

但是此刻，那部分只能作为他俩之间的小秘密而存在。他希望这个秘密可以永远地保留下去。即便他对于朱迪的遭遇早就了然于心，这个秘密还是让他大为震惊。她的"天赋"一旦泄露，她就会再次霸占各种头版头条。奥尔特加绝对会把这一点看作朱迪不稳定的证据。

"所以，无论是否出于自愿，她更可能是在游泳池里溺亡的。"他说。

"没错。她的肺部没有新鲜的积水。她是在死后才被丢到湖里的。"

"还有没有别的发现？比如挣扎或者反抗的痕迹？"

"没有从她的指甲里发现任何残留的东西，但是她的胳膊上有一些擦痕，这或许不是什么重要的线索。"

"她有服用或者注射过什么药物么？"

"没有针管注射的痕迹，但是我们正在进行毒理学检测。"英格丽德重新蒙上了尸体。"几天之内就会有结果。"

"谢谢你。"

说完，尤赖厄迅速冲出解剖室，撕下面罩，大口地吸气——几乎就在同时他就后悔了，因为准备间的气味并不比解剖室好多少。朱迪缓缓地跟在他的后面。

"你是对的。"走出了亨内平司法中心的大门，尤赖厄立刻说道。他们坐上那辆警局便车，下一站是那个女孩的家，没有人会期待他们的到来，但是查访她的父母是必经流程。

"你怎么看？可能是她的某个亲戚或者是她男友干的吗？"朱迪问道，"先是侵犯了她，然后担心事情败露，索性就把她给淹死了。然后，往她的口袋里塞满石头，再把她抛到湖里，制造出自杀的假象？"

"说得通。"

他顺着 GPS 的提示转了个弯。

"所以，你能接受我的打扮吗？"朱迪问道。

这很符合她的风格，总是突然抛出一个意料之外的问题，这让他难以适应。昨天早晨，她刚到警局的时候，装扮着实让他感到眼前一亮。黑色长裤搭配白衬衫，外面套着一件黑色修身夹克，显然多了几分时尚气息。尤赖厄并不是过分讲究着装，但是干他们这一行的，着装必须得体。你的衣着反映出你对这份工作有多少的尊重。

"我没有抱怨过你昨天的衣着。"

"你没必要抱怨。"

"当然没有必要。"

"我一直打算去见我前男友一面，看看他是怎么处理我以前的衣服的，但是时间始终没有定下来。因为我意识到，适合我的衣服可能一件都没有了，我还有什么去的必要？"

"你可以把衣服拿去翻新一下，我在市里有一个认识的伙计，不管你信不信，我这身衣服是在一家古着店里买的。就是经过他的改造，这套衣服才没那么老气。"

"我觉得最好还是重新开始。新的自己，新的衣服。"

他想说类似于"重新开始并不总是问题的答案"、"重新开始真的很难"、"重新开始并不能彻底解决问题"还有"重新开始只是一个幻想"之类的话，但是他忍住了。

"你还好么？"朱迪问道。

朱迪正在读他。关于自杀还是他杀那件事让他有些失志，很明显，这一点逃不过她的法眼。他不知道在被看穿的情况下自己是应该撒谎还是说出真相。真相也许过于私人了，但是不管怎样，她迟早会发现的。

"我不太好。"他最终选择了真相。"不过我不能和你讨论这件事。"

他不能说是考虑到她曾经遭遇过的那些事情。这一点他没有提。他不值得她的同情。一点儿都不。他清楚这一点,但是该死的……

此刻,她皱起眉头,望着他,希望从他的脸上拾起一些线索。"我是不是说错话了?还是做错事了?"她问道。

"没有。"

"你刚想说什么来着?为什么又收住了?"

"就因为我们俩是搭档,我就得什么都告诉你?"这话一脱口,他立刻就后悔了。

受害者来自明尼阿波利斯的探戈镇。上层中产阶级,家门前都是成片的草坪,住的都是都铎风格的豪宅。艾伦管它们叫"女巫房"。青蛙形状的黄铜门环撞上红木大门,发出一声闷响。黛利拉的母亲吉纳维芙·迈斯特斯走了出来。她的头发比蒲公英的颜色还要更浅些,很明显做过高级护理,而她的发根则是较深的金黄色。

尤赖厄亮出警徽的同时做了口头的自我介绍,朱迪则在一旁表达了自己的歉意和安慰。让他惊讶的是朱迪竟然如此的积极主动。说完之后,她没有停下来,继续问道:"介意我们进去谈一谈吗?"

那个女人死死地盯着他们。听到朱迪的请求之后,她才向后退了一步,把门拉大了一些。"我不明白。"迈斯特斯夫人说道,"黛利拉是自杀的。为什么凶案组的警察要来这里调查?"

一个头发略长的小男孩出现在了客厅角落。"我们不出去了吗?"他问道,胳膊下夹着滑板。

"过一会儿再去,宝贝。"迈斯特斯夫人说道,"警察有些事要问我。"

"他们不是已经问了吗?"

"没关系的。你先出去等我。我们马上就出发。"

男孩消失后,她转过身来告诉他们俩:"他还是不太能接受。我觉得带他去朋友家散散心可能是个不错的主意。"她显然在质疑自己的决定,越说越没有底气。"带他离开这栋房子。"

"我们可以理解。"尤赖厄说。

那个女人走到沙发边坐了下来。尤赖厄和朱迪跟在她身后,也选了两个加有厚软垫的座椅坐了下来。一个椭圆形的茶几隔在他们之间。

迈斯特斯夫人似乎在思考女主人此刻应有的举动或措辞。"你们要喝点东西吗?"朱迪和尤赖厄不约而同地摇了摇头,这让她不由地松了一口气。

"首先,"朱迪说,"我们为您的遭遇感到难过。"她瞥了尤赖厄一眼,尤赖厄缓缓地使了一个眼色。让她来切入正题比较好,目前为止,她做得都很好。他有预感如果从一个女人口中得知那个消息,迈斯特斯夫人接受起来可能稍微容易一点。

"您刚刚问我们来这里的原因。"朱迪前倾了一些,手肘放在了膝盖上面,眼睛紧紧地盯着这个正在经历丧女之痛的母亲。"我们有理由相信您的女儿并不是自杀。"

此刻,吉纳维芙·迈斯特斯的脑海中一闪而过过去24小时内自己处理的所有事情,她正在竭力消化这起重磅炸弹,但是她迟迟缓不过神来。"我不能理解。昨天,警察告诉我我女儿自杀了。"

"我们刚从解剖室过来,"朱迪解释道,"初步迹象表明她可能死于他人之手。"

阴郁的氛围此刻瞬间跌入冰点。迈斯特斯夫人握住自己的脖子，竭力遏制自己的喊叫声，她万分惊恐地盯着朱迪。

奇怪的是，几分钟前，女儿的自杀对她来说似乎是世界上最难以忍受的事实，因为这场悲剧本应该是这位母亲可以预见的，可以阻止的。但是几分钟之后，这起死亡案件演变成了一场阴谋，这让她更加难以忍受。

"什么……？怎么会……？"

但是她并不是真的想知道这些事。这种情况下，没有人想知道案件的细节。

朱迪瞥了尤赖厄一眼，然后低下头，眼神落在自己紧扣的双手上。尤赖厄捕捉到她眼神中一闪而过的自我怀疑，但是他知道此刻的朱迪正在努力地重拾信心。他们都是局外人。他们的工作就是用最体贴、最委婉的方式传达信息，同时防止局面失控。他希望也能见到女主人的丈夫，他们应该在这儿等一等，等他回来，让她把孩子送去朋友家，等几个小时不碍事的吧，况且朱迪到目前为止表现的都不错。如果他们没有来，不知道此刻会是谁坐在这里传达这个消息像播报员一样地传达这个消息，显然不会比朱迪做得好。

"她不是在湖里淹死的，"朱迪说。"所以我们怀疑这是一起他杀。"她没有提性侵的事。这是个明智的选择。先让迈斯特斯夫人完全接受眼前这个消息再说也不迟。

"您知道有谁可能伤害您女儿吗？"尤赖厄突然问道。这个问题显然过于唐突，不过有时候开门见山效果反而更好。因为这给了处于慌乱之中的幸存者一个思考的起点。

"没有。"她眉头紧锁，摇头表示否定。"大家都很喜欢她。我的女儿是个天使。"

这句评价是否中肯，似乎难以确认。

"她有死对头么？"朱迪问道，"在学校？"

"和所有人都处得来是不可能的，但是黛利拉在学校很受欢迎。她很友善。人们都喜欢她。"她的视线从朱迪的脸上转移到尤赖厄的脸上。他能够看出她的思路逐渐变得清晰起来。"她的口袋里装满了石头。"

"我们知道，"尤赖厄平静地说道，"我们认为是别人放进去的。"

"警官，你有孩子么？没有，对么？你们两位都没有孩子吧？我觉得没有！"

这种情况时常发生。言语攻击。不过这可以理解。尽管让朱迪顶在前面尤赖厄有些过意不去，但是女主人的反应他们丝毫不会放在心上。传达消息的人难免会受到针对。

他们问了一些常规问题以及与她女儿来往密切的同学的名单和家庭住址。

"黛利拉有工作么？"朱迪一边叠好笔录，一边问。

"没有，但是她在当志愿者。"

"在哪里？"

"一家养老院。"

他们得知这家的男主人最近搬了出去，住在伊代纳的一间公寓里。然后，他们询问了是否可以去黛利拉的房间看看。迈斯特斯夫人把他们领上楼，穿过铺有东方式长地毯的走廊，然后停在了一扇白色房门前。她推开门，一间典型的青少年的房间映入眼帘。

她两眼发愣，盯着房间，最终用略带颤抖的声音低声说道："我不能待在这里，我受不了……我先出去，请尽量不要打乱屋里的东西。"她向后退出了房间,"我希望能保持它现有的样子。"

失去孩子的母亲最留恋孩子生前的摆设。不过,尤赖厄也在成年受害人的亲属中看到过类似的行为。当然也有人会选择截然相反的做法——彻底地翻新屋子或者直接搬家,从而把记忆全部清空。"我们会十分小心的。"他答道。

他们检查了梳妆台和床,然后尤赖厄打开了黛利拉的电脑,朱迪则读起了她的日记。

日记里都是些普通到让人感到无聊的内容。据朱迪报告,记录的话题不外乎朋友间的琐事、爱慕的男生、班级见闻以及电影、音乐、乐队等等。

十五分钟之后,在尤赖厄准备宣布搜查结束的时候,朱迪叫了他一声,那种语调引起了他的注意。他抬起头,眼神从电脑屏幕转移到朱迪一边低头阅读一边用手敲打的日记本。

"她多次提到一个人,但是她从来没有提到过他的名字。"朱迪大声地朗读了几段节选:"'我们终于成功了。'然后她说,'他想再见我一次。我昨天晚上偷偷地溜了出去。萝拉也喜欢他,但是我觉得这是因为他这个年纪已经可以买啤酒了,更别提做些其他的事情了。'撇嘴表情。"

"啤酒?"尤赖厄顺势推理下去,"所以不是她的同学。"

他们把电脑和日记放入物证袋,在外面贴上标签。下楼之后,他们向迈斯特斯夫人询问了黛利拉的手机号码。

"我没有看到她的手机,"吉纳维芙说道,"我都没有想起过她的手机。"她把女儿的电话号码给了尤赖厄,然后答应他们会尝试着找一找手机。

他们也询问了有关那个买啤酒的男人的事。迈斯特斯夫人感到十分惊讶,显然她什么也不知道。离开她家之后,尤赖厄立刻联络了警局的技术侦查专员。一是为了获取黛利拉·迈斯特斯的通话记录,二是看看能否确定她手机的位置。

拿着迈斯特斯夫人给出的名单,他们来到了黛利拉生前就读的高中,在那里,他们约见了学校校长。名单上的女生被依次带到其中一间教室,和他们进行谈话。只有一位他们没有见到,她叫做萝拉·霍尔特。

"她今天请假了。"校长解释道。

"我们真的需要和她谈话,情况十分紧急。"朱迪说。

教学秘书给了他们萝拉的住址。富裕的布林莫尔街区,离明尼阿波利斯市区仅仅几分钟的车程。那是一栋殖民地时期风格的建筑,着实让人印象深刻。一开始并没有人应门,但是在尤赖厄和朱迪的不懈努力之下,一个女人最终还是拉开了门,虽然只留着一条缝隙,但也足够他们出示自己的警徽并做一番自我介绍了。屋里飘出了新割过的草坪、木屑以及化肥的气味。

"我知道你们是谁,别来打扰我的女儿!"那个女人的声音铿锵有力。"她不想和你们说话!她什么都不知道!"

"我们估计她是黛利拉·迈斯特斯的朋友。"

"她们才不是什么朋友呢!我从不允许萝拉和黛利拉一起出去。黛利拉不是个好姑娘,她们已经好几个月没有来往了。"

"为什么您认为她不是个好姑娘?"朱迪问道。

"她喝酒、抽烟、吸毒什么都做,这还仅仅是我知道的部分。你们是警察。你们好好地查查她吧。"话音未落,门就被重重地带上了。

顺着人行道离开的时候,朱迪时不时地回看那栋房子几眼。"萝拉在家。刚刚楼上的窗帘动了一下。"

"她很害怕。"尤赖厄说,"给她一些时间吧,过些时候我们再来找她。我不太愿意强行逼问她。如果她自愿和我们合作,我们说不定能得到更多线索。"

回到办公室之后,他们把这天余下的时间都用在了跟进线索上,但是最终还是一无所获。

此刻的警局一片寂静,距离下班已经过去很久,其他的警员早就已经回家。

家。

家并不是尤赖厄想去的地方。一间公寓怎么能够称得上是家呢?他刚搬到市区不久,这是他自愿的。虽然他也搞不懂自己究竟在想些什么。现在回头看,他发现自己的选择与迈斯特斯夫人截然不同。他打包带走了所有的东西、卖掉了房子、住到了新的社区,希望借此摆脱过去。但是现在看来,这些决定完全适得其反,悲伤和失落变本加厉地折磨着他。

第十三章

　　爱默生塔曾经是明尼阿波利斯市区最高的建筑之一。尤赖厄一直都很喜欢它，但是从未想过要住进那里。锻铁、镶边、纯金圆形把手、非洲桃花芯木、意大利产大理石、装饰派艺术风格再加上"楼层越高、房间越小"的仿华盛顿纪念碑设计是那栋建筑的特点。

　　变电站发生故障后犯罪变得猖狂起来。自那以后，爱默生就从宾馆变为了公寓楼。将市区的宾馆改造成住宅区的做法是市长提出的"留在市区"倡议的一部分。他认为住在城市的中心区域会比较安全，因为这里的警备力量最为坚实。尤赖厄对此表示赞同，但是目前看来，这个计划进展得并不顺利。即使爱默生的公寓套房不算昂贵，仍有一半的房间是空着的。

　　他记得第一次来到明尼阿波利斯的场景，那时候他还是个孩子，他的父母紧紧地抓着他的手，不时地提醒他"快跟紧"。他能感受到他们的紧张，但是他一点也不害怕。他甚至有些激动。街角自言自语的伙计、沿着马路一边嘶吼一边踱步的男人、浓妆艳抹的妓女还有衣衫褴褛的流浪汉都可能是他激动的来源，但是这并不重要。这个陌生的世界让他倍感兴奋。这里和他的家乡——那个看起来保守到无趣但是又安全的地方完全不同。当然，他现在算是懂了，没有什么地方是绝对安全的，但是作为一个孩子，他的家乡就是老派的美国中产阶级聚集地。

每当远房亲戚前来拜访时，他的父母总是觉得应当带他们去逛一逛这座大城市，这座充满犯罪、污秽、毒品、性以及传奇歌手"王子"的黑暗城市。

然后E街区诞生了。它的出现可以称得上是一种肃清。流浪汉、吸毒者、妓女、乞丐、街头音乐家、嬉皮士、地核朋克乐手通通被赶走了，取而代之的是塔吉特公司、一家人烟稀少的电影院以及一个无人问津的停车场。所以这个崭新的明尼阿波利斯不仅是一种回归，甚至可以称得上是一种纠正。尤赖厄绝不会对外发表这番观点，但是这座城市正在逐渐恢复原貌，这让他打心底里觉得开心。

现在这座城市就是他的家。曾经伫立在自己面前的高楼大厦就是他现在的住处。那些年跟随家人来到明尼阿波利斯那么多次，当时的他是否预感到有一天自己会生活在这里？一想到这个问题，他总会觉得既奇怪又温馨。

距离前往尸检中心已经过去十个多小时，尤赖厄终于回到了公寓。每次，他都会走天桥通道，穿过那扇不太流畅的旋转门，进入公寓所在的夹楼层。此时楼下的大厅空荡荡的，对于这个点来说，这完全是意料之中的事，商贩早已收工回家。

这一天又疯狂又漫长。重新踏进公寓大楼的一瞬间让他产生了一周没有回来的错觉。

尤赖厄直接忽略了电梯的存在，径直走到楼梯口，顺着楼梯爬上了17楼。他越走越快。

咖喱和洋葱的味道填满了整个楼道，那是每一扇家门后面都有的生活气息。回到拥挤的小公寓后，尤赖厄换上发旧的牛仔裤和磨破的T恤，把西装小心翼翼地挂了起来。他从冰箱里拿出一瓶啤酒和一份打包的炸薯条，然后坐到了沙发上。他弓着背，盯着咖啡桌上的手提电脑，边吃薯条边喝啤酒。他打开脸书，输入了黛利拉·迈斯特斯，页面随即转到了逝世女孩的主页。

和很多青少年的主页一样，自拍和闺蜜合照是永恒的主题。他尤其关注那些合照。每张照片都贴有合照者的名字。

她关注的人不到300个。于是，他拿来一沓纸，开始地毯式访问他们的主页，所有值得当面拜访的人名都被记录了下来。

她的某些同班同学在主页中留下了隐含暴力倾向的文字。尤赖厄把这些人一一记下。在"家庭"标签那一栏里，他发现了黛利拉的父母、弟弟以及其他亲戚的脸书账号。对于一个十七岁的女孩来说，她的电影和音乐品味还算合乎常理。她上传了很多动物的图片，大多数是猫，但是也有狗。此外，预料之中的是很多人在她的主页上留了言，一些留言向她的家属表示了慰问，另一些则是直接说给她的话。

尤赖厄将那些留言快速浏览了一遍，特别留意了那些反复出现的人名。最常提及的人要数他们白天没见到的那个女孩——萝拉·霍尔特。尽管霍尔特夫人一再强调两个女孩早已不是朋友，事实证明黛利拉死前不久还同她一起外出游玩过。

他在名单旁边写下"向吉纳维芙·迈斯特斯询问她女儿的脸书账号"以防自己忘记。阅读私人信息对于侦破案件来说十分关键，如果她无法立刻提供，他们就必须走司法途径来解决这个问题。

记录完迈斯特斯脸书上的信息之后，他合上电脑，开始按摩眼睛。

他不常用脸书。一方面他的工作过于繁重，另一方面，无论是向老朋友、新朋友还是他认识的、不认识的人分享生活,他实际上都不太感兴趣。而且作为一名警察,他必须行事谨慎。

但是几年前,艾伦帮他注册过一个主页。这引来了他的抗议。他做什么谁也管不着——这是他当时的原话。

"每个人都应该有一个脸书账号。"她解释道。

现在他终于有了账号。他的主页头像是一张他站在码头,打着赤膊,手中抓着鲶鱼的生活照。头像下面写着恋爱中三个字。

和大多数脸书主页比起来,他的简介看起来十分简略。没有喜爱的电影和音乐,关注量也很少。他点击了页面左边的"家庭"标签,查看了一直以来都让他十分好奇的家庭成员:他的父母和他的弟弟。

艾伦。

他点击了她的名字。画面立刻转到了她的主页,映入眼帘的是她的笑脸。

他盯着电脑屏幕,下意识地咽了咽口水,然后喝了一口啤酒。他放下酒瓶,又立刻拿起,把剩下的啤酒一饮而尽。最终,他点击了"照片"标签,接着开始翻阅照片。大多数都是艾伦的照片,也有不少是他俩的合照。有假期里拍的、有家庭聚会上拍的、有出游时拍的,还有一张是在他父母家拍的。照片上艾伦躺在他盘起的大腿上,冲他笑。

那张照片拍完不久,他们就在他儿时的床上亲热了起来。为了不让父母发现,他们手忙脚乱,最终还尴尬地笑了起来。

看着那些照片,回想起那些事,他的嘴角不自觉地上扬,但内心却十分煎熬。他突然明白黛利拉·迈斯特斯为何要用剃须刀片割伤自己的腹部。

看完所有的照片花了他不少功夫。每当那种痛苦开始消退、每当

他的心开始麻木,他总会去读一读人们在艾伦主页下的留言。和黛利拉·迈斯特斯的一样,艾伦主页下面也有很多直接给她的留言:

我想你。

没想到你这么早就走了。

我会永远记得你的笑脸。

大多数都来自他不认识的人。

没人提到自杀两个字,一次也没有。也许这并不重要,也许只有他特别在意这一点,特别在意她自杀的原因。

她看起来总是那么开心。那是他不能理解的地方。

警局的心理医生试图说服他,让他不要自责,因为这不是他的过错。作出那个决定的是艾伦本人。

没有觉察。完全没有发现。什么样的丈夫会完全意识不到自己妻子的异常?

一个失职的丈夫,一个眼里只有工作的丈夫。

听到那个女孩不是自杀的消息时,他在某种程度上松了一口气。真是个荒谬的反应,虽然谋杀案件的处理方式和自杀案件完全不同,但是它们难道不是同样的令人毛骨悚然么?他之所以感到有所宽慰是因为处理自杀案件总能让他想起艾伦。当他们与迈斯特斯夫人进行交涉的时候,他甚至发现自己说出了类似于"至少不是自杀"这样的话,因为谋杀意味着她不必因为女儿自杀而感到自责。这不是她的错,要怪只能怪这个社会,是这个社会的失序和动荡才酿成了最终的悲剧。实际上,失去至亲的痛永远不会消退,这和悲剧发生的原因毫无关系。

他把艾伦主页上的每条消息都读了一遍。有他们从明尼苏达的南部搬到明尼阿波利斯之前的消息,也有她读大学之前的消息,然而那些消息永远地定格在了一年前她的离世。那些文字全都在尤赖厄的脑海中不停地翻滚,更别提那些照片了。那些该死的照片……

我和尤赖厄在迪颇特溜冰。
开学第一天,我在明尼苏达大学的福韦尔大厅。

当他翻到她开通脸书时的消息时,他才意识到自己已经浏览结束。他不想退出界面,也不想重新回到那个没有艾伦的世界。也许还有别的信息。也许有一些他无法访问的消息,因为他没有登陆艾伦的账号。

他退出自己的账号,试着登陆艾伦的账号。她有一个常用密码。但是并没有用在脸书上。他又试了另外三个可能的密码,最终还是放弃了。

从来没有觉察到。

他拿起一瓶伏特加往楼上的观景台走去。观景台大概是这栋楼最大的特色。他望着远方的天空和星星。

然后,他往双筒望远镜里塞了一块硬币。

丝毫没有觉察到。

计时器发出滴答滴答的响声。透过镜片,他扫视完天空后,又低头凝视沿着城市街道蜿蜒而过的长串车灯。随后,他把望远镜旋转180°后,发现了月亮上反射出的哈里特湖的倒影。据他所知,朱迪就住在离那儿不远的南部街区。

他朝相反方向转动望远镜直到对准那一块区域。房屋的布局并不是整齐的网格状，而是沿河流和湖泊分散开来。那儿的街道都是以"欢乐山谷环路"、"枫叶大道"、"公园广场"这样的方式命名的。

找到和艾伦的住处后，他盯着那里看了很久。望远镜的计时器停止转动后，镜片暗了下来。他这才缓过神来。接着，他躺到旁边的靠椅上，开始喝酒。他想要灌醉自己。自从搬进爱默生，这似乎成了他的日常。

警局的心理医生曾告诉他喝酒不会有任何帮助。她说得不对。对他来说，这是唯一管用的东西。

第十四章

朱迪的手机突然响了起来。半梦半醒之间,她在睡袋周围一番摸索。找到手机后,她眯着眼瞅了瞅屏幕,看到"尤赖厄"的名字之后便接通了电话。她用沙哑的声音问道:"什么事?"

"请问你是方丹警官么?"

不是尤赖厄。电话那头是一位年轻女子。朱迪用手肘撑起身子,语气多了几分机警。"我是。"

"你好。我是利昂娜·富兰克林。我不确定应该打给谁,但是我遇到了些麻烦。"她停下来,深吸一口气后继续说。"大概一年之前,我和我的丈夫共同买下了一间位于杜松大道的公寓。"

朱迪重新确认了屏幕上的来电显示:尤赖厄。他把手机借给别人了?朱迪按下了"免提"键,然后开口说道:"我觉得你打错电话了。"

"听我说完。我们是从阿什比警官那儿买的房子。你认识他,对吧?我们发现了他的手机,然后看到你的名字前面写着警官两个字,我们觉得你应该认识他。"

"他是我的搭档。"

"好吧,现在他在我这儿。在我家的酒窖里。因为他是警察,当初我们就没有换门锁了。但是今天他就这样闯进来了。"

现在,朱迪算是完全清醒了。她站起身,拿起睡袋和枪。"可以告诉我你的地址么?"她朝楼梯口大步走去的同时问道。

那个女子向她交代了自己的详细地址。

"我马上就到。"

回到公寓后,朱迪立马扔下睡袋,套上牛仔裤和靴子,接着又系上腰带别上枪。她把 iPhone 放在裤子的后口袋里,披上夹克。最后,她夹起头盔冲出屋子,锁好房门之后向车库冲去。楼梯口回荡着咚咚咚的脚步声。来到车库之后,她跨上摩托,戴上头盔,然后按了按钥匙链上的遥控器。车库的电控门抖动中缓缓升起。

大街上,红绿灯和霓虹灯招牌不断地向后飞驰。拉离合、踩档、加大马力。她正在全速赶往那个女人的住处。

尤赖厄曾经居住的那片区域是典型的老城区,到处都是灰泥房和林荫路。当她看到那栋耀眼的大楼时,她觉得那里应该就是目的地了。她把车停靠在马路边,然后用前照灯扫了门牌号一下,快速验证了自己的猜想。

她关了发动机、停稳摩托之后把头盔挂在了车把手上。她走到那栋房子前面,敲了敲门。一对年轻的夫妇一同出现在了门口:那个女子穿着印花睡袍,很明显有了身孕,她的丈夫则穿着T恤和睡裤。

这栋房子和这位孕妇给人一种普通家庭的感觉。很难想象尤赖厄会在周六的晚上来这里闲荡,做些画画、修理、割草之类的闲杂活儿。

"你知道吗,他的妻子自杀了。"那个女子低声说道。

朱迪感觉心头一沉,一切都明朗了。他酗酒成性,他对溺亡女孩的反应……

"他没法儿在这里继续生活下去,所以他卖掉了这间屋子。你一定无法想象签约那天他整个人的状态是什么样的。他伤心透了。当时我都忍不住哭了起来,所以后来我就直接出去了。"

朱迪意识到尤赖厄和自己一样,他们都失去了原本的自我,只不过失去的方式有所不同。他现在是一个深陷悲痛之中的鳏夫,曾经的美好生活再也无法复得。这间屋子就是美好生活开始的地方。

那个女子领着朱迪穿过客厅和厨房来到地下室的入口。

地下室。

站在楼梯的入口,朱迪的耳朵随着脉搏的扑通声不断跳动。这会是个陷阱吗?有人正在引诱她中计?她觉得那对夫妇表现得很真诚,但是她真的可以信赖自己对当下的解读吗?真的可以吗?

她把手放在腰间的手枪上,然后喊了尤赖厄一声。她的声音顺着楼梯扩散下去。

"朱迪?是你吗?"他的声音从地下室深处传了上来。

听到尤赖厄的回应,朱迪松了一口气,但是她仍然不愿意下楼与他会合。她随即问道:"你在底下干什么?"

"在看这儿有什么好酒。"

她深吸一口气,然后顺着楼梯走了下去。尤赖厄坐在角落里,背靠着墙,弯着一条腿。他的身旁放在一瓶红酒,手里抓着一只酒杯。值得一提的是,他穿着T恤和牛仔裤。除了西装,她还从未看过尤赖厄的其他装束。

"显然2005年是不错的一年。"他说。

他看上去并没有醉得很严重,至少不至于因为醉酒而闯入别人的家中。但是话说回来,常年酗酒的人总是比一般人看起来更加清醒。

朱迪俯下身子,坐在了他的身旁。尤赖厄把酒杯递给了她。她拿起酒杯抿了一小口。"好酒。"

"对吧?"

他们什么也没说,坐在那里喝了一会儿,然后朱迪首先打破了沉默:"该走了。"

"我在这里很好。"

"这不是你的家。"

"这不是我的家,难道是你的家?"他伸手去拿朱迪手中的酒杯。

"不再是你的家了。你把它卖掉了。"

"哦?难怪楼上有两个人。"

"我们走吧,让这对好心的夫妇还有他们的孩子安安稳稳地睡个觉。"

这句话似乎起了作用。据她所知,尤赖厄是个同情心十足的人。

她把酒杯和酒瓶挪到一边,然后扶他站了起来。他一站直就晃动不止,朱迪一把抓住了他然后指着楼梯口的方向。"你先走。"

朱迪扶着尤赖厄向大门走去。在经过走廊里的那对夫妇时,她无奈地说道:"你们还是把门锁换一下吧。"

男主人神色缓和了一些,嘴里咕哝着:"明天一早赶紧联系换锁公司。"

出门之后,朱迪和尤赖厄停在了路边的人行道上。此时他们身后的门廊灯已经熄灭。"你是怎么跑到这儿来的?"她问道。

尤赖厄扫视着空荡荡的街道,"不知道。"紧接着,他给出了一些可能的假设。"我觉得我应该是做轻轨来的,出租车也有可能。"

朱迪跨上摩托,把车头转向街道一侧,"上来。"

尤赖厄一只腿颤颤巍巍地迈过后座，花了好一会儿才最终坐定。他把手搭在朱迪的腰间，但是并没有任何私心。

加油，拉风门，点火。蹬车启动后，朱迪加油门、挂一挡，摩托立刻朝着城区方向开动起来。十分钟后，她放慢车速右转弯，驶入马凯特。尤赖厄的重量让这台重型机器有些难以负荷。到达爱默生塔之后，她在大楼前的停车场里停下摩托，然后关掉引擎。

朱迪下车后取下了头盔。

尤赖厄落地的时候步子十分凌乱，但是他还是竭力朝大楼的双开门走去。"谢谢你送我回来！"他回过头，朝朱迪大声嚷嚷。

朱迪跟在他的身后因为她得确保尤赖厄安全地回到家中。在楼下大厅，她看着尤赖厄不慌不忙地按住电梯上行的按钮。一个绿色的箭头在按钮上方的电子屏上跳了出来，随即叮的一声，电梯门向两边匀速拉开。尤赖厄跟跟跄跄地走进电梯，背抵着墙，竭力维持身体的平衡。"我平常都走楼梯的。"他一边说一边仔细地寻找楼层按钮，然后用极其轻柔的力度按住了按钮。电梯门随着轻微的颤抖紧紧地合上，电梯随即开始上升。"我的最快纪录是 2 分 24 秒。"尤赖厄的眼神落在朱迪的脸上，很久很久。"我们应该找个时间比一比。"

"我不太擅长体育。槌球游戏我更在行。但是我肯定会找个时间和你比一比的。"朱迪心想：反正一觉醒来，他什么都不会记得。

他点点头。然后，他嘟哝了一句："一言为定。"那力度似乎更像是在自言自语。

电梯在 17 楼停住，电梯门缓缓地拉开。尤赖厄小心翼翼地沿着走廊往前走。他突然止住了脚步，紧闭双眼，双手抵住墙壁，努力让自己保持站立。这一晚的情绪和那些灌下去的酒一瞬间全部冲上了他的脑袋。

朱迪摸了摸他的口袋，找到了一串钥匙，其中一把钥匙有门牌号的标记。她找到他的公寓后，用钥匙打开了房门。尤赖厄用力推了推墙壁，重新找到了平衡，随后跟在她的身后进了房间。

在朱迪来到这里之前，每当她想到尤赖厄的时候，她的脑海中都会浮现出两种场景。第一种是一间装饰极为现代化的单身公寓，第二种是一间只有生活必需品的空荡房间，有淋浴间、煤气灶以及杂乱的床铺，床铺可能只是一个床垫而已。基本上，房间就是一个工作间隙用来休息的落脚点。的确第二种更有可能是实际情况。

单身公寓可以排除了。

空荡房间也可以排除了。

她关上门，打开了墙上的开关。头顶上的玻璃吊灯几乎难以照亮房间。

昏暗的公寓带着古董店的气味——旧纸张、老木头混杂着长期居住的味道。地上铺着一张紫红色和森林绿的混色东方地毯。所有的窗户都蒙上了厚重的红色窗帘。但是最让朱迪意外的是成堆的书，从地板堆到房顶的书。很多书的书脊都是皮质的，大部分书的封皮都十分干净整洁。

屋子里所有的东西都很旧。床头放着一盏带有深色灯罩的复古台灯。房间角落里，20世纪60年代风格的绿色沙发旁边是满书架的黑胶唱片和一台点唱机。

公寓并不是很大，或许是因为这里堆满了各式各样的东西，所以显得不是很大。从她所在的位置可以看到开放式厨房和走廊，走廊连接的一定就是卧室和厕所了。

杂乱不堪的屋子让人既忧愁又舒心。这里是另一个世界，这里并不让人觉得束缚和压抑，反而更像是一个可以抵御侵袭的茧。这让她感到诧异。

由于醉酒，尤赖厄走起路来荡荡悠悠，沿着走廊一路说个不停。她跟在后面，发现他坐在床上，两眼放空了一会儿，然后仰头倒在床上，双眼紧闭，四肢摊开。

普通人的反应可能是帮他脱掉鞋子，然后帮他侧卧以防呕吐。朱迪早已不是普通人了，她愿意做的事情比从前多了很多。鉴于尤赖厄现在的状态，朱迪并不忍心将他一个人留在这里。

她把床上的备用枕头抛到了客厅的沙发上。她没有立刻躺下，而是从其中一个书架上随手抽出了一本书，然后翻到了版权页，上面写着《搏击俱乐部》第一版。她把书塞了回去，然后又抽出另外一本《寂静的春天》第一版。

她还记得那种极度迷恋的感觉，可是她不得不为自己失去那种感觉而哀伤。她惊讶于一个整天与谋杀案打交道的警察竟然可以拥有如此高水准的生活。

她将书归位后拿起了桌上的相框。那是一张典型的情侣快照。拍摄地点也是热门的情侣合影地点——沃克艺术中心门前的《勺型桥与樱桃》雕塑。她和埃里克没去过那里吗？他们没有类似的合影吗？合照去了哪儿？可以用来证明那段曾经有过但是不再存在的生活的证据去了哪儿？

关于和埃里克同居的屋子，她曾以为自己再也不愿意见到那间屋子里的任何东西，但事实并非如此，那只是一种自我保护的方式罢了。现在，她开始疑惑当时有没有被保留下来的东西，如果有，是什么？当他开始新的恋情之后，他是不是真的把"从前的记忆"统统清理掉了？

如果去年冬天的那个晚上，他的身边没有新的女友；如果他当时用她期待的方式迎接她的回来；如果一切都按照不同于现实的方向发展，那么她现在的生活会是怎样的呢？因为事实上她仍然在适应这个世界，这个过程并不轻松，大多数时候，她感觉自己与外界隔着一层厚厚的玻璃——看不见也穿不过。

她把照片放回了书架。十分钟之后，她回到卧室帮尤赖厄侧过身子，接着她又把那个枕头垫在了他的身后。

第十五章

　　早餐的香味唤醒了睡梦中的朱迪。她伸了伸懒腰，直起身子，然后朝厨房走去。还没完全清醒的她步子有些散乱。尤赖厄站在柜台旁，面前摆着一个小灶台。他手里拿着锅铲，正在娴熟地翻炒着平底锅里的鸡蛋。"起床以后做两人份的早餐，"尤赖厄的肩上搭着一条毛巾，说话的时候并没有抬头看她，"感觉不错。"

　　她两手交叉，背倚在门框上。"我很震惊，你竟然站在这里。头疼快折磨死你了吧。"

　　"没那么严重，但是我觉得我现在很可能还没完全清醒。"

　　她拉开一把老式餐椅坐了下来。餐椅是金属材质的，上面放着一块红色坐垫。她弯起一条腿，脚放在坐垫上，两手抱着与胸口平齐的膝盖。"你还记得昨天的事吗？"

　　"非常不幸，我记得。"她捕捉到他声音里的畏缩。

　　"他们打算把门锁换掉。"

　　"不错的主意。"他的注意力似乎仍然保持在面前的平底锅上。他很尴尬？也许吧。很可能是。

　　"餐碟。"他指了指水槽上方的橱柜。

朱迪站了起来，把两个蓝色餐碟放在了狭长的餐桌上，然后坐回了原来的位置。他用锅铲刮了刮锅底的鸡蛋，两个餐碟上分别盛着一座金色的小山峰。接着，他拿出两个马克杯，装了两杯法压咖啡，然后坐到了她的对面。

无意之间，尤赖厄创造了这一刻。这一刻的真实生活——生命中最难以解释但是却能让一切都变得更好的东西之一。这一刻甚至让她开始疑惑这个新的世界是否也藏匿着属于她的真实生活？

他们拿起餐叉，开始吃早餐。

吃了几口后，尤赖厄打破了沉默："我其实不太记得在那对夫妇家的事了，但是我记得你载我回来，然后，我醒来就在这里了。"

"差不多就是这么回事。"早餐虽然看起来很随意，味道却是惊人的好。朱迪一口接着一口，连多说几句话的功夫都没有。"我昨晚留下来是因为我觉得留你一个人在这儿不太好。"

尤赖厄终于抬起了头。他看着她，目不转睛地看着她。然后，他毫无预兆地把手伸到了桌子对面，抓住了她没拿餐叉的手。也许这只是人们的正常反应，是一种表达谢意的手段。但是当他的手指开始接触她的手指时，她不由地往后一缩——那让她想起了那段被囚禁的日子，让她感受到了一些极其错误的东西。

他迅速遣散了自己的凝视，然后死死地盯着餐盘里的食物。

朱迪感觉自己欠他一个说明，于是说道："我不喜欢任何人碰我。"

"我记住了。"他立马回复道，眼睛仍然躲避着她。他们继续吃饭，可同时不得不在这尴尬的氛围中消磨时间。

"我的母亲也有收集书的爱好。"这次她首先开口。

"这大概是最让我着迷的事了。"他承认。"这里大多数书都是首版。"他们目光短暂交汇,"为什么你要这样看着我?很奇怪吗?"

"是的。"

"为什么?"

"我不知道。就是觉得出乎意料。"

他眉头一耸,说道:"你应该来看看我收藏的豆豆公仔。"看到她没有做出回应,他继续说道:"我只是开个玩笑。"

"嗯。"

"作为一个自称能阅读尸体的人,对待活人,你的反应有时候真的挺慢。"

他说得没错。她的错误源自于她总爱对他做出各种假设。"我不知道一个人究竟在多大程度上是由他人造就的。"她说,"你想想,我们每个人对某一个人的看法不可能是完全一致的,我们习惯于对号入座,所有任何个体从来都不是真正的个体。"

"这对于一个还处于宿醉阶段的人来说是不是有点太深奥了。你是说我们不仅仅是环境的产物,我们也受到外界那些精确的或者错误的看法与观点的影响?天呐,我的头更疼了。"

"有一件事我感触很深,在我被绑架之前,我总是通过别人的看法来审视自己,通过每一个和我打过交道的人、通过那些对我来说有意义的看法来审视自己。我观察他们对我的反应,然后我看到他们眼中的自己,是不是真实的自己我们暂且不提。但是自从我逃跑之后,这种习惯就不复存在了。我不知道现在的我是正常还是不正常,但是那种扭曲的、别人眼中的自己再也没有了。我应该感觉更好才对,但是总觉得少了些什么。"

你变成了他眼中的自己。

一瞬间她意识到那就是所谓的事实。三年的时间,没有任何人或事可以折射出真实的自己,她别无选择。实际上也不是,她还有那个施虐狂。所以,她变成了他眼中的自己。

他花了多长时间来击溃她的防线?几天?几周?还是几个月?从拒不服从到言听计从又过了多久?从言听计从到翘首以待呢?

也许花了多久击溃并不重要。重要的是她最终屈服了、不再抵抗了、不再计划逃跑方案了、不再试图战胜他了。而这才是羞耻感侵袭她的原因。她无法确定自己还能不能原谅自己。

吃完早餐后,她把餐盘放进水槽,然后打开水龙头开始冲洗。"我看到咖啡桌上的名单了。"她转过头对尤赖厄说,"黛利拉·迈斯特斯的同班同学?"

"我昨晚从脸书上扒下来的,我们今天再去一次黛利拉的学校吧,再采访一些别的学生和老师,也许萝拉·霍尔特也在那儿。"

他刷完脸书之后才喝醉的,顺序似乎有些诡异。不过当她意识到他可能也翻开了自己妻子的主页后,一切就都顺理成章了。她关上水龙头,转身对尤赖厄说:"我以前也有收集豆豆公仔的习惯。"

"有些尴尬。"他站起来,椅子脚在木质地板上刮出刺耳的响声。"不过,我以前有一个会说话的泰迪熊公仔,你可别说出去呀。"

第十六章

黛利拉·迈斯特斯的葬礼队伍沿着亨内平大道朝莱克伍德公墓走去。人们陆续聚集在道路两侧目送黛利拉出殡,有的人一言不发,有的人低声抽泣,还有一些人默默观望。这起凶杀案在过去几天里一直霸占着这里的头版头条。媒体的大肆报道吸引了大批的围观群众以及一些主动提供帮助的好心人。前一天晚上,一群学生家长自发为黛利拉守夜,他们把数百只载有蜡烛的纸船投放到平静的岛屿湖上。

因为这件事,家长纷纷开始担忧子女的安全状况,这让原本就冲击力十足的场面有了更高的新闻价值。

生命的消逝永远都是悲伤的。当悲剧发生在一个即将步入成年的漂亮女孩身上,一切就变得更加让人心痛了。事实上,这起伪装成自杀行为的谋杀案在镇上掀起了轩然大波。再加上接手此案件的警察是朱迪·方丹,该案件引发了全国媒体的广泛关注,他们重新燃起热情,开始疯狂争夺这个人所有的消息。

朱迪和尤赖厄步行跟在葬礼队伍的后面,为了表示尊重,他们与队伍之间保留了一定的距离。途中,朱迪注意到之前他们采访过的几个女孩也来到了现场,但是萝拉·霍尔特依旧没有出现。原本朱迪认为她会出现在葬礼现场，但是事实证明她依旧在回避他们。

两位警官不约而同地选择了黑色衣服，尤赖厄的西装似乎已经变成了他身体的一部分。朱迪穿着百货商场里常见的那种无袖长裙，晚装鞋似乎是过去那个她的品味，所以她选择了更为实用的黑皮靴，虽然美观度上有些欠缺。

因为湖泊众多，明尼阿波利斯的道路并不顺畅。主干道经常戛然而止，亨内平大道的尽头是莱克伍德公墓的大门。走进大门，地势立刻变得陡峭起来，无光的山谷和高大的古树投下巨大阴影，在行进的队伍头顶不断向后移动。

朱迪和尤赖厄并不是唯一到场的警员。包括格兰特·王和卡罗琳·麦金托什在内的其他几位警官也加入了行进队伍。所有人都睁大眼睛，时刻提防任何意外的发生。凶手经常会加入受害人的葬礼队伍，享受这种匿名的恶行所带来的快感。安葬仪式结束之后，警方会暗中监视墓碑区域，甄别可疑人员。但不幸的是，按照今天这情况来看，凶手想要混进吊唁人群简直易如反掌。

队伍在一片深谷前停了下来，不少人利用休息的时间眺望天空。莱克伍德位于明尼阿波利斯-圣保罗国际机场跑道旁，这里可以看到不同高度的飞机在天空划过的弧线。

朱迪估计此刻大概有两百来号人聚集在公墓大门里——有些人分散在山腰上，剩下的人聚集在墓碑前，他们都是来见这个可怜的小天使最后一面的。主持牧师打开了《圣经》。不知道从什么地方，响起了长笛声。这些悠扬的音符竟然意外地引发了朱迪内心的轩然大波。她双眼含着泪，嗓子发紧。有那么一瞬间，她甚至忘了自己参加葬礼的目的。在埋葬着无数尸体的公墓里，朱迪感受到了自身迸发出的生命力。她不喜欢这里，这让她低落，这让她感受到那些她不想体验的情绪。

她的脑中闪过一系列画面，画面中的那个人或许仍然活着或许已经死了。那些生活在地下室的日子、那些声音、那些触觉、那些渴望与人沟通的细碎片段也涌上她的心头。她最大的疑惑是：经历了这一切之后，此刻的她真的能够开始新生活么？

无数的想法在她的脑海中奔走，朱迪清楚地意识到她的世界是静止的。她再也无法体会那些宣称"人生总会峰回路转"的美好承诺所带来的振奋与鼓舞。没有这些虚假的承诺，人们还能照常生活吗？难道她得一辈子与他人的不幸打交道？

仪式结束后，参加葬礼的人群朝出口走去。两位警官此刻正站在一棵巨大的橡树下。人群四散开来，掘墓人在树荫下等待安葬逝者。

朱迪还思考自己对长笛声的反应，突然，尤赖厄轻呼一声："看！"

他紧扣双手，身子前倾，隐蔽的视线穿过额前的卷发，密切关注人群的动态。她跟随他的凝视，眼神落到了一位年轻女子的身上。她有着一头深色柔发，身穿蓝色长裙。

是萝拉·霍尔特。

那个神秘女孩顺着通往公墓大门的道路往前走。尤赖厄和朱迪步调一致，用略快于平常走路的步速向萝拉接近。也许这样的速度还是显得过于仓促，也许急迫感让他们无所遁形，那个女孩回过头一眼便发现了他们。她随即掉头，汇入正在穿过公墓大门的人群。

朱迪和尤赖厄追着她，因为不停穿梭在人群之中而不得不连声道歉。

他们一路追到大街上。奔跑中，他们双腿的轮廓变得模糊不清，双臂也在奋力摆动。

萝拉·霍尔特突然绕道，抄进一条小巷。他们紧随其后。

又一个转弯，她就在前面。

"杀人犯！"尤赖厄大叫一声。"待在那儿不要动。"

那个女孩本可以挤进前面那两栋大楼的缝隙，继续逃跑，但她一定意识到这么做也只是白费力气，才最终罢手。

她转过身，面朝他们，双手叉腰，喘着粗气。"你们想干嘛？离我远点！"

尤赖厄掏出警徽，简要介绍了自己和朱迪，然后匆匆地将警徽塞了回去。"我们只是想问你几个问题。"

"我不想和你们说话。我什么也没做。我什么都不知道。"

"那么，你就没什么可担心的了，不是么？"尤赖厄立刻反问道。

"你是她的朋友？"朱迪说道。

"曾经是。"

萝拉长相夺目。谈不上漂亮，但是她有一张有趣的面孔，高颧骨，尖眉形，深色眼眸被厚重的黑眼线衬托得格外深邃。

"你们什么时候闹僵的？"朱迪问道。

萝拉摇摇头，"我不记得了，大概六个月之前。"

"发生了什么？我们去过黛利拉的房间。那儿有许多你的照片。看起来你们曾经当了很久的朋友。"

"我们慢慢地就疏远了。"她耸了耸肩。

"你可以详细地说一说么？"尤赖厄问道。"为什么会逐渐疏远？"

"不是某一件事造成的。很多很多的小事。你知道的，小摩擦很常见。我现在和其他的小学同学也不怎么来往了。"

尤赖厄掏出他的 iPhone，滑动屏幕，然后停住。他把手机屏幕转向这个女孩。"我们没有找到黛利拉的电话，但是我们能够查看她以前的日记。因为……好吧，我们是警察。"

萝拉看了看屏幕，脸色变得煞白。

"根据这个，"尤赖厄说道，"你和黛利拉上周还有过联系。"

"我的叔叔是律师，他告诉我我可以拒绝和你们说话。"

"某种程度上来说，他说得没错，"尤赖厄告诉她。"但是我们可以把你带去警局，然后进行审问。"

"我什么都不知道！"

她给人一种坚韧且独立的印象，但是要想看出她内心的胆怯其实并不需要多少敏锐的观察能力。"我们正在努力找到真相，"朱迪语气平静地说道，"如果你现在处于危险之中，我们非常愿意保护你。但是如果我们无法了解实情，那么我们就没有办法保护你。"

"你不是那个被绑架的警察吗？我在新闻上看过你。我的意思是，你都自身难保了，怎么保护别人？"

朱迪努力忽略这些伤人的质疑，她拿出一张名片，递到女孩的面前。女孩用怀疑地眼光扫视着名片上的信息，整个人一动不动。

朱迪把名片递向前。"我们是站在你这边的。我们是来帮你的。如果你感到害怕，如果你需要找个人谈谈，如果你遇到危险，立刻打电话给我。任何时间都可以。"

那个女孩不太情愿地接住了名片。她很有可能在他们离开之后就把它丢掉。

"我们不会让你一个人待在这条巷子里的。"尤赖厄说道，"至少让我们送你到车里。"

萝拉嘴里咕哝着："把我逼到巷子里的人是你们。"她满脸不屑地在他俩的护送下朝大路走去。

"你们没有必要护送我。"踏上亨内平大道,看到人行道上的人群后,萝拉立刻说道。没等两位警官开口,她一溜烟地蹿到了两辆停在路口的车辆之间,探着脑袋寻找车辆来往的间隙。然后,她一鼓作气冲过了马路,将他俩远远地甩在了马路对面。

"她有些害怕。"尤赖厄一边说,一边同朱迪掉头去找他们的车。

"'害怕'这个词太轻了。"朱迪发现了他们的车,一边提醒尤赖厄一边补充道:"她被吓坏了。"

"我觉得我们应该申请对她进行暗中保护。"尤赖厄说道,"但是如果没有合理的证据,再加上警局现在人手不足,上头是不会批准的。"

"我们和她谈过话。"朱迪说道。"这就是证据。"

走到车旁,尤赖厄按住手中的钥匙。他先环顾了四周的交通状况,然后绕到驾驶座那侧。

朱迪拉开车门。"也许我们已经开始赢得她的信任了。"她坐进副驾驶的同时补充道:"她有我的名片,但愿她一直留着。希望她会打电话给我。"

第十七章

他的女孩。

一开始,她的日记都是些有关获救的设想。脖子上套着黑色牵引绳的德牧会领着警察穿过幽暗的森林,来到她的关押地。他们会破门而入,找到她。他们会遮住她的眼睛,避免光线的刺激。他们会牢牢地牵着她,带她离开这里。她的呼吸会变得急促。现场会出现一位女警官,不停地安慰她,告诉她一切都过去了。还有人会递给她一部手机,然后电话那头会传来母亲的声音。

然后,她们俩都哭了。

但是,她再也不会幻想类似的场景了。

她现在算是明白人的适应力到底有多强。不论她要面对的是什么,她总能做出心理调整。不论她的境地是多么的无法忍受和难以想象,她的大脑总在学着习以为常。

她听说过斯德哥尔摩综合征,她听说过那些经受虐待侮辱的女性反而不愿离开施虐的丈夫。人们总说那些女人无处可逃,但是她不知道有没有人解释过大脑是如何让"留下"变成一个合理选择以及大脑是如何接受虐待并把它变得合理起来的。

绝望变成希望。

她的大脑和梦里，带着警犬的警察再也没有出现过。取而代之的，是那个男人。她无时无刻不在等待那个男人的到来。那个在黑暗中带给她食物和感官愉悦的男人。

她一边期盼，一边幻想囚房之外的世界。有时候，她幻想自己身处明尼阿波利斯的中心，也许是在一间巨大的废弃仓库里；有时候，她觉得自己位于一栋摩天大厦的顶层，四壁之外环绕着层层白云；有时候，她觉得自己隐藏在丛林的深处。

意识是她唯一的陪伴。很久以前，她就已经认定没人会找到她。她记不清父母的长相，她也不记得晴天和雪天的感觉。她现在唯一了解的就是那个男人。对她来说，他就是世界。

第十八章

葬礼过后,朱迪一边整理情绪,一边躲避媒体的视线。此时,她驾着摩托从警局的停车库里飞驰而出。每年这个时候,明尼苏达天黑的特别晚。现在已经八点多了,夜幕还没有降临的迹象。街上的商务气息正在被夜生活的欢腾取代。她喜欢一天中的这个时段,所谓的黄金时段。从前,她常在这个点和埃里克一起去湖边散步。

她照例穿梭在城市的各个住宅区里。随着她有条不紊地向西拓展自己的搜索范围,今天她把一块新的街道纳入到了自己的搜索计划。

她隐约觉得今天有些特殊。行驶在这条林荫路上时,她下意识地减了马力。她不自主地扫视着路旁一栋一层半的灰泥房。那房子看起来破败已久,绝不是受到停电期的影响才沦落成如今的模样。

她踩停摩托,跨坐在车上。

房子的阁楼上,窗户已经碎了。院子里杂草疯长,垃圾袋挂在草上,一副很久没有打理的样子。但是这栋房子在整条街上不但没有显得突兀,反而……

当她开始观察房子的细节时,她的心跳猛地加速,她的感观变得异常敏锐:人行道上的裂缝、电力公司截掉的树枝、钢丝网眼栅栏上的铁锈、爬满裂痕的墙角里堆满的街道垃圾还有隔壁花园里飘来的清甜花香。

据说那些曾经让你极度痛苦的地方会一直召唤你。也许是出于好奇心，也许是大脑自动给那些悲惨的经历蒙上保护层，然后把它们隐藏在内心深处，以至于它们不再像过去的一部分，而像你曾经读过的故事或者看过的电影。所以，你觉得自己有必要回去看看，并不是出于确认它的真实性，也不是为了确定它真的发生过，而是为了以一个安全、自由的灵魂从远处审视它，感叹自己的遭遇和存活。

过去几个月里，她脑海中关于地下室的记忆发生了变化，变得亦真亦幻，真假难断。然而，那种出于自我保护而产生的心理距离并没有迫使她丧失渴望，她还是想重新回到案发地亲眼确认躺在地上的那个男人，哪怕尸体不在了，地上还有尸体躺过的痕迹也好。

她熄掉火，放下脚踏，一条腿绕过座位，然后双脚踏上草坪。她走到房子的正门前，检查了自己的腰带，确保武器已经就位。

在心脏的砰砰声中，她靠近正门，敲了两下。没有人应门，于是她绕到了房屋的侧面，那里有三级水泥砌成的台阶，台阶的尽头是房屋的后门。她记得同样的台阶，只不过当时覆盖着厚厚的积雪。她又敲了敲后门，依旧无人应答。于是，她拱起手，遮住自己的眉骨，然后凑到漆黑的窗户前，企图看清里面的布局。

未果。她又试了试门的把手。

门没锁。

她屏住呼吸，肩膀猛的使劲，一把推开了大门。她走进厨房，地下室的楼梯直直地出现在了她的面前。"有人么？"

她神色紧张，双眼打探着屋子里的每个角度，最终她的目光定格在桌子上的那把泰瑟枪。那是她放下的！随后，她又发现了散落在地板上的弹壳,当时在她赤裸的双脚边弹跳的弹壳。还有那股气味……尸体,没错!肯定是尸体的味道!其他的味道也还在这儿,从墙缝中、天花板里还有地板间渗出来的那种味道,那是尼古丁和油炸物混杂着霉菌和尿液的味道。她永远不会忘记,即使隔上三十年,她也能立马辨别出来。

终于回家了。

她无意识地掏出手机,拨通了尤赖厄的号码。

嘟嘟两声后出现了他的声音。

她应该说些什么。她必须说些什么,因为他开头就问道:"发生什么了?"嗓音中充满了关心的语气。

"我找到了那间屋子。"这一次,她的语气没有丝毫的掩饰。不需要解释她提到的屋子是什么。

"不要进去!快把地址给我。"

"我已经在里面了。"

"那你赶快出来!"

"这里所有东西都蒙着厚厚的一层灰,很久没有人进出过这里了。"

"该死,朱迪。你在哪里?快告诉我地址!"

此刻的她显得格外的业余和迟钝。"我甚至连这条街叫什么都不知道。"

他发出一声恼火的低吼。"如果你打算待在里面,你不要挂掉电话!"

她知道自己不应该一个人来这里,但是她无法想象和另外一个人一起来到这里的情景。她必须独自面对,在没有任何人的注视或旁听下亲眼看一看那里。

"朱迪？"

地下室的门开着，和她离开的时候一样。"我现在准备下楼。"

"听着！你现在出去！去屋子的正门口，弄清地址，然后告诉我。"

"不会有事的。"

"朱迪！"

"我挂了。"说完，她挂掉了电话。

她试了两次楼梯顶端的电灯开关，可是没有丝毫反应。她只好打开手机上的照明灯。她抓着楼梯扶手，小心翼翼地往下走。每走一步，她内心的坚强就被蚕食掉一部分；每走一步，她就离曾经的自己近了一点。

此刻的她止不住地颤抖，越来越剧烈。

下到一半的时候，她的手机响了起来。她直接挂掉了电话，然后看了一眼手机屏幕：尤赖厄。她没有回电，而是继续专心于手机所能照到的每个角落。

就在那儿。那个孤零零、光秃秃的灯泡。

地下室的正中间是她待了三年的"牢房"。更重要的是，在楼梯尽头的侧面躺着一具尸体，更准确地说是一具腐烂数月的尸体残渣。

对于这里的恶臭，她并没有强烈的反应。她的注意力被他的法兰绒衬衫所吸引，她在回想那件衣服的触感以及那么多次的奋力抵抗和苦苦挽留。在腐尸的气味中，她发现了他吸的香烟，她想起了黑暗中他的胡须擦过脖子的那种酥麻感。

她走下楼梯后绕到了尸体的侧面。牢房的门开着，她走进一看，有一条脏兮兮的毛毯，还有一块缺损的陶瓷碟。她盯着碟子上的玫瑰图案，开始回想过去。她想到曾经的自己十分好奇为什么一个如此残忍邪恶的人竟然会用带有玫瑰图案的餐具。

她转身离开了这里。

她没有继续检查房子的其他角落,而是径直爬上了楼梯,从侧门快步走了出去。她绕到前门,确认了门牌上已经模糊不清的地址。她瞥了一眼最近的街道标识,然后掏出手机准备给尤赖厄回电。电话只响了一声,便传来了他急促的声音。

"你发现尸体了么?"他问道。

"嗯。"她随后给了他这里的地址。"尸体在地下室。联系一下刑事警察局。派犯罪现场小组过来。"

"干得漂亮。"短暂停顿后,电话那头又传来了声音,"你还好么?"

她本该觉得宽慰。对这一刻的盼望支持她一路走来。她直到现在才意识到这一点。这一刻是她活着的动力——她要找到那间屋子!找到那个男人!

但是,她非但没有感到一丝的宽慰,反倒是内心充满了恐惧。她有一股病态的冲动——她想要冲下楼梯,用脸摩擦那个男人的法兰绒衬衫。

那种冲动简直丧心病狂。

她逃走了。她逃脱了。为什么她不能就这样挥手告别呢?难道她遭受的煎熬还不够么?为什么她不愿意像尤赖厄建议的那样彻底放手呢?绑架案的凶手已经死了。几个月前就已经死了。他的死亡得到验证之后,什么也没有改变。什么也没有。她遭受的残暴行径没有就此抹除。反倒是找到尸体之后,她更加清楚地认识到那些残暴至极的遭遇真的发生过。

现在……现在他又活了过来。即使他躺在那里,一堆白骨,一摊尸油，此刻的他比她逃脱以来的任何时刻都要更加鲜活。就好像是她把他给挖了出来，赋予他生命，把他重新带回到身边一样。

她过去常常困扰，为什么受害人不愿意起诉那些理应受到制裁的人。现在她完全明白了。对事实的承认会把过去的不幸也一同带回来。这意味着你从来没有逃离过去，从来没有重新来过。

她想就这样跑回家。甚至不要骑自己的摩托——只想跑！一直跑！去感受脚下的人行道！去体会双臂的大幅摆动和灼热的肺部！不过，她也想掉头绕进屋子，冲进地下室，然后把自己锁进牢房里。

两个选择于她而言，重回地下室似乎更具诱惑。

"朱迪？快回答。你还好么？"

她忘了手中的电话还处于接通状态。尤赖厄在电话那头不断重复自己的问题。她想要告诉他自己的真实感受，但是解释起来实在是太复杂了，并且她疑惑如果说出那些话，如果和别人分享自己的情绪，她会不会获得更高的真实感。此刻的她已经无法承受更多的真实感了。

她想过直接离开那里。她不知道自己是否应该留在那里。犯罪现场小组还要多久才能到达这里？她应该和他们进行交涉，但是实际上她并不想和他们说话。她不想看到他们对于这栋屋子的反应。她不想看到他们对于这个她生活了三年的地方面露难色和错愕。从现在开始，无论何时何地，他们只要看到她或者和她说话，他们就会幻想她在那里生活的场景。他们每想一次，这个地方就在她的心上和她的骨髓里陷得更深一些。

"我很好。"说完她就挂断了电话。

第十九章

尤赖厄把车停在朱迪的摩托后面，然后关掉了引擎。他下车的时候，手拿一把迷你手电筒。显然，他是第一个到达现场的人。

菲利普斯社区位于普德尔豪恩社区的北面，惠蒂尔社区的东面。这种样式的房屋在这里随处可见——通体红色镶边，墙面涂满奶黄色石灰，楼高一层半。这间屋子破旧不堪，木质框架已经腐烂，油漆也已经脱落。草坪看起来并没有那么糟糕，距离上一次打理估计才过了两周的时间。尤赖厄注意到大门上插着修理庭院的缴费账单，很显然有人抱怨过院子里的草坪。这让尤赖厄十分惊讶，因为大多数地区的居民连自己邻居是不是罪犯、行为是否可疑都不在乎，更别提别人院子里的草坪了。

他本以为朱迪会在房子外面等他，但是他环顾四周后并没有发现朱迪的身影。于是，他顺着碎裂的水泥台阶走进房屋，然后小心翼翼地朝房屋深处走去。

整栋屋子弥漫着死亡的味道。这气味并不是房屋长期荒废而产生的恶臭，而是尸体腐烂的味道，是脂肪融化后的残渣散发出的气味。这种味道丝毫不"逊色"于前一种味道，没人能在这间屋子生活下去。

厨房就在进门的右手边,几步的距离就能看到门廊后面那条不长的走廊,走廊两侧可能是房间和浴室。水槽里堆着高高一垛碗碟。所有东西都蒙上了厚厚的灰尘、长了密集的污点。他测试了屋子里的开关,完全没电——近期没有人住在这里的又一证明。

地下室的楼梯正对后门入口。她在那儿吗?她已经走了?还是说,她正在街上大口吸着新鲜空气,等待犯罪现场小组现身?如果是他,他会那样做。

"朱迪?"他没有很用力,只是用正常说话的语气试探地喊了一声,以确保自己没有吓到她。

"下来。"楼下传来冷冷的两个字。

他掏出手电筒,打开开关,然后用灯光扫过楼梯旁的墙面,血迹斑斑。他突然停下脚步,站在楼梯中间,手中的灯光捕捉到了他的搭档。

她背对着楼梯,穿着黑色长裤和皮夹克。一手叉腰,两腿前后叉开,正低头检视着脚边的一堆衣服和腐烂不堪的肉体。她的样子像是在确认那一摊东西并不在动。

"是他么?"他问道。

"我不知道。"

她的声音听起来异常轻松,仿佛在回答今天会不会下雨之类的问题。"也许是,也许不是。"她手里握着手机,照明灯也开着,光线随着她的声音四处乱晃。"没什么能一眼断定就是他的东西,衣服,牛仔裤,法兰绒衬衫都不能。头发我也不确定,尤其是在这种腐烂程度下。不过,颜色看上去大致是对的。"

"我们有你当时射击的枪,所以弹道专家可以验证伤口是否吻合。而且如果可能的话，我们会对比他的指纹还有 DNA，看看数据库里有没有匹配的人选。"他听到了警报的声音。为什么他们要打开警报器？"确定你不要出去待一会儿吗？我们一起处理这个？"

"我留下。"

这对她来说并不是一件容易的事。

"我感觉自己从来没有离开过这里。"她转过身，他立刻把手电筒的灯光转向了地板，以确保她的眼睛不会受到灼伤。"我不知道怎么解释，"她说道，"我知道这听起来很离谱，但是我觉得自己有一种回家的感觉。"在说出最后一个字的时候，她有些失声。她内心的煎熬比尤赖厄预想的要多很多。

"你在这里待过很长一段时间。"他平静地说道。

"有时候感觉我只待过几天，有时候又感觉我一直都在这里，就像我从没有去过别的地方一样。"在努力确认自己的真实感受时，她的表情逐渐变得内敛起来。"某些时候，我会后悔自己杀死了那个禽兽。他囚禁我的日子，生活很简单，因为那种生活里面什么都没有，你说我的想法是不是很奇怪？"她看向他，眼神真挚。这种凝视并不常见。这是一种交流的眼神，不是检查或审视。"我知道这种想法不对，"她继续说，"我知道我大概是疯了。我知道他就是个无恶不作的杂种。他该死！但有时候……有时候我就是想爬回那个隔间。"她避开尤赖厄的眼神，把手机的灯光对准地下室中间那个狭窄的隔间，然后上下挥动了几下，好让尤赖厄看清里面的全景。隔间的墙壁很厚，隔音效果很好。"有时候我只想关上门，缩在里面。"

他咽了咽嗓子，"这是条件反射。"

"一部分的我在怀念过去那个自己。"她指了指那个隔间，"那个我曾经是我的全部，那个我帮我挺过来了。"

他想到她在医院里告诉自己的那些事。那些描述带给他的震惊直到现在依旧没有消散——她还想回到那个折磨了自己那么久的地方？那些罪行带给她的阴影历时之久令人发指。此外，他一直以来都对自己认定她已经死亡这件事深感内疚……

"不过也没什么，"她平静地说道，"一切都过去了。"

"不要安慰我。我不值得被安慰。"

"现在你才是那个备受煎熬的人。"

他长舒一口气，摇了摇头。她一度崩溃不已，但是之后，她又凭借一己之力重新振作了起来。这个全新的朱迪和以前的相比，更加脆弱又更加坚强。"我的痛苦不算什么。"

他们眼神交汇时外面传来了走动的声音，他们同时朝上面望去。

朱迪选择待在地下室，而尤赖厄转身上楼，打算和犯罪现场组员进行交涉。"没有电，"他说道，"谁来联系一下电力公司，把电的问题解决掉。还有，带一些便携式照明灯进来。"

一名穿着深蓝色夹克的警官正在沿房屋周围布置警戒线，他的背上印着大大的 BCA[①]。警戒线短时间内不会撤掉，而院子里的东西会被清空。一旦这些流程全部结束后，警方就要开始搜索土地。一旦发现可疑物品，他们会把整块地翻个遍。到那时候，整栋房屋都会被彻底搜查。

"我需要这里每个角落的录像，特别是地下室隔间的。"尤赖厄告诉技术组组长，"还有，地板上的弹壳——把它们交到弹道组，叫他们看看和朱迪·方丹逃跑那晚带出来的手枪是否匹配。"

格兰特·王奋力冲出围观人群，衣角在身后不断抖动。他上气不

---

① 即 Bureau of Criminal Apprehension，刑事警察局。

接下气,面色凝重。"我以最快速度冲了过来,"他说,"朱迪人在哪儿?"

一名犯罪现场组的成员从屋子里走了出来,脸上露出不适的表情。"她待在那儿,适合吗?"他回过头,朝着厨房和地下室的方向点了点头。此时,朱迪可能还站在尸体旁。

尤赖厄看向格兰特,"想想咱们有啥能做的。"

第二十章

房屋门口,朱迪跨坐在自己的摩托车上。此时,天色变黑的特别快。她正要伸手去拿头盔,口袋里突然传来了手机的震动声。尤赖厄和格兰特仍然待在地下室。鉴于他们一直在说服她离开,她觉得短信不太可能是来自他们俩的。她看了看手机屏幕:萝拉·霍尔特。

她点开短信:间谍咖啡屋见。我需要和你谈谈。

间谍咖啡屋位于惠蒂尔街区,离这里并不远。这条短信对她来说意义重大。一来,朱迪最终还是查访到了此前捉摸不定且拒绝配合的萝拉·霍尔特;二来,她不用立刻回家,也就是说她可以把地下室发现的尸体抛到脑后,至少取得暂时的清静。

她立刻回复了萝拉的短信:10分钟后见。

她系上头盔,拉正车身,鞋跟猛地一踩,车身抖动起来。她继续换挡,松离合,然后消失在街道的尽头。

朱迪赶往咖啡馆的途中,大脑飞速运转。她回顾了自己找到那栋房子的全部过程:她打开了屋子的后门,她的手机灯光让屋子里各种摆设变得明暗分明,也让墙上的血迹好像移动了起来。那里的气味仍然寄居在她的鼻腔深处、深藏在她密闭的头盔里。此刻,她恨不得把头盔直接扔到一边。过了好一会儿，她才忽然意识到自己已经穿过了好几条街区，她丝毫没有注意到沿途的街景。

她停在红色信号灯前，两脚牢牢地踏在地上。后面的黑色轿车突然刹车，她瞥了后视镜一眼，车头距离她的后胎只有几英尺的样子。信号灯跳转后，她向右转弯，那辆轿车也跟着她转向了右边。也许是她多虑了，但是以防万一，她还是放慢了速度，继续转了个弯，与此同时她开始暗中提防后方的车辆。

它跟着她，而且越来越近。

她松了油门，挂上高档。那辆车突然冲了上来，同时朱迪听到了一阵疑似枪声的爆裂声。她立刻避让，摩托的驱动轮向左打死。她竭力保持平衡，却难以控制，最终连人带车一同冲上了人行道。由于重量不同，那股惯性将朱迪拽离了摩托，人和车滚向一个方向，最终双双停在了一条小巷的巷口。

她感到天旋地转。头盔勒得很紧，让她的感官失灵。她慌乱地摸索着，松开了下巴上的弹簧扣，然后把头盔抛到了一边，颤颤巍巍地站了起来。

在她试图摸清方向的时候一个高大的身躯突然出现在了她的背后，一下将她击倒在地。她没来得及看上那个人一眼，一个布袋便套在了她的头上，从脚步声来看，大概来了不少人。他们蒙住她的眼睛，同时绑住她的双手。她奋力挣扎、踢打，试图用自卫课程中的招式做出反击，可惜寡不敌众。

有多少人？两个？三个？还是四个？

即便她正在尝试各种可能击退他们的办法，她的大脑依旧在努力找出此次袭击的所有可能原因并按照可能性的大小对它们进行排序。在一个抢劫事件司空见惯的城镇遭遇了一次真正的抢劫？可能更糟——这是一个她不敢多想的原因——一次新的绑架?

其中一个人给了她几拳。另一个人用膝盖抵住她的脊椎,把她按倒在地。他凑得很近。是一个男人。朱迪确定那是一个男人。她能够感受到他的呼吸,那股热气会穿过阻断她视线的布袋抵达她的耳朵。她努力地集中精神感受。他是自己认识的人么?还是他认识自己?她需要线索——气味、声音以及任何可以接触的东西。但是,袭击者一言不发,只是死死地勒住她的喉咙,让她窒息,直到她昏死过去。

第二十一章

确保朱迪已经启程回家后,尤赖厄重新走进屋子。此时,王正在卧室里仔细检查书桌上的物品。

"来看这个。"王戴着手套,手里抓着一叠剪报和几张10寸的彩色照片。"那个伙计迷恋她。"

尤赖厄接过那一叠图片,一张接一张快速地浏览了一遍。照片中的朱迪位于不同的场合,从她的着装可以看出季节的变化:有些照片里,她穿着棉背心和短裤,另外一些里,她穿着毛衣搭配牛仔裤,还有一些,她穿着大衣、绒线帽外加手套。"他暗中监视了她很长一段时间。"他说。

"他是在筹备计划和等待时机。"

"你觉得呢?是单纯因为迷恋么?你有没有发现别人的照片?特别是已知的失踪人口的照片。"

"目前还没有,但是这里还有很多照片。"王朝桌面挥了挥手,"你可以看看右边最下面的那个抽屉,我还没有检查过。"

那个抽屉塞得很紧。尤赖厄使出全力才拉开。打开的一瞬间,照片全都洒了出来。

"我对那个拍立得挺感兴趣的。"尤赖厄说道。抽屉里躺着一个廉价的宝丽来仿品。

王瞥了一眼,"并没有出乎我的意料。"

尤赖厄把散落一地的照片捡了起来,在他看到照片的一瞬间他僵住了,他的大脑在努力处理图片上的信息。

是朱迪的照片。当然是朱迪。

每一张照片上的她都一丝不挂。她看起来脏兮兮的,头发打结,红肿和伤口遍布她的胸口、双腿、脊背以及臀部。每一张照片都记录着她落魄的境地和难以想象的折磨。

我的天呐。

他咽了咽口水。

整个抽屉都是朱迪的照片?

"发现什么线索了吗?"王走向房间另一个角落的时候问道。

"还没有。"尤赖厄不想让王看到这些照片。他不想任何人看到它们。他尤其不想朱迪看到它们。他此刻的真实想法是把这些照片带出去,一把火统统烧掉。

没错,整个抽屉都是她的照片。

一共三年的照片。底部的照片,她看起来还十分健康,她的头发是棕色的,她的眼神很清澈。她的心智如何一步一步被残忍地消耗殆尽,这些照片全都记录了下来,条理非常清晰。

"天啊,"王小声地说道。

尤赖厄猛地一惊,回头看向王。王踉跄中往后一退,脸上写满了惊恐,他立马转身,掩盖自己的反应。他背对着尤赖厄,"你应该给我打个预防针,阿什比。"

尤赖厄原本以为朱迪和王并没有发生过什么,大概就是开始时发现不适合便及时收手的一段感情。但是他突然意识到自己的想法大概是错误的。此刻，他开始疑惑王到底有没有真心喜欢过朱迪。他还喜欢她吗？尤赖厄难以将他此刻的反应归为一个点头之交或者是一个三年前与她共事的人所应该有的反应。当然，王曾经负责这个案子。那种未能找到她的愧疚感可能正在一点一点地吞噬他。

"那时候，你有多了解她？"尤赖厄旁敲侧击，找寻答案。

王转过身来，眼神避开了尤赖厄手中的照片。"她曾经是我的搭档。"他耸了耸肩，"你又有多了解她？"

他有些嫉妒？苦恼朱迪不再是他的搭档？"想搞懂现在的朱迪真的太难了。"

"是啊，她变了……很多很多。"王摘下橡胶手套。"我有点……我不知道。我是说我知道她状态很糟，但是我没料到她会如此的……自闭。我没想到她竟然连我这个老朋友也不想见。"

"这和你我无关，她只是在尽其所能地保护自己罢了。"

"我知道。"

"给我一个大的物证盒。"尤赖厄赶在其余人进来之前，开口说道，"我会把这些照片放进去，然后封起来。我不想朱迪看到这些照片，我不要她知道这些照片的存在。"

王递给他一个盒子。"我出去透透气。"

王离开之后，尤赖厄把桌上所有东西都放进了盒子，然后贴上了封条。他的脑海里全是朱迪——是那个如今他认识的朱迪，不是那些照片中的朱迪。他感到一阵眩晕，又感到一阵恶心。他的内心重新燃起了对奥尔特加决定重新启用朱迪的愤怒。怎么会有人在经历了照片中那些非人的折磨和残暴的羞辱后还能完全复原呢？怎么复原？

第二十二章

朱迪过了很久才完全恢复意识,她的脑海一片混乱。

有那么一瞬间,她觉得自己又回到了那个隔间。不对。她能够听到远处车辆驶过的声音。这些声音是错觉吗?室外的嘈杂声?聊天和笑声?

她摘下布套,翻身平躺。她的眼前是一片暗沉的天空和一群高耸的大楼。

还在巷子里。

她向一侧转头,视线一晃之后慢慢变得清晰。她眨眨眼,眼神顺着向远处延伸的红砖路最终停留在那辆站立的摩托车上,头盔正一动不动地挂在车头的把手上。

这像是一次抢劫,但是她的摩托车还在那儿。她拍了拍夹克口袋,摸到了手机以及摆在一起的钱包。她的枪也还插在腰带上。

她坐起身,然后用力撑起身子。地面是倾斜的,她迈出一只脚,试图找到平衡。她每走一步,大地仿佛晃动一次。她就像个酒精测试仪吹出40的醉汉,艰难地走向自己的摩托。她设法坐上摩托,然后取下头盔。头盔不知为何拿起来特别重,此外,她还注意到头盔的系绳非常粘手。

借着街道透进的灯光,她盯着自己手中的系绳,她的大脑却在不断否决她眼里的东西。她感到耳朵里的气压突然变得稀薄、空洞,然后她感到大脑和胸腔同时传出了心脏噗咚的声音。巷子外的喧闹、夜生活的嘈杂变得模糊不清,光线也暗淡下来。

她叹了口气,松开了手中的头盔,头盔撞上巷子的红砖路后滚向了一边,在地上拖出一条长长的血迹。

她盯着血迹看了很久,然后掏出了自己的手机。

碎了。

她扭动车上的钥匙,准备启动摩托。然而除了一声令人沮丧的咔哒声,什么也没发生。就在那时,汽油的味道突然弥漫开来。

她跨下摩托,捡起一旁的头盔,提着头盔的动作像是提着一个篮子,然后她开始慢慢地往充满嬉笑声的街道走去。

第二十三章

周五晚上，惠蒂尔街区上的酒吧和餐馆人满为患，大街上随处可见一边踉跄一边闲逛的酒鬼。派对巴士正在等待把其中一部分人带到城镇的另一角。情侣们一边翻找车钥匙，一边为谁来开车、需不需要叫车争论不休。

"我的天呐。快看那个女人。"法蒂玛惊呼道。看上去，她是那一群人里较为清醒的一个。她在听说了如今街道有多危险之后一直都十分抗拒外出。但是，今天是她的生日，在她朋友的极力怂恿下，她才决定外出庆祝。现在，她之前的担忧再一次回来了。

那群人听到她的惊呼纷纷抬头，向他们慢慢逼近的是一位浅色短发的高挑女人。她走在人行道上，步调看起来十分诡异。不是单纯的踉跄，而是一种努力保持稳健但依旧凌乱的步调。她仿佛走在泥沙上，也许她现在真的很累或者醉得非常厉害。

她的长裤裂开了，眼睛上方有一条长长的口子，鲜血浸满了她的脸颊和脖子。她穿着沾满泥土的机车夹克和黑色皮靴，手里拎着一个黑色头盔。

法蒂玛觉得眼前这个女人一定是发生了车祸。她扫视了街道，期待看到警灯还有撞毁的车辆。

有几个女孩笑了起来,其中一个还醉醺醺地倚在旁边男子的身上,大声嚷嚷着:"我们错过了今年的'僵尸酒吧狂欢夜①'么?"

那个奇怪的女人跟跄着向他们逼近,"酒吧狂欢夜"引发的大笑此时正在逐渐消失。法蒂玛仍然一动不动,她的男友将她搂紧了一些。

那个女人走到街灯下面,然后停下了脚步。

"那是血么?"法蒂玛的一个朋友指着她的头盔问道。这个女孩正是之前劝诱法蒂玛出来玩的人。

法蒂玛觉得这是血。而且这里有很多血。

她的男朋友凑得更近了,他轻声说道:"叫警察。"

"那是假的。"她的另一个朋友说道。

"照相机在哪儿?"有人补充道。紧张的笑声在人群中不断穿梭,法蒂玛开始祈祷这只是个特技表演,有人正在暗中拍摄,明天一早 YouTube 的点击量就会突破一百万大关。

那个浅发女人听到叫警察的提议后,她的注意力迅速聚集到了法蒂玛以及她的手机上,然后立刻朝这个小姑娘走去。

法蒂玛溜出男友的臂弯,掏出手机立刻拨通了 911。"这里发生了一件奇怪的事儿。"她对着电话那头的接警员说。接警员冷静的语调让她感觉安心。"这里有一个女人……"她要怎么解释呢?"额,她身上有血,不是……额,我觉得那是血。"

那个女人现在更近了,法蒂玛不得不向后退了一步,她的心脏怦怦直跳。浅发女人有一双明亮的蓝色眼睛,但是真正让法蒂玛感到惊

---

① 即 Zombie Pub Crawl,每年明尼阿波利斯市会举办一次以僵尸为主题的酒吧狂欢夜,众多酒吧都会参与其中。人们会装扮成僵尸来到这里饮酒狂欢、观看表演。

恐的并不是她的瞳色而是她那直勾勾的眼神，就好像她要看穿法蒂玛的心一样。法蒂玛感觉自己像是一只被锁定的猎物。

她是不是看起来有些眼熟？她是不是在哪里见过这张脸？

"现在怎么样了？"接警员问道，"你现在是不是很危险？"

法蒂玛握住电话的手开始颤抖，声音变得虚弱。"是她，是那个被绑架然后逃出来的警察……朱……朱迪什么的。"有段时间，她的新闻铺天盖地，与她有关的报道不断地出现在法蒂玛的脸书动态里。她竭力回忆自己读过的内容——那些关于绑架和折磨的内容。

那个女人向前一扑，从法蒂玛的手中拨出了手机，然后把它送到了自己的耳边。她对电话那头的接警员报出了自己的名字。朱迪·方丹。没错，就是她。法蒂玛万分惊恐地盯着眼前这个女人，她口中的警官和凶案组深深地印在了法蒂玛的脑海中。

警官朱迪·方丹一定早就感受到了她的恐惧，因为她抬起头，用她那诡异且深邃的眼神同法蒂玛做了交流。她伸出手，轻轻地捏了捏法蒂玛的肩膀，示意她不要害怕，与此同时她还用让人安心的方式点了点头。

法蒂玛颤抖着舒了一口气，神情有所缓和，但是当她低头看到那个警官手中的头盔时，她突然失声惊叫。

距离发现那些可怕的照片已经过去两个小时，尤赖厄终于离开犯罪现场，此时正在回家的路上。他竭力摆脱萦绕在脑海中的画面。如果要他来说，他不会让朱迪知道那些照片的存在。他非常惊讶此前朱迪愿意向他敞开心扉，但是如果置身于那间屋子意味着重新撕开她的伤疤，他难以想象当朱迪看到那些记录她囚禁生活的照片按照时间顺序整齐地放置在抽屉里的时候会受到多么大的打击。

他一只手快捷拨打了朱迪的号码。她离开的时候看起来情绪很稳定，但是伤口往往需要一定的时间才会完全显露。他的呼叫被转到了电话留言。就在他考虑要不要兜去她住所的时候，他的手机响了。

这通电话来自一位叫作伊曼纽尔的警察，他在明尼阿波利斯惠蒂尔街区执勤。

"我觉得应该让你知情，一个半小时前，有人发现你的搭档在大街上游荡，"他接着说，"她手里提着一颗戴着头盔的头颅。"

尽管整个流程不同于典型的犯罪调查现场——没有警戒线，也没有工作人员搜查现场，但是几辆警车扎堆停靠在明尼阿波利斯最繁华的地段，无论怎样都会成为人们的焦点。

尤赖厄靠边停下车，熄掉火，迅速开门下车。他扫视了眼前的区域，没有发现朱迪的身影。不过他看见那个通知他的警官伊曼纽尔。

"方丹警官在哪儿？"尤赖厄走上前去问道。

"在便携式犯罪实验室里。"那个警官用大拇指朝身后那辆白色面包车指了指。"她很冷静，她比现场任何人都要淡定。但是我猜她经历了这些之后，提着人头可能跟提着一篮菜没什么区别了，你懂我的意思吗？"

尤赖厄毫不掩饰自己对眼前这个男人的厌烦，因为他不停地对朱迪评头论足。"我很肯定任何人都会被断头吓到，她只是比较善于隐藏自己的情绪而已。说到那颗头……"

一位戴着橡胶手套的警官手捧一个带有塑料内衬的纸板箱，见到尤赖厄后，她掀开了纸箱的盖子。里面放着一颗血淋淋的头盔。那是朱迪的头盔。即使尤赖厄是一名凶案组的警官并且身经百战，当他看到那个画面的时候还是不由地心里一沉。对于正常人来说，纯粹的邪恶不仅难以辨别，更加难以理解。

头盔里面是一颗向上望着尤赖厄的女性头颅——她涂着厚厚的眼线、一头光亮的深色头发。那天下午,他和这个女孩说过话。

一阵恶心涌上心头。

"你认识她?"看到尤赖厄的反应,伊曼纽尔试探性地问道。

"嗯。"虽然尤赖厄内心想要立刻挪开视线,但是他仍然死死地盯着箱子。"萝拉·霍尔特"。

第二十四章

没等尤赖厄挪开视线,那个警官就合上纸箱,带着物证离开了。"我来通知她的父母,"尤赖厄说道。萝拉·霍尔特和他们交谈几个小时后便遇害身亡。这个事实尤赖厄没有忘记。"有尸体其余部分的下落吗?"

伊曼纽尔一只手抓着自己的腰带。"我们已经派人来搜索你搭档遭到袭击的地方了,但是目前还没有消息。"

亲人遇害对于一个家庭来说已经无比艰难,而现在的情况不只是遇害者身首异处,她的身体还不知所踪……

"有人朝方丹的摩托车开了枪。"伊曼纽尔朝着大街比划了一下,"他们在巷子里袭击了她,那条巷子离这里几个街区,大部分刑警局的人都在那儿,你得去看一看现场。她的摩托还在那儿,钥匙在车上,什么也没少,她的电话也在,只不过屏幕碎了。"

"现场有弹壳么?"

"还没发现。子弹击中了摩托的燃油管和后胎。"

"所以他们的目标可能就是摩托而已,不是朱迪。"

"看起来是这样,那辆摩托也是物证之一,我们联系了牵引车,准备把摩托车拖走,现在正在赶来的路上。"

伊曼纽尔看到有人示意他过去。尤赖厄转过身,也朝那辆朱迪所在的白色面包车走去。

"快结束了。"一位犯罪现场小组的成员看到尤赖厄后立刻说道,"我们把她的衣服和鞋子都进行了封装和贴标。这是我们现在唯一可以做的事情。"

"谢谢。"

朱迪坐在车里,身穿蓝色防护衣,肩上搭着一条白色棉毯,额头上有一道伤口。"你看到我的头盔了么?"她问道。

"嗯。"他挨着朱迪坐在了车内的长椅上。"我看到了。"

"是她,对不对?"

"非常肯定。我们必须等她的父母确认以后才能发布正式通告。"

"有人找到她的身体了么?"

"还没有。朱迪,到底发生了什么?"

朱迪讲述了她收到萝拉·霍尔特的短信,然后前去咖啡馆和她见面的全过程。也许眼神交流会让她分心,她说话的时候并没有看向尤赖厄。

"你中计了,有人在暗中观察你。"

"我想也是。"

"看到是什么人干的吗?"

"没有。他们一上来就蒙住了我的脸。"

"那听到他们说话的声音了吗?或者其他什么声响?"

"他们一个字都没说。"

"他们为什么没有杀掉你?这一点我想不明白。他们既然丝毫不忾杀人,甚至割下了一个女孩的头,他们为什么留你活口?"

"这一点我也想不通。只要萝拉·霍尔特……也许他们想借此警告其他的女孩,要是谁敢透露一点线索,下场就和她一样。"她向后一仰,抬起头,整个人靠在车厢内壁上。他能感受到她的疲惫不堪。

"今天下午,一定有人看到我们和她在一起。"朱迪说道,"难怪她当时那么害怕。"停顿片刻,她补充道:"是我们害死了她。"

"我们只是在执行工作。如果当时她愿意说出真相,这一切很可能就不会发生。"

"我知道,但我总觉得我们本来可以用一种截然不同的方式来处理这件事。"

"他们为什么袭击你?"

"一种警告?一场游戏?因为我是媒体的焦点?"

他也这样想。"明天的新闻肯定全是这件事的报道。"

犯罪现场组的技术员出现在车厢后门。"我们已经处理好了。你们可以走了。"她告诉朱迪,"很抱歉,我们需要把你的衣服作为物证保留下来,保留期限也许会比较长。"

朱迪用力撑起身子。她站起身,停顿了片刻,找到平衡后,独立地走出了车厢。尤赖厄在一旁观望,他做好了随时上前帮忙的准备,但是他并没有轻举妄动,因为他知道朱迪不想那样。

"我准备打车回去。"她前脚刚落到地面,就立刻开口说道。

已经接近午夜时分,几只不明真相的小鸟仍在黑夜里鸣叫。

"我载你回去,我会派人保护你。不管凶手是谁,至少他现在仍然逍遥法外。"

她没有再提出异议。第一次,她累到无法觉察他有意影射的内容。这一次,他影射的是那些该死的照片。

第二十五章

来到朱迪的住所之后,尤赖厄先在门外检查了一番,确定没有强行闯入的迹象后才敲了门。这间公寓看起来相当安全,它位于大楼四层,只有一个出入口,结实的金属大门上有一把醒目的无弹簧式锁闩。两位便衣警察现身的时候,朱迪早已在沙发上睡着,尤赖厄不得不将她叫醒并嘱咐她出门时插好门闩。

离开朱迪的公寓之后,尤赖厄开车去了霍尔特家,应门的是一位男子。他看起来快五十岁的样子,穿着白色的V领背心和方格布睡裤。这是查尔斯·霍尔特,他的妻子唐娜站在他的身后,匆忙地扣上睡袍。她一侧的头发贴在头上。几天前,尤赖厄和朱迪为采访萝拉登门拜访时见到的就是她。很明显,他们俩在尤赖厄出现之前就已经睡着。

如何传达坏消息是警察的必修课程之一。尤赖厄此前参加过一个研讨会,会上大家相互模拟过不同的方法。这是一个大挑战。除了言简意赅地传达消息之外,没有更好的办法。问题是人们是有预感的,在你开口之前,他们就已经知道大事不妙了。尤赖厄不仅在练习中深有体会,在实战中,这一点也得到了验证。这不,现在他正站在那扇门的外面。

拐弯抹角并不能帮上什么忙。先寒暄几句，再请他们坐下，你必须找准时机尽快切入主题，要赶在他们开始臆想可能的情形之前。他对此非常明白，当你知道坏事即将到来的时候，你会从不那么糟糕的情景开始设想，也许某个亲人受到重伤但是没有生命危险。然后你会开始想象自己如何照顾那个受伤的人，那个人如何与伤病作斗争。这些是你做的"交易"。或者说，这是一种让大脑逐步适应的方式，先来一个程度较轻的坏消息，然后再给你完整的真相。

尤赖厄更喜欢开门见山地说话，清楚地、扼要地说话。这也是他现在正在做的。他把萝拉·霍尔特的死和当前的情况统统告诉了他们，因为尤赖厄知道这世上没有任何方法可以减轻那种冲击。做不做铺垫、坐不坐下说话都于事无补。

霍尔特夫妇紧紧地抱在一起，两人脸上写满了震惊。他们转过身子，迈着极其生硬且迟钝的步子朝屋子里面走去，然后瘫倒在沙发上面，与此同时，他们嘴里还一直咕哝着"不可能！""怎么会？""一定是搞错了！"之类的话。

他对此毫不震惊。否认过后，会出现什么？痛苦，然后是迷茫。如果跳过了迷茫的阶段，那个人就会完全崩溃。

"我带你们去殡仪馆。"尤赖厄提议。目前看来，他们俩完全没有办法自行驾车。

他的提议过了一会儿才得到回应。他可以等。最终，他们回到卧室换了一身衣服。出来的时候，他们的动作不太流畅，但是依旧在清点自己的随身物品：钱包、皮夹以及夜晚可能需要的轻便夹克——这些生活必需品再也没有任何存在的意义。

尤赖厄记不清艾伦去世的时候，他是怎么抵达殡仪馆的。那是他记忆的一大段空缺。警察上门之后，他能想起的下一幕就是自己已经抵达殡仪馆的场景。就好像他被传送到了那里。

"临走时锁好门。"他提醒了霍尔特夫妇一遍。

他们找出钥匙，然后把大门锁了起来。

尤赖厄几乎没有质疑过自己的职业，但是今晚的大部分时间里，他的内心都在不停地质疑。此刻，他感觉世界上任何职业都比他现在的工作要好上百倍。

他让霍尔特夫妇一同坐在后座，霍尔特先生将他的妻子紧紧地拥在怀中，气氛死寂，只是偶尔会出现一两次抽泣的声音。登记之后，尤赖厄领着夫妇俩走过一条顶部挂有荧光灯的走廊，然后来到一间小屋。夜班助理拉开白布的一瞬间，尤赖厄觉得整个房间都倾斜了起来。

天底下没有哪一对父母能够做好准备，平静地与自己女儿的头颅相见。人脑完全无法处理那种程度的惊恐。这两个可怜的人不仅遭遇了丧女之痛，而且是以如此极端骇人的方式失去了她。

"是她吗？"尤赖厄迅速问道。他就像是一位片场导演，温和地引导着演员。与此同时，他能够听到自己嗓音中的颤抖。他不会因此感到羞愧。倘若他此刻仍然镇定自若，那才是值得羞愧的事情，而他也该开始担心自己了。

萝拉的父亲点了点头，他的嘴角由于痛苦而扭曲抽搐。一旁的妻子发出了极度痛苦的哀号声，随即双膝发软，猛地向下坠去。尤赖厄迅速上前扶住了她，然后帮助她缓缓地跪坐在地上。她的丈夫在一旁愣着，僵硬地望着这一切。他的大脑无法理解眼前究竟发生了些什么。

一个人能够承受的悲伤是否有限？如果有，这对夫妇的木讷就解释得通了。

最终，霍尔斯先生缓了过来，俯下身子，把唐娜扶了起来。然后，他们呆呆地站在那儿，震惊至极、不知所措。

尤赖厄也感到一丝眩晕。也许这是因为艾伦的自杀和那个叫做霍尔特的姑娘之间有着很多的相似之处。都是半夜的登门造访，两个去世的女子都正值青春年华，同一个殡仪馆。这些相似点混淆了尤赖厄的大脑，某一瞬间，他甚至觉得自己来这里的目的是为了确认自己妻子的尸体。

不是。

那已经结束了。

那是过去的事了。他已经走出来了。他曾经遍体鳞伤，但是现在他回来了。虽然他不再是过去的那个他，但是至少他回来了。

此时，尤赖厄可以想到的最善意的举动就是不去打扰霍尔特夫妇，让他们独自面对悲痛。他礼貌地向助理表达了感谢，然后将夫妇俩领出了房间。走出殡仪馆之后，他拦了一辆出租，然后告知了司机要去的地址。

第二十六章

　　站在霍尔特家的大门前等待应门的时候，朱迪看了自己的搭档一眼，清淡的晨光下，他的皮肤显得尤其苍白，鬓发由于汗水紧贴在脸颊两侧，嘴角泄露出内心的焦虑。来这里的路上，他们决定由尤赖厄充当交谈者，因为之前他已经和那对夫妇有过来往，但是朱迪能够看出此刻的尤赖厄是完全无法胜任这项工作的。虽然尤赖厄表面上十分平静和自制，但是她能感觉到尤赖厄的颤抖，那种源自内心的颤抖。她猜测他的反应和他失去妻子的经历有一定的联系。他过去常说朱迪没有准备好回到凶案组工作，但是现在，换成朱迪担心他的状态了。他竭力隐藏的情绪此时已经快要控制不住，每多一起恶劣的案件，他就变得脆弱一些。别人也许看不见他的精神状态，朱迪可以。要想让她对此视而不见，实在是太难了，但是这种过于私人化的问题，也不在她应该处理的范畴之内。

　　朱迪听到门内传来脚步声后，立刻说道："交给我。"她计划一边提问一边近距离地观察萝拉父母的状态，因为每个人都有嫌疑作案，尤其是家庭成员。

　　应门的是查尔斯·霍尔特。

她亮出自己的警徽并作了自我介绍。"我相信您已经见过我的搭档了。我们知道现在对你们而言是极其困难的时期,但是如果可以的话,我们还是想问您和您的妻子一些问题。"朱迪打起了温情牌。不是说她在假装同情,也不是说她感受不到他们的痛苦和这股似曾相识的悲伤。朱迪现在的人生更像是通过一扇窗户看世界。她觉得自己更像是一个观察者,而不是参与者——鉴于眼下的状况,这未尝不是一件好事。

"你们找到我女儿的身体了吗?"那个男人开口问道。

"没有。"朱迪把警徽和皮夹塞回了夹克口袋。

"我们需要安排葬礼。你们得设法找到她的身体。"那个父亲在说到"她的身体"时声音变得嘶哑起来。

"我们正在尽力搜索中。"尤赖厄答道。

那个男人盯着他们,过了很久,似乎才恍然大悟他们来访的原因。"我的妻子在楼上睡觉。"

"也许我们可以从您开始。"朱迪立刻提议。"也许在我们走之前,她会下来见我们一面。"

极度痛苦中的人不是选择默不作声地全盘接受,就是变得勃然大怒然后坚决回绝。霍尔特先生选择了第一种,朱迪和尤赖厄走进了屋子。

屋内的设计兼容并蓄,墙壁是活泼的亮色,植物顺着墙壁爬上天花板又掉过头冲着木质地板蔓延开来。这间波西米亚风格的屋子极具艺术感。此刻,这里弥漫着残忍的快乐感。

他们坐在咖啡桌前的沙发上。"这是我做的。"注意到朱迪用手指感受木头表面的纹络时,那个男人开口说道。她并没有意识到自己的动作,听到他的话后,她默默地移开了手指。

"很漂亮。"她告诉他。

"我不确定我的妻子是否能够和你们谈话。她吃了一些药,刚睡着。"

"我理解。"朱迪独来独往,但是她能够想象这种遭遇所带来的伤害。即使她并不想再体验爱或被爱的感觉,但是她仍然记得那种感觉。她不知道拥有一只宠物是什么样的体验。她喂过屋顶上的猫,但是在她看来,它就像是自己回家后摆放在桌上的餐碟一样,它不属于任何人。那已经是她的极限了,不过那的确有效。也许只是暂时有效,也许会一直有效下去。单单是允许自己拥有这样的想法,对她来说就已经是对霍尔特夫妇的另一份同情了,她决不允许自己再去给予更多的同情了。有时候,世界真的太过复杂。

"萝拉是我们的全部。"那个男人说,"全部。我的妻子怀不上孩子。"她继续解释,"好几年,我们一直在尝试,然而,当我们最后准备放弃的时候,唐娜竟然奇迹般地怀上了。对我们来说,女儿是一份宝藏,也是一份礼物。"

"我很遗憾。"此时此刻最合适的话,也是唯一合适的话,真的。

"我觉得我们辜负了她。我们的确是啊,我们没有足够的重视。"

"这不是你们的错。"尤赖厄安慰道。

"然而,这的确是。父母的职责是保护他们的孩子。保护她的安全曾经是我的重要工作之一……现在,这份工作没了。"

他们头顶上方传来了走动的声音。先是砰的一声闷响,然后是开门和关门的声音,脚步声变弱之后又逐渐清晰起来。

"他们在这里干什么?"

顺着声音的方向，大家一齐转过头。

霍尔特夫人走到楼梯中央的时候停了下来。鉴于她刚刚经历了巨大的人生冲击，她的穿着显得格外随意——睡裤搭配复古 T 恤，衣服上面还印有做旧风格的文字。她的眼眶红肿、脸颊浮肿。"我不允许他们进来！不许进我们家的门！"

尤赖厄立刻站了起来。"我们很抱歉打扰到您。不过，我们有几个问题需要您的解答，问完我们立刻就走。"

"我不管你们来这里干嘛。给我出去！立刻出去！"

"我能理解您此刻的心情，但是……"

"你不能，除非你也有一个被斩首的女儿！"她举起胳膊，亮出了手中的左轮手枪。她瞄准尤赖厄，发疯似的大叫起来："出去！滚出我的家！"

霍尔特先生倒抽一口凉气，"唐娜！"

枪口随即转向了他，"我要他们立刻消失！"

朱迪缓缓地站了起来，桌子在前，沙发在后。枪口再次转向，现在稳稳地对着她的胸口。然而，她一点儿也不害怕。

霍尔特夫人的手臂开始颤抖，手枪也跟着抖动，泪水、愤怒和仇恨交织在一起。"就是你害死了我女儿！"她说道，"你过来找她！又在葬礼上追她！没错！她告诉我了！"每一个字都伴随着手枪的摆动。"你给她招来了杀身之祸，现在她死了。这一切，都是因为你！"

朱迪无法反驳，她难辞其咎，如果她当时谨慎一些……如果他们当时没有在大庭广众之下、在一个凶手极有可能参加的活动中追捕萝拉，那个女孩可能就不会死了。她准备道歉，但是又迅速制止了自己。我很抱歉是不小心撞到别人时该说的话，我很抱歉是误解别人时该说的话,我很抱歉并不适用于谋杀案。

"唐娜。"她的丈夫,那个心碎的男人朝她走近一步。枪口立刻转了过来。

她仍然站在楼梯中间,朱迪和尤赖厄距离太远,无法上前扑倒她。"你们俩谁有孩子?"她开口问道。

朱迪摇了摇头,尤赖厄做了同样的动作。

"你听到了么?"她冲着自己的丈夫尖叫起来,"他们甚至不知道这是怎样的!他们完全不知道这是什么感觉!如果不是他们,我的女儿就不会成为凶手的目标,我的女儿就不会死!"

她一边倾泻种种控诉,一边移动着枪管。这次她开枪了,枪声震耳欲聋。沙发立刻炸出了一个窟窿,白色的棉絮瞬间喷涌而出,接着又悠悠地飘落。

她真的开枪了,真的扣下了扳机。霍尔特夫人大吼一声,一边咆哮一边冲下楼梯,悲痛和疯狂让她理智全无。她双手紧紧攥着那把枪,一枪之后又是一枪。

朱迪和尤赖厄同时躲到沙发的后面。台灯破裂开来。墙上、桌上的照片全都砸在了地上。她的丈夫大叫一声,随后倒地。屋子里的一切都笼罩着她的尖声哀号。

在这千钧一发之际,朱迪遭遇了千万种想法的狂轰滥炸,这让她不得不一一否决那些难以执行的方案,然后思考新的方案。朱迪突然意识到自己正在思考。对她来说,这是好事。她潜意识里是支持那个母亲的,她甚至在为她摇旗呐喊,可是与此同时,她知道自己必须抛弃这种想法。

除了枪声带来的耳鸣和霍尔特夫人发了疯的哀嚎之外,屋子外面传来了警报声。

THE BODY READER 159

一定是有人听到了那些枪声，所以报了警。

霍尔特夫人一定也听到了警报声，她的步子更加坚定和果决，在木质地板上留下了急促的咚咚声。她冲向两个警官，情急之下，他们无路可退，只得跳起身子，然后伸直手臂，举着手枪大声呵斥她放下武器。

这时，屋子的大门被猛地冲开了，武警迅速涌入。

那一瞬间，没什么扣响扳机的声音更加令人惊悚和心碎了，那种绝望的声音一次又一次地敲击着整个屋子。唐娜·霍尔特仍然在开枪，房间里一度只有咯哒的声响，最终的一声呜咽才给这一切画上了句点。

大家的目光重新回到了她丈夫的身上。他躺在地板上，血流不止。其中一位警员呼叫了救护车，朱迪则冲到了霍尔特先生的身旁，尤赖厄则上前制服了他的夫人。

也许他们的人生都不完美。也许那个丈夫有了外遇，也许他的妻子希望多一些共处的时光，也许她怨恨丈夫整天只顾着在他那个木工车间里埋头工作，也许他们的女儿有一些自恋和顽皮，不仅爱顶嘴，还在晚上偷偷溜出去，但青少年都爱干这事儿。但是即使他们的人生有瑕疵，他们再也没有机会弥补自己的过错，没有机会找到生活的解药，没有机会选择原谅或者体验时间带来的安宁了。他们的人生会被永远地定格在这一瞬间，余生中的每一次呼吸都会提醒他们曾有过多么惨痛的损失。

"对不起。"朱迪对着躺在地上的霍尔特低声说道。她再也无法保持那种非人般的冷漠。这一次，她能够感受到这三个字的温度了。这一次她赋予了这三个字一种深入骨髓的痛苦。"我真的很抱歉。"

第二十七章

"我们来聊一聊方丹警官吧。"奥尔特加靠在办公桌上,双手交叉在胸前。尤赖厄站在办公室紧闭的门旁,没有坐下。他和朱迪扑倒在霍尔特家的沙发后面躲避枪林弹雨的事就发生在几个小时之前。

朱迪和格兰特·王正在玻璃墙外投入地讨论着什么,可能是关于组建霍尔特和迈斯特斯案件专案组的事项。

他不得不承认王在朱迪身边的时候总能保持冷静。看到那些照片之后,他没有行为失常。尤赖厄不确定如果让他来评价自己,是否能够得到相似的观点。他多次看到朱迪疑惑的表情,她似乎觉察到了什么,如果她开口追问实情,他一定会说谎,她似乎也意识到了这一点,但是无论她在适应新的生活和工作方面做得有多好,他十分肯定的是她绝对不想知道那些照片的存在,也不会想知道他看到过那些照片。

"我犯了一个错误。"奥尔特加的语气有些自责,"我不该让她回来。你当时是对的。现在看起来,真的是太残忍了。"她耸了耸肩,似乎在强调她接下来要说的话。"如果这里一切正常,那么也许还没什么问题。但是,这么长时间过去了,这里依旧没什么是正常的，这些闹心的事一件接一件，我想象不出这一切对她究竟造成了多么大的打击。先是发现那间屋子和那个男人的尸体，紧接着又遭到袭击外加发现那个女孩的头颅，然后还有女孩父母家里的惊险闹剧。"

有时候，尤赖厄觉得奥尔特加作为一名局长显得过于敏感了。她让方丹复职是因为她内心的愧疚，现在她又因为相同的原因希望她离职。她似乎并没有意识到这种反复无常其实更容易让人受伤。

"方丹遭到袭击之后，我去见了她。"尤赖厄说道，"我觉得她处理得很棒。和往常一样镇定。"

"在公共场合而已，"奥尔特加立刻答道，"没人知道她一个人在家的时候是什么模样。而且，如果她真的丝毫不受影响，我反而会质疑她的精神状况。"她绕到办公桌的另外一侧，然后坐了下来。"我在想要不要给她两周的假期，然后再给个半年的全薪和全套的员工福利什么的。"她看向尤赖厄。"不过如果你能说服我，我也能考虑考虑别的方案。你怎么看她？那天晚上在大街上她看起来怎么样？"

"方丹的确不太正常。我甚至怀疑她是否能恢复正常。但是这里的人，谁又是完全正常的呢？我们在破解了一起、两起、三起谋杀案之后，难道还有谁对于这个世界能够给予我们的公正没有一层新的界定吗？我们不都是一点一点在朝崩溃的一侧倾斜吗？但是难能可贵的是，她始终都很坚定。没有被任何的人或事打乱阵脚。到目前为止，凡是需要保持冷静的场合，她从来没有慌乱过，这一点让我印象非常深刻。我不想让她走。"

"我不认为你以前有替她说过好话。"

的确朱迪的表现也让他感到震惊。"当初我很担心她。"尤赖厄直言不讳，"但是我觉得她的经历似乎让她变成了一名更加优秀的警察。也许那些经历让她可以更加游刃有余地处理那些突如其来的打击。"

"前提是她不会崩溃。"

"我们都有可能崩溃。"

"好吧。我不会强迫她,至少目前不会,但是你得保证你会留心她的状态。"不需要辞退方丹似乎也让她松了一口气。"喊她进来,我想和她单独谈谈。"

"阿什比警官说您有事找我。"朱迪站在奥尔特加局长办公室的门口,心里不清楚自己会不会被辞退。

奥尔特加坐在靠椅上,摆弄着手中的钢笔。朱迪觉得她的紧张感并不是个好兆头。"最近怎么样?"局长问道,"回到警局后,有没有后悔过?"她的办公桌上杂乱地堆放着几个相框和一些朱迪叫不上名字的盆栽。她觉得放一盆植物可能会是个不错的主意。

"我必须承认,有时候是会感到不舒服。"朱迪答道,"而且我担心那个叫作霍尔特的女孩是因为我的'名气'(朱迪想不出一个更好的词)而死的。这件事让我开始质疑自己到底该不该在这里工作。"也许这就是这番谈话的主题。也许奥尔特加也有相同的顾虑。

"你被囚禁了三年。我不知道如果换作是我,我会作何反应。但是我觉得我可能会希望离警察这份工作越远越好。也许去迪士尼乐园或者去巴黎旅行。你出过国吗?"

猜得没错,真的要被辞退了。"小时候和父亲还有哥哥一起过去爱尔兰。不过我差不多快忘光了。"在经历了娜塔丽·施灵去世的沉痛打击之后,旅行的确是一种排解悲痛的方式。

"也许你应该计划一场旅行。你现在的生活节奏太快了。"

"我倒总是觉得我的生活就……歇在那儿了。"

"朱迪,你有什么想要的东西?你一定有想要的东西。抛开旅行的提议,你现在最想要的东西是什么?我是说给你自己的东西,精神上的也行,情感上的也行,日常物品也行?"

朱迪考虑过买一盆植物,但是她质疑自己是否有足够的冲动去照料它。"我想要我永远得不到的东西。"她思考了片刻,然后说出了自己的最终想法。

"你得不到的东西是什么?"奥尔特加摘下笔盖,朱迪突然觉得自己正在接受心理医生的治疗。她扫视了办公桌,好奇奥尔特加是不是正拿着一份健康追踪报告。她没有看到任何文件,但是也许这个女人把它藏在了抽屉里。

朱迪将注意力拉回她的问题上,她设法在大脑里搜寻最真实的答案。她究竟想要什么?"我的旧房子、旧床铺、我的餐盘、衣服还有书。"她斩钉截铁地答道。还有埃里克。"我在那里的时候,让我坚持住并活下去的唯一信念就是我要活着回家。"

奥尔特加微微扬起嘴角,朱迪知道她的上司感受到了她的真诚。

"亲爱的,坐。"

朱迪坐了下来。她对自己的回答和坦白感到有些惊讶。

和囚房里度过的那几年里一样,那些快乐时光依旧珍藏在她的心中。也许这就是昨天她想要重新回到那个小隔间并关上门的原因。天啊,那真的是昨天的事么?短短一天里发生了太多太多的事,找到囚房仿佛已经是几个星期之前的事了。

重新回到囚房会不会让她感觉一切都可以重新来过?会不会给她一次重置逃跑计划的机会,让她再次燃起回家的期待,得到她梦寐以求的温暖迎接?不切实际,没错,但是大脑经常会拒绝理性的分析并接受感性的渴望。

"你之后有去见过他么?"奥尔特加试探性地问道。 "埃里克?"

"我逃出来的那晚是最后一次见他。"不难看出她正在竭力回避那晚发生的事。而这件事,警局的心理医生也同样问到过。

"也许你应该去见见他。和他谈一谈。就当做个了结,也许也能帮你解开心结。"

"也可能再伤一次。"

"你愿意敞开心扉,和他见一面么?"

"我不知道,也许吧。"

"我之所以提这件事是因为他给我打了电话,他向我打听了你的近况,他想知道你现在过得怎么样,他还问我要了你的手机号码,当然,我并没有给他。"

奥尔特加手肘撑着桌面,向前凑近了些,"我喊你来的原因之一是这周末我打算举办一个露天烧烤派对。我丈夫买了一副新的烤架,他等不及想要试一试。"她转了转眼珠,接着说:"他对烧烤特别痴迷,我也不知道为什么,但是王警官和阿什比警官都会去,物证科的哈罗德也会去,我觉得你应该来。"

"是强制参加的吗?"

"当然不是。但是我觉得同事们应该私下聚一聚。我说的不是下班后一起去酒吧的那种聚会,我说的是家庭聚会。干这一行的必须学会平衡,否则这些案子总有一天会让你丧失自我。"她一边说,一边在办公桌的抽屉里翻找。最后,她抽出一张印有文字的纸,又添了一行字,然后递向办公桌对面的朱迪。"这是我的地址。周六下午4点钟开始,结束时间……谁会知道几点才能结束。"

朱迪接过那张纸,纸张的一角印有警局的标识,奥尔特加局长的姓名印在纸张的页眉处，纸上还有她的家庭地址和一串看起来有些熟悉的数字。

露天烧烤，男人们系着围裙，孩子们追逐打闹，可能还有几条到处乱窜的狗。朱迪连自己有没有能力照顾好一盆植物都不知道，现在奥尔特加给了她一个更大的挑战。对她来说，这似乎是她能想到的最糟糕的事了。"谢谢您的邀请，不过我觉得我可能不会去。"

"你看到那个电话号码了吗？"奥尔特加指了指那张纸，试探性地问了问。"那是埃里克的。"

埃里克。

"我很好奇他是怎么处理我的东西的。"也许这也是他想要和她谈话的原因。"老实说，"朱迪将那张纸折好。"我以为你喊我来这儿的目的是劝我辞职。"

"我只是想和你聊一聊，了解了解你的近况。"奥尔特加答道。

不可能是这样。比起尤赖厄，奥尔特加更加容易解读。很明显，她找尤赖厄是为了了解朱迪的表现，也就是说他一定替朱迪说了不少好话。

"试着去发展几个爱好。"奥尔特加提议，"哪怕只是坐在咖啡馆的角落里喝一杯拿铁。如果你需要找人聊聊，我一直都在。还有，再考虑一下烧烤派对的事儿。"

下午稍晚时分，朱迪、尤赖厄和王共同组织了一场会议，目的是为巡警队简述霍尔特案的概况。会议选在二层的会议厅举行。那间房间天花板很低，头顶挂着几排日光灯，地上摆着几排座椅。那座椅看起来不怎么结实，总让人觉得大块头的警员坐上去随时都有塌陷的危险。

会议室正前方的墙壁上挂着一块软木板，上面画有朱迪喜欢称之为"犯罪家谱"的图谱。木板上还有一张城市地图，一些受害人以及犯罪现场的照片。霍尔特案和迈斯特斯案凶手的匹配信息连同其他细节都被罗列在木板一侧，等待专案组和巡警队的补充。

目前，几乎所有警局都已经采用电子档案，优点是通过VPN或虚拟专用网络即可调用文档，但是朱迪仍然钟爱对墙壁的利用，这种做法在某些人眼中已经过时。

他们提出了多种假设，其中有许多相互矛盾的观点。但是有一件事是所有人都达成共识的，那就是凶手留下萝拉·霍尔特的头颅是为了警告所有的知情者：如果他们胆敢站出来透露一丁点有关黛利拉·迈斯特斯被杀的实情，那么同样的下场也会发生在他们的身上。

"情报热线电话将在几个小时内激活，"朱迪告诉在场的警官们，"所以大家准备好接听电话吧。"

整个情况报告十分简短，不超过10分钟。

"希望下一次开会的时候我们能有更多信息。"王一边补充一边给离开会议室的男女警官分发简报。

"注意到有什么不对劲的地方了吗？"三位专案组成员离开后，尤赖厄立刻问道。

王看了看周围，然后耸了耸肩。而朱迪立刻就懂了尤赖厄的意思。"他们被吓到了，"她答道，"那些警官都很害怕。"

"为什么？"王十分不解。

尤赖厄接着朱迪的话解释道："他们意识到被斩首的对象不仅仅是那些想要透露线索的高中女孩。那同样是对我们的警告，是对我们每个人的警告。"

第二十八章

朱迪死里逃生之后从未参加过新闻发布会。她现在管那叫作"死里逃生"。

奥尔特加坚持要她在这次的发布会上露个面,她也没有反抗。她开始理解努力保持低调所带来的后果。在某个时刻,人们会开始腻烦,不愿再给她更多的个人空间,然而他们的好奇心却一直不断加重。她还是不接受任何的采访。现在,杀人案件闹得人心惶惶,这些人的好奇心再度高涨,垂涎欲滴地张望着哪怕一丁点儿的消息。当地人都想知道究竟是谁在为这群人保驾护航。

有时候,新闻发布会会在明尼阿波利斯警察局正门前的通道上举行,但是这一次不同,召开地点选在了更易管制的会议室。这间会议室还是老样子——低矮的天花板、几排日光灯外加商务风格设计。州旗和美国国旗指明了官方人员的席位,同任何发布会一样,发布台前摆着密密麻麻的一堆话筒。人群中,朱迪发现了一些熟悉的面孔,他们大概来自当地的新闻机构,而那些不太熟悉的面孔,她估计可能是国家媒体。

奥尔特加局长站定在话筒后面,朱迪和尤赖厄在其两侧。"发布会马上开始。"奥尔特加向那群记者解释道,"我们还有一位成员马上就到。"她话音未落,会议室大门传来的一阵喧哗吸引了在场所有人的注意。明尼苏达州州长走了进来,数位随从人员跟在他的身后,朱迪的哥哥亚当·施灵也在其中。

她突然觉得嗓子干涩,胃里一阵紧张。

在她的青少年时期,他们就已经决裂了,自那以后,她只在电视新闻上见过她父亲的身影。她向尤赖厄抛出一个困惑的眼色:你知道他要来吗?

他微微地摇了摇头。

她想要离开、想要逃跑。但是她稳住了并且近乎不露声色地参加完案件陈述以及之后的问答环节。

她的父亲向民众做出承诺,称警方将竭尽所能侦破案件,不会遗漏任何线索。他说:"明尼苏达刑事警察局是我国最为优秀的犯罪侦查机构之一。"

接着话题转向了他的政治议程和他对市长的支持。明尼阿波利斯市市长曾请求上级提高全方位推进本市政治工作的资助力度,也就是说一旦成功,该市的街道上会出现更多的执勤巡警。新闻发布会在这一话题结束后圆满结束。没等朱迪溜走,她的父亲抢先一步插到奥尔特加局长的身后,一把拉住了朱迪的胳膊,他的脸上挂着大大的笑容,洁白的牙齿在一瞬间按下的无数快门中闪闪发光。两人同框了。父亲与女儿。

"朱迪,见到你真开心呐。"他先开口说道,"得知你还活着的那一刻,绷紧好几年的心弦终于松了下来,我当时由衷地感谢了上帝。"他年过六旬,头发花白,但是依旧神采奕奕,一看就是饮食合理、每天都要跑上几公里的人。

她知道她应该说些什么。她知道整个世界都在注视着她、都在等待她的回答——这一刻是这场发布会的最大看点。她清楚地感受到站在身后的奥尔特加，即使局长并不在她的视线范围内。

即使朱迪的出现可能带来混乱，她对于这场发布会来说依旧是至关重要的。朱迪懂了。她突然明白了其中的原因。这场发布会的意义就在这一刻！这场发布会就是为了向世界展示朱迪是一个沉着稳重的女人，她有一位位高权重的父亲并且她是一个孝顺的女儿。发布会后，外界会相信她不再是那个胡作非为、只会让州长蒙羞的疯子警察了。

最近接连发生的谋杀案让当地居民无不提心吊胆，萝拉·霍尔特遭遇斩首一事更是激发了每个市民内心深处的恐惧。他们需要朱迪展现出能够处理各种困难的能力，他们需要朱迪证明她对自己的过去没有隐瞒。只有私人问题不会干涉调查工作的进行，他们才会安心。

虽然朱迪厌恶任何形式的虚假，但是她不再是个孩子，现在的她知道人生这场游戏的规则。她回敬了州长一个微笑，然后伸出一只手搭在他的肩头，身体凑近了一些。她闻到了那套价值不菲的西服布料还有正在保护着他那松垮皮肤的防晒霜。他直愣愣的双眼和两颊紧绷的肌肉传递出一种镜头无法捕捉的神态。然后她做了一件连自己都感觉惊讶的事。她向前微倾，然后亲吻了他的脸颊。虽然只是嘴唇轻轻地扫过他的脸颊，当她重新挺直腰板的时候，她还是捕捉到了他眼中满满的疑惑和愤怒。

此刻，她意识到这并不是一场展示父女齐心的表演，至少对他来说不是。

"父亲，很高兴见到你。"

"嗯……"他一时语塞。

在他答应出席发布会的时候,或许他就已经做好了迎接对峙的准备。他甚至有可能希望借此证明她并不适合现在的工作。她从来都猜不透他这个人,今天的他同往常一样是一个谜。事实证明多年的监禁并没有赋予她什么所谓的超能力。

她笑了笑,然后转身离开,完全无视一旁的记者和杵在面前的一堆话筒。出去之后,她迎向阳光大步地往前走,把会议厅里的隐隐颤抖甩在了身后。

一阵大喊从她身后传来,随后是一连串愈发清晰的跑步声。"方丹警官!请留步!我必须和你谈谈。"

朱迪并没有放慢脚步,头也不回地继续往前走,"我不接受记者采访。"

那个女人追了上来,在朱迪身后碎步跟随。"我不是记者。我叫肯尼迪·布罗德。我的男朋友叫伊恩·考德威尔。他是一名犯罪现场记者。"这个名字并没有引起朱迪的任何反应,她连忙补充解释道:"三年多以前,你和他见过面,你们见面过后没几个小时,他就遇害了。"

第二十九章

朱迪在马路中间停了下来。她惊讶地发现眼前这个叫做肯尼迪·布罗德的女人看起来更像是一位少女。她个头不高，身穿修身牛仔裤，脚踩匡威的黑色帆布鞋，头戴一顶紫色的贝雷帽，红色的短发刚同下巴平齐。

"自从我得知你还活着，我一直在尝试和你取得联系。"那个年轻女子说道。

朱迪在躲避媒体和狗仔方面可谓是一流专家。眼前这个人不过是在她成功逃脱之后想要和她取得联系的成百上千个人中的一个。

"在你失踪的时候，"肯尼迪说，"我向警察讲述过我男朋友的遭遇，我试图说服他们这两起案件之间存在某种联系，但是没人理我。"

朱迪提醒女孩避开人流。不远处，人们正在排队等待午餐餐车。

"我现在记起他了。"她们走到一栋石质高楼的背光侧时，朱迪说道。她和伊恩·考德威尔曾在市区的一家咖啡馆里见过面。"节哀。"

这儿又来了一个寻求了结和真相、企图为一场压根没有合理解释的悲剧找到合理解释的人。然而朱迪觉得还是有必要说些什么,好让这位年轻女子了解那一天的具体情况。"当时,我们点了各自的咖啡,然后找了一个位子坐下来,"朱迪说道,"我记得他刚介绍完自己,他的手机就响了。他和我说他有急事,然后他就走了。这就是那次见面的整个过程。我们压根就没说什么。"她一边比划一边摇头,她想明确一点——那天,他们并没有对话的时间。"我很惊讶我竟然还记得他。"

朱迪朝人行道的前方瞄了一眼,尤赖厄正穿过人群朝这边走来,他的眼里有些疑问。

"所以你根本不知道他为什么想要见你?"

"不知道。"

那个女孩眼珠一动不动地盯着朱迪,不愿意或者说她也许无法接受刚刚听到的那三个字。她有太多太多的负担等待着在这一刻卸下,而且她等了那么久。"我一直祈祷你知道些什么。他当时正在调查一个失踪女孩的案子,叫做奥特塔维娅·杰曼。"

奥特塔维娅·杰曼……为什么这个名字听起来有些耳熟?

"我对那起案子不太了解,但是她至今下落不明。我总觉得我男友遇害和她的案子有一定的联系。"

"我不接手失踪案,"朱迪说道。这说不通。肯尼迪一定已经乱了。"他是怎么死的?"

"他被打死的,然后身上的东西全被偷走了。"

这就更不可能和他与朱迪的见面扯上关系了。在明尼阿波利斯,每一天都有人遭遇袭击然后被洗劫一空,年轻男子正是这种案件的主要目标。

"他们一直没有找到凶手,"那个女孩接着说,"我想要他们帮我找到凶手。我一直有这个念想,我以为你应该知道些什么。"她眼中泛起泪光,咬住嘴唇不让自己哭出来。"那段时间,我们彼此都觉得应该暂时的分开,所以我去了波兰,和朋友们待在一起。案发的时候我不在这里。听到消息后,我特别害怕。"

"我很抱歉。"朱迪回应道,"我真想自己可以帮上忙,但是我无能为力。"

那个女孩抽出一张寻人启事,递给了朱迪。奥特塔维娅·杰曼,挺漂亮的一个小姑娘,只有十六岁,一头深棕色的直发格外引人注目。现在朱迪终于明白为什么这个名字听起来有些熟悉了。她的办公桌里有杰曼的照片。现在那张照片应该正躺在物证室的箱子里面。

"我甚至都不知道我为什么带着它。"肯尼迪说完便转身离开了。

尤赖厄走了过来,一只手捧着一个红白相间的快餐盒,另一手抓着纸袋。"我给你带了点儿吃的。"他紧接着话锋一转,"刚刚那是谁?"他朝自己的身后指了指,远处肯尼迪的紫色贝雷帽依稀可见,不过比她刚汇入人群的时候要小了很多。

朱迪一边告诉他事情的来龙去脉,一边把奥特塔维娅·杰曼的照片叠好放进了夹克的口袋里。

"你之前说你不记得被绑架的经过。我在想你会不会也忘了那天的一些细节。也许正好是你和那个叫做考德威尔的伙计见面时候的事。"

"我也有同样的疑惑。"

"你不知道他为什么找你?"

"不清楚,不过我现在得承认你当初是对的。我不应该回凶案组的。"刚刚在那儿上演的父女大戏又一次验证了一个事实——她的过去，无论过去多久，都会一直阻碍他们的调查进度。媒体不会忘记她的故事，也不会忘记她的身份。"而且我很确定奥尔特加正在考虑要不要让我走，我不怪她。"

她期待尤赖厄对她的想法表示赞同。

"你怕了吗？"他问道，"真的是这样吗？害怕其实没什么好羞愧的。人会害怕才算是真的活着。不懂得害怕？那才真的致命。你受到袭击。你在自己的头盔里发现了一颗头。我是说，这肯定会把一个人的生活搅得一团糟啊。"

至少他没有斩钉截铁地点明她的确怕了。"我怕，"她说，"但不是你想的那样。这里有一个女孩可能是因为我们才丢了性命。这让我感到害怕。"

"我们只是在执行任务。身为警察必然会有连带风险。"

"有些人认为用一两条命来换二十条命的做法是值得的，我不这么认为。"她说道，"如果一个人的死是可以避免的，那么他的死就是无法接受的，也是无法原谅的。一个年轻的女孩——一个只有十六岁的花季少女，怎么接受？我们当时应该派人暗中保护她的。"

"我们不能暗中保护所有人。"

他们意识到自己正站在人行道中央，于是开始朝停车场和他们的便车走去。尤赖厄把纸袋递给她，她摇摇头，"我现在不饿。"

"那帮我抓一下，我先把这个吃了。"他若有所指地看了看红白色塑料盒里的三明治。

她接过纸袋。

"我知道这不关我的事，但是我想问一问你和你父亲之间到底发了什么事？"他一边问一边吃，一边吃一边走。"你觉得他们当时会去明尼苏达博览会。"

看到她父亲的一瞬间，掩藏在大脑里的某个开关瞬间打开，她惊讶于自己的愤怒从未减弱。然后，当她得知奥尔特加是这次见面的策划人之一时，她更是气坏了。

"你母亲去世的时候你不是才七八岁么？"尤赖厄问道。

"足够我判断是非了。"

"孩子总会混淆一些事情。每当我回想起童年记忆时……"

"你和他们一模一样。我当时八岁了，不是两三岁。一个八岁的人有能力去理解情感层面上的东西。"

"我只是在努力还原真相。"

"不劳你费心，那个男人坏得很。相不相信我，随你。你可以现在就回去，就像其他人一样，尽管拍他马屁！"

"哇哦。"他停了下来，对她的愤怒颇为震惊。无疑，见到她的父亲真的激怒了她。

"好的。我现在就告诉你到底发生了什么，这样你就能像其他人一样对我的话嗤之以鼻。我的父母当时大吵了一架。紧接着，我妈就遇害了。我看到他站在我妈的尸体旁边，手里抓着枪，笑得很得意。"

"那你哥在哪儿？"

"他也在那儿。他们都这么说，对吗？外界的版本是他当时正在练习射击，我妈不小心走到了他的枪口前。我爸出现后，一把夺过了他的枪。解释得通，对吗？不要和我说什么父母吵架很正常；什么我当时还是个孩子，孩子总会误读发生的事情；什么极度悲伤和微笑有时候看起来很相近。这些我通通听过。好了，现在开始谁也不要再提这件事了。"她能够看出他还有很多疑惑。她能够看出他掩饰不住的诧异，还有同情。

他们的手机同时响了起来，是短信的声音。他们各自拿出手机查看信息。是刑事警察局的通知：我们找到了与地下室男尸相匹配的人选。具体信息已经通过安全网络发送至凶案组。

"我们先找个隐蔽的地方再查看文件吧。"尤赖厄停下车之后提议，他们选择了明尼阿波利斯警局二楼的一间私人会议室。

朱迪关上会议室的门，尤赖厄则赶紧坐到其中一台电脑前，登陆VPN。朱迪站在他的身后，眼睛紧盯显示屏。填完认证密码后，他敲击了几下鼠标，一张男人的照片以及他的刑事登记表弹了出来。

那双眼睛……比常人稍大的瞳孔，还有眼睛周围那圈杂乱的棕色头发。朱迪慌乱地伸手寻找支撑，然后紧紧地抓着桌角。

"嘿。"尤赖厄抽出旁边的座位。"坐。"

她扑通一下瘫倒在座椅里，眼前发黑，迟迟缓不过神来。他用手从后面托住她的脖子，迫使她向前弯曲身子，直到她的头落到自己的双膝之间。尤赖厄的声音最终打破了她脑海中的嘈杂。一分钟之后，她直起身子，她的视线变得清晰起来，脸颊和身体挂满了汗珠。

"大概是他没错了。"尤赖厄说道。

"是他。"

尤赖厄起身离开座位，不一会儿端回一杯水。她颤抖地接过水，喝了一大口后才稍微地镇定了些。

他叫什么名字，那个十恶不赦的家伙叫什么名字，她再次看向屏幕。这一次，他的脸并没有再让朱迪感到眩晕，但是她的心脏怦怦直跳，她又一次感到口干舌燥。

汉弗莱·萨拉查。她能够感受到在相机捕捉到他的表情之前，他内心的那种愤怒——她曾经无数次感受过的那种愤怒。

汉弗莱。她怎么也想不到一个叫做汉弗莱的男人竟然可以如此地邪恶。在她看来，萨拉查这个名字也是人畜无害。

"你确定是他么？"尤赖厄再次确认道。

"我认识那张脸。每一条皱纹、每一块肌肉我都熟悉透顶。"

尤赖厄靠在座椅上，一只胳膊搭在桌子上。"你做到了，朱迪。他死了，他再也不可能伤害你了。哪怕不是他，不管当时是谁，现在那个人都不可能再伤害你了。"

"嗯。"直到现在，她才真正意识到那个男人的阴影是多么地挥之不去。他仿佛一直寄居在她的皮囊之下，深植于她的骨髓之中。但是此刻，当她得知那个男人不再是一个会呼吸的畜生时，她终于可以将他从自己的记忆中清除了。畜生，没错，在朱迪眼里，他的行为根本无法配得上"男人"或者"人"这个称号。但是，不是永远地，也不是完全地清除。在她的肉休消殒之前，她可能永远也无法彻底地解放自己，但是此刻发生的一切对她来说依然是一次重生。

可是忽然，她想起来……

"怎么了？"尤赖厄问道。

看来她并不是屋子里唯一一个善于察言观色的人。

"没什么。"是的，她也希望这就是一切，并且一切都已经结束了。她也希望萨拉查就是她所遇到的最邪恶的人，但是现在有人正在猎杀并斩首年轻女孩。相比之下，萨拉查似乎并没有恶劣到那个程度。

出于某种原因，也许是因为她不想浇灭这一刻的胜利，她决定保密自己的想法。于是，她伸手敲击了几下键盘，退出了网络系统。"我现在有点饿。"

尤赖厄从纸袋里拿出三明治，揭开包装纸，然后将食物连同锡箔纸一起顺着桌面推向了朱迪那边。"福克西家的三明治是最棒的。"

朱迪看了看皮塔面包中夹着的红球甘蓝。"我从没吃过这种。"

"那真是'情节严重'啊。"

她咬了一口。她脸上的质疑顿时烟消云散，转而浮现出喜悦的神色。尤赖厄问道："很棒，对吧？"

朱迪的手机响起了短信提示音。她立刻查看了手机，是物证科发来的。他们已经解除了对朱迪摩托车的限制而且很显然，燃油管也已经被修好了。

第三十章

格兰特·王坐在一辆停靠在朱迪公寓前的便车里，一边嚼着能量棒一边密切注视公寓楼的进出人员。他的执勤搭档是一个叫做克雷格的新手。他正坐在巷子里的另外一辆车里。所有进出大楼的人都逃不过他们的监视。

自朱迪被袭已经过去四天。到目前为止，除去毒品交易和车震之外，他们还没发现任何异常。

监察活动很快就要结束。资金，尤其是人力不足是主要原因。结束之后，朱迪可能面临两个选择——一是自己出钱聘请保镖，二是搬到更加安全的地段，就像尤赖厄一样，选择一个与天桥相通的公寓楼。

王来做监察任务似乎有些大材小用了，奥尔特加原本安排了另外一名警员负责这事儿。但是当王主动请缨的时候，奥尔特加还是准许了，即便她知道王因为专案组的事已经忙得焦头烂额。也许她发现了他想要留心局里的人。没错，他特别想要留意朱迪的状态。

王的手机响了起来。他瞥了一眼，视线立刻回到公寓大楼。与此同时，他估摸着朝"接听"按钮所在的位置点了几下。"嗨，朱迪。"

多少年过去了,他一直爱开那几个不怎么好笑的小玩笑。他不确定朱迪有没有觉得好笑,也许就算是回到当初,回到朱迪还是个幽默的女孩的时候,她也没有笑过。难以置信她曾经是整个警局最疯的那群人之一。说她"疯"是说她玩疯了。

"我进去了。"她告诉他。

五分钟之前,他看到朱迪的摩托车从街道一侧出现、转弯、驶入巷子,然后从地下通道进入大楼。她需要做的就是每当她回到公寓的时候立刻报告给王。

这个朱迪·方丹可靠又高效,的确和他几年前认识的那个人截然不同。那时候的她简直就像个孩子。但是她一直都是一名好警察,一直都是他们中的一员。她总爱开玩笑,下班之后就去酒吧消遣。她还特别黏人,也许有些过度。

现在,她再也不爱酒吧、也不黏人了。好吧,她和阿什比偶尔还会去喝个几杯,但是这种事似乎也时隔很久没有发生了。王的印象里,下班之后朱迪就会立刻回家,她的生活没有更多内容了。上班,回家。

"很明显,我家很安全。"她说道,"而且我已经把门锁上了。"

这栋楼远比它看上去的要安全。走廊里的监控摄像头、大门上的门闩、密码解锁的地下停车场。

他和她道了一声晚安。

时间过得很慢,不过午夜最终还是来了。一辆车停在了他的后面,然后熄掉了车灯。王在后视镜里打量了一番,确定是来换班的警员后,他立刻点火开车。此刻的他一秒也不想在这里多留。整整十二个小时,他几乎一动不动、尿壶也备在了车上。他完全不懂那些二十四小时不间断监控的人是怎么坚持下来的。

他没有回家,而是径直向林代尔街区一家二十四小时健身房开去。他在健身房的停车场停下车、刷完卡,便走了进去。更衣室里,他双手抓住衣角,向上一拉,脱下了自己的T恤。

他变胖了么?他望着全身镜中的自己,心中有些疑惑。可能么?短短几天就会变胖?

他捏了捏自己肚子上的肉。没有什么比赘肉更让一个体格精壮的小伙子更受打击。然后他摸了摸肱二头肌上的伤疤。十六岁,一场群架送给他那条疤。他活下来了,但是他的哥哥去世了。

不久之后,他就下定决心要成为一名警察。真是孩子才会有的愚蠢想法,但是他的苗族母亲和祖母因此为他感到无比自豪,这让他难以承认这是个错误的决定。也许这的确不是个错误的决定,至少警察给了他一种无法从任何其他职业中得到的认可。

他的手机响了起来,他掏出手机。这一次不是来电,而是朱迪发来的短信:谢谢。

她知道他半夜才离开。

他的回复:随时为你效劳。

朱迪·方丹仍然是他的一个软肋。

第三十一章

交通信号灯跳成绿色后,朱迪挂上一挡、松开离合、然后飞速穿过了十字路口。她的印花裙摆眼看着要从她双腿后侧随风散开。她的背包里装着一杯特意为烧烤派对准备的红酒。

她在干嘛?夏季连衣裙。红酒。烧烤派对。尤赖厄发短信提醒她别忘了奥尔特加的邀约。当她收到短信时,她曾试图把它抛到脑后。但是,在塔吉特的时候她发现自己不自觉地望着那些裙子,她试穿了一件,她还幻想着要换上新的装扮去参加某个社交活动。当她意识到自己的举动时,她已经在结账队伍里了。

反正我随时都可以退掉它。

然后,她又去酒水店挑选了红酒。

反正我随时都可以一个人把它喝光。

主要问题是,她如果不去就显得太过懦弱了。她对此十分明白,即使是在像野炊这样无害的活动面前,她也不允许自己表现出丝毫的退缩。所以她骑着自己的摩托赶向奥尔特加局长位于探戈镇的家中。探戈镇是明尼阿波利斯的老城区,但是看起来十分坚实可靠。这里十分安全,并没有受到断电期烧杀抢掠的影响。

那栋房子通体淡蓝色，典型的维多利亚时期装饰风格。它坐落在一座山丘上，不仅能够俯瞰一旁的明尼哈哈溪，还有一条环山慢跑道直通山下。她关掉摩托车的引擎，放下脚踏，摆正了双肩包之后踏上了那栋维多利亚式建筑门前的水泥台阶。她在大门前停下脚步，一只手在门铃旁摇摆不定。

按下门铃，不要跑。

她等了一会儿。前来应门的是一位个头不高的男子。他深色皮肤，头发灰白，穿着一条红色围裙。朱迪相信眼前这位一定就是那位"声名狼藉"的"烧烤大师"了。

她扭身脱掉双肩包，拉开拉链，取出一瓶红酒，递给那个男子，就好像这是获得进门许可的必备物品一样。"我叫朱迪·方丹。"不该来的。

"欢迎，欢迎！"他一边微笑着表示欢迎，一边招呼朱迪跟随他进屋。"大家都在后院。我刚刚进来拿烧烤酱，正巧听到了门铃声。"

他不可能不认识朱迪。他的妻子是警察局局长，他肯定会密切关注新闻动态，所以他一定是在故意装作不认识朱迪的样子。"我可以去一下洗手间么？"朱迪问道。

"沿着走廊走到头，厕所在你的左手边。"他往走廊那边指了指。"待会儿，你走这边，来后院找我们。"他又指了指另一侧。

她点点头，然后转过身大步走向洗手间。她关上门，把自己反锁在洗手间里。

走到水槽前，她打开水龙头，然后按下了冲水按钮。她看了看镜子，想知道自己是不是和她感觉的一样奇怪。一时冲动买下的睫毛膏和口红看起来滑稽极了。她抽出一张纸巾，用力擦掉嘴唇上的口红，然后把纸团丢进了垃圾桶。她眼睛上方的伤口正在逐渐痊愈中,但是依旧十分显眼。她当时应该将伤口缝合起来,那样可能恢复得比较快。

她深吸一口气,然后硬着头皮离开洗手间,朝厨房的方向走去。透过餐桌上方的大窗户,她看到了尤赖厄,奥尔特加和王。他们正坐在草坪躺椅上一边喝酒一边聊天。一旁,三个小女孩正在满院子地追逐打闹。

朱迪突然感到胃里一阵刺痛。她试图仔细体验那种感觉并在它消失之前抓住它。她想确定它的成因然后永远地铲除它。院子里又传来一声尖叫、一声大笑。那阵刺痛又出现了。当她最终明白那是什么的时候,她惊讶地倒吸了一口气。几分钟之前,她感觉到了疼痛,但实际上那是害怕。发自内心的、无法解释的害怕。那种恐惧感是无根无源的、是无名无姓的、是无法名状的、也是毫无意义的。就在朱迪透过某间厨房的窗户看向某个家庭的时候,它来了。

后门打开了,尤赖厄走了进来。他穿着牛仔裤和T恤衫、手里抓着几个空酒杯以及一个装着冰块和柠檬渣的玻璃杯。"我听说你来了。"他把酒杯和玻璃杯放在柜台上,上下打量了她一番。他似乎在尝试理解眼前的这条裙子,当然,还有她的精神状态。她能够看出他并没有喝酒,她猜那个空的玻璃杯就是他的。

"你还好吗?"他开口问道。

"我做不到。"她用手捋着自己的头发。"转告奥尔特加局长谢谢她的邀请。"

"你觉得太快了?"

她感到舒心的是尤赖厄对她的理解,而更让她松了一口气的是尤赖厄并没有坚持挽留,她点点头。"我原以为我已经可以接受正常人的生活、和正常人一样地过日子。我甚至以为这可能会是个不错的体验,但是事实证明我不该待在这里。"

他点头表示理解。"你的裙子很漂亮。"这句评价很合时宜,因为此刻谈论裙子至少是一个得体的话题。

她低下头,注意力转移到自己的黑色靴子上。那双靴子是唯一一件让她觉得得体的东西。

"我送你出去。"

朝前门迈出的每一步都让她重获一点自在感。当她走出屋子的时候,她松了一大口气。尤赖厄倚在门框上,双手交叉放在胸前,眼睛盯着朱迪的背影。然后,他不受控地脱口而出:"我听说待会儿会有自制冰淇淋。"

听到尤赖厄这句变相的挽留之后,她笑了笑,然后转头离开,过了一会儿她听到身后传来了咯哒一声。大门被轻轻地合上了。

她一边骑车,一边伸手在背包里寻找奥尔特加几天前给她的那张纸。她盯着那张纸,然后掏出手机,拨打了纸上的号码。

埃里克接起电话的时候,他听起来有些心不在焉。

"是我。"朱迪开口说道。她没有忘记,那晚她逃出来的时候她曾对他说过同样的话。

"朱迪。"痛苦从来没有离开过,现在又多了几分谨慎,也许还夹着一丝希望。

"不知道你愿不愿意出来喝杯咖啡。"

"现在?"

"现在。"

"老样子,对吗?"埃里克问道。

他希望如此，也许她也希望如此，也许真的可以如此。他们坐在市郊的一间咖啡馆里，两杯拿铁，阳光透过窗户上的植物洒进来，落在餐桌上。大门被一张手工漆制的椅子撑开。她能够听到角落里的乐手正在弹奏换牌乐队的经典歌曲，巴士的柴油混杂着烤咖啡豆的香气钻进她的鼻孔。窗外，嬉皮士正站在路边的电话线杆下吞云吐雾，杆子上贴了一层又一层被撕破的传单和订书针。路上，不时有街头混混蹬着自行车从这里经过。

他们过去常常一起来这里。他提议来这里的时候，她犹豫了，但是她随后觉得这也许不是一件坏事。她以前一直有意回避那些熟悉的场景，但也许现在是时候去拥抱它们，和它们来一场正面交锋了。

埃里克的目光一刻没有移动，她也死死地盯着这个男子。他的脸没变，但是样貌却不同了。浅棕色的头发比以前要长些，下巴上留有淡淡的胡须。目前为止，他的咖啡一口未动。她不知道埃里克是不是不想破坏咖啡上面树叶形状的拉花。

他告诉朱迪她看起来棒极了，并且他是第二个称赞那条裙子的人。

"你还是理疗师么？"她开口问道。

"对。"他语带满意地答道。

他们相遇的那天朱迪正在调查一起谋杀案。那起案件源于一桩毒品交易，后来场面失控，在大街中央愈演愈烈。当时是他冲了出来，然后说出了其他目击者不敢说出的话。这一点让朱迪印象深刻。他做了一件好事。他们今天来这里的目的是重温过去么？

"我真的找过你，你知道的，我真的等过你。警察认定你死了，所有人都以为你死了。"

也许今天的主题是宽恕。"没关系啊，我理解。"

满身刺青的服务员顶着一头乌黑的头发，穿着一条破洞紧身裤出现在他们的视野中，询问他们是否需要点些别的东西。她可能误以为他们和其他桌一样是一对情侣，但是朱迪对此却有一丝窃喜。也许他们俩看起来就像是一对正在边喝咖啡边约会的情侣。她意识到她更喜欢和陌生人交流，因为陌生人不知道她的过去，她不会产生任何的尴尬或不适。

服务员走后，埃里克立刻向前凑近了些，他的胳膊肘落在桌子上面，衣袖向后缩短了一些。"我想要你回来。"

他的话让朱迪始料未及——从咖啡到这个。"那她怎么办？"他们都知道她指的是谁。

"她走了。你回来以后，我们就感觉一切都不对了。我们的关系就变质了。我们很快都意识到了这一点。她几个月之前就已经离开了。"

"你这么做是因为你觉得这是正确的选择？"

"我这么做是因为我想要你重新回到我的生命里。"他将手伸过桌面，手指试探性地轻触朱迪的指节。他的触感意外地让朱迪感到熟悉，她喜欢那种感觉。见到朱迪没有闪躲，他一把抓住她的手。"试一试吧。会有什么损失呢？"

"什么时候？"

他笑了起来，捏了一下然后松开了她的手，仿佛他也知道握太久可能会让她感到不适。他耸了耸肩，脸上挂着笑意，然后张开双臂。"今天，现在。"

"我要考虑一下。"这有什么意义？但是，又有什么是有意义的呢？"我的房子，我签了六个月。"

"管他呢，搬吧。先等一个月，然后把房子转租出去。搬来和我一起，不需要你花一分钱。这几年，我的薪水涨了好几次。现在我可以养活我们两个。你不工作也没问题。"

她的表情有些改变，因为他急着说道："除非你想要工作。我只是说，你并不是一定要工作。当时听说你又回到凶案组的时候我很震惊。我惊讶的是你竟然愿意回去并且他们那么快就让你回去了。"

"你不是第一个提到这些的人。"

"所以你觉得呢？我觉得这对你有好处。重新回到那个熟悉、安全的环境。这对你的恢复一定会有帮助。我会一直在这里等你。你现在在和谁交往？你和谁聊天？"

"我一直在尝试不和任何人说话。"

"朱迪，这样不好。"

她抿了一口咖啡。"我不需要任何人来照顾我、呵护我。"

"要来个背部按摩么？可以吗？"

她笑了起来。

他做出了一个若有所思的表情，然后说道："回家吧。我们就该在一起。"

这种全新的生活方式怎么感觉都不对，但是埃里克是真的在乎她，他想要她回去，这一点是有意义的。也许尤赖厄是对的，也许她需要找回过去的自己，也许她能够再度成为那个自己。眼前就是一次让她重新来过、让她将脑海中的影像转变为现实的机会。"我回来。"

她话音未落，口袋中的手机就响了起来。她看了一眼屏幕：尤赖厄。

"我必须得接。"她的语气中带着几分歉意，说话的同时她略微转身，然后接起了电话。

"刚刚接到亨内平县治安官办公室的电话。"尤赖厄说道,"在离圣克劳德不远的北部地区发现了一具躯体。"

她瞥了埃里克一眼,然后试探性地说出了两个字:"女性?"

"是的。我准备马上开车过去。"

他们属于市内警察。和县治安官办公室不同,他们没有州内其他地区的管辖权,但是如果这具尸体是萝拉·霍尔特的,朱迪就必须得去看一看犯罪现场了。

"十五分钟后来我家。"

"没问题。"

她挂断电话,收起手机,然后拎起了自己的背包。"我得走了。"她告诉埃里克,"我到时候给你打电话。"

第三十二章

"去北边"是双子城居民的夏季传统。生活在这个极寒大州的意义之一便是如此。每周五的下午,州际公路都挤满了向北行驶的车辆;而随着周末临近尾声,人们重新回归工作和城市生活,周日的公路上各式车辆首尾相接。

朱迪小的时候经常走这条路去圣克劳德北部,但是上一次也是好几年前的事情了。此刻,在窗外不断后退的风景中,朱迪看到了一些熟悉的地标,比如那个旅游加油站的公告牌。他们前往小木屋的时候,经常会停在那儿吃些零食,然后再继续上路。广告牌还是老样子:一只黑熊和一只熊崽的木雕,老套又俗气。

这次尤赖厄是司机。司机是抛硬币决定的,很显然尤赖厄最终"赢了"。朱迪起初对于这个结果暗自窃喜,然而一个小时的车程过后,她开始疑惑如果开车的是她,是不是就可以心无旁骛地盯着马路了。

恍惚之间,她的思绪飘到了母亲去世后她亲手拼贴的那本剪贴簿上。那时候还是个孩子的她四处收集报纸上关于那起枪击案的报道以及母亲的讣告。之后,她又附上了几张木屋的照片和房屋外景的彩绘和快照。现在她又想起了那本剪贴簿,与此同时她好奇那本剪贴簿的下落。还在埃里克家吗?

"我不想停在这里,"看到尤赖厄正准备转向黑熊站,她开口说道。此刻的她无法应对更多的回忆了。"我记得再走几英里还有一个休息站。"然而就在同时,这么多年之后她的内心再次翻涌,她突然想看一看母亲去世的地方。

他关掉转向灯,然后加速向前,其间没说一个字。

幸好,他们找到了另一间加油站。他们给汽车加完油,买了些零食,然后继续上路。在 GPS 的带领下, 15 分钟之后他们便抵达了案发现场。

现场和这一代的其他地区大同小异——地势起伏、大片常绿植物扎堆在一起、植物双侧是数英亩的林地和树干上刷满白漆的桦树,杂草丛生的泥泞小路两侧是挂满带刺铁丝的破旧栅栏,这地方一定是个抛尸的好地方,不过杀手当时可能处于极度恐慌之中,这种状况更有可能发生。

现场已经聚集了好几辆警车,它们杂乱无序地停靠在一起,车辆基本上都是县警队的。

他俩找到空处停下车,然后走了出去。

这里的气温至少比城里低了五度,不穿夹克外套会感到些许刺骨,但是阳光还算温暖。这里的空气经过边界水域[①]和原生态土地的过滤质感十分纯净,呼吸之间仿佛来到星空之外。这里的色彩甚至都要更加浓艳一些、明暗也更加强烈一点。

他们一路询问,最终找到了那位发现尸体的警官——一位穿着棕

---

① 即 Boundary Waters,位于明尼苏达州与加拿大安大略省之间的一块原生态地区。

色副局长制服的中年男子。尤赖厄和朱迪向他出示了工作证并作了自我介绍。

"这是骑行前往边界水域的必经之路。"副局长普鲁厄特随后补充道:"夏天的时候那儿很受欢迎。当时,一群骑手正好停在路边休息,他们看到了那只手,一开始他们觉得那是橡胶做的,万圣节道具什么的。但是谁想到那竟然是真的。"他把那只封装好的手递给了尤赖厄,然后他的抗拒却是显而易见的。倒不是因为递过来的是一只手,而是大概同朱迪一样,他可能也对他们对待物证的草率震惊不已。

"所以,我回家捎上了我的猎犬,然后让它好好地闻了闻那只手,然后让它带路。"

"这只手距离她的尸体有多远?"朱迪询问的同时从尤赖厄的手中接过封装袋,面色凝重地和他对视了一番。她希望刑事警察局可以早些抵达这里。

"两英里外。我碰巧发现的,我想着从公路到这片林地并不难走,所以我把我的狗带了进来。我猜凶手一定是忘了把砍掉的手一同抛掉,所以他们开车离开的时候就把那只手随手扔在了路边。"

"这似乎解释得通。"朱迪评价道。

她没有提把狗带到犯罪现场可能并不是一个好点子,因为这样一来,现场就遭到了破坏,人和狗的脚印在现场随处可见。即使现在,在场的警官仍然在随意走动,而且显而易见的是,通往树林的那条小道一定被无数车辆碾过了,收集犯罪车辆轮胎印的可能性已经为零。刑事警察局为了他们中止了手头工作,此外,他们把两处抛尸现场全都封锁了起来——尸体埋藏点和公路旁的断手抛弃处。从到目前为止的现场处理状况来看,朱迪深深地怀疑普鲁厄特并未标记公路旁的抛尸地点。

那个警官领着他们穿过小路，沿途经过好几个倚在警车上等待刑事警察局到来的警员。他们大多看起来气色欠佳、神色惶恐，很可能是看到了林地现场的缘故。

灌木丛很稠密，树枝上的棘刺总是勾住他们的衣服，让他们移动缓慢。"就在那儿。"普鲁厄特指了指不远处一群树枝掩映下的小土堆。"没错，是我挖的。我知道我可能不该这么做，但是我想在汇报之前确保那里埋着的是人的尸体。"

他单手握拳，遮住自己的嘴，然后慢悠悠地走开了，现场仅剩下尤赖厄和朱迪两个人。

掩盖在那层有些甜腻又有些恶心的腐尸气味之下的，无疑是汽油的味道。尸体被丢在土坑里，淋上汽油，点上火，最后才用土掩埋掉。"在这里点火的。"朱迪说道，"两只手都被切掉了。"死者为女性但是年龄无法辨认。"尸体部分焦炭化，所以我估计凶犯当时十分匆忙。"

"这可能是我看过的最让人发怵的作案现场了。"尤赖厄的眼神落在那具烧焦的无头女尸上时，他发出了一声痛苦的叹息声。"站在这里，看着这具尸体，我真庆幸我没有孩子。这个世界怎么跟地狱一样。我真想立刻离开这里，坐进那辆车，走人。也许我会去边界水域。如果你没去过那儿，你应该去一次。也许我们应该现在就去。开车去伊利，然后租一条独木舟。"

"如果你不愿意阻止人们犯罪，你为什么要来凶案组当一名警察？"朱迪问道。

他转过身背对着尸体，然后逆着风向旁边走了几步。"我爸是警察。我一直很羡慕他，他帮助过很多人，他做的每一件事都在我的眼里和脑里。不知道为什么,我一直都有一个天真的想法——我一定要从事这个神圣的职业。但是你知道吗?百分之八十的人都恨我们,恨我们。我们甚至无法融入这个社会,对于我们来说,能够交心的只有其他警察——所有人都讨厌的警察。然后我们不得不处理这种状况,和那些亲手将别人送进相同状况的人一起处理这种状况。然后呢,我们一起成了众矢之的。这怎么说得通?这世上还有别的职业也如此地遭人鄙夷么?"

"律师?"朱迪提到。

"我觉得讨厌律师的比例没有讨厌我们的高。"

"也许你是对的。"

"要怎么做才能消除这种偏见?"他继续朝远离尸体的方向走了几步。"警察,然后是律师。律师后面是什么职业?"

"应该是和有线运营商有关的职业。"

"或者……地主?"

"这些都能排到前十。"

"没错……孩子总会说我长大要当消防员,要当警察,他们不会说我长大了要当整个镇子最让人讨厌的人。"他摇摇头,"我觉得扯得有点远了。这个话题是怎么开始的?"

"你说你很庆幸没有孩子。"

"哦,对。"

"你觉得这是她么?"

"完全无法辨别,但是我猜就是她。"

"凶手为什么要留下受害人的头但把尸体藏起来呢?这说得通吗?"

"如果凶手认为尸体可能会透露线索的话,这就顺理成章了。"

"那为什么要切掉手?"

"凶手在尝试销毁指纹,但是没有达到预期?我猜罪犯原本是想把尸体切成很多块的,但是出于某些原因又临时决定烧掉尸体,但是烧都没烧好。"

听到汽车引擎声后,他们抬起头,发现刑事警察局的白色面包车正沿着那条泥泞的小路缓慢地向他们驶来。那辆车停在一旁,犯罪现场小组带着专业设备陆续从车里下来。

"我猜你们也都怀疑这具尸体是萝拉·霍尔特的,"现场组组长斯科特·詹姆斯说道,"DNA 的对比大概需要几天的时间。我们这边一旦有了结果,就会立刻通知你们。"

朱迪把那个塑封袋递给他,然后走到了一块没人的地方。她拿出自己的手机,看到屏幕上的三格信号后,她放心地翻起来通讯录。打给查尔斯·霍尔特的电话接通之后,朱迪立刻询问他是否正在开车。

"因为上次的枪伤,我还在家休养。不过,我打算明天回去上班。"

"我想在新闻播报之前告诉你一些消息。"朱迪说道。没有任何可以减轻冲击的办法,所以她干脆就开门见山地说了。"我们在圣克劳德东北部的一片树林里发现了一具无头女尸。DNA 检测结果出来之前,我们无法确定死者的身份。"

霍尔特先生有些哽咽,朱迪能想象到电话那头的他可能正在伸手找支撑。

"目前,你什么也不能做。"朱迪继续说,"我只是觉得你应该第一时间知道这件事。我们拿到结果后会立刻联系你的。"

朱迪挂断了电话然后叹了一口气。

一个小时后,她和尤赖厄启程返回明尼阿波利斯。途中,尤赖厄突然驶离公路。朱迪脸上写满了疑惑,他连忙解释道:"我想喝一杯。"

"你很久没喝酒了。"

"你怎么知道的?"

"我分辨得出来。"

"上次跑回老房子在酒窖里睡觉那件事给我敲响了警钟。我当时就觉得最好还是不要再沾酒精了,但是我们刚刚才看完一个如此触目惊心的抛尸现场,现在应该是个喝酒的好时机。"

他们的车颠簸着驶入了"十字路口"酒吧的停车场。酒吧是一片木制建筑,不高,要不是窗户上的霓虹灯招牌写着啤酒,它看起来和居民房几乎没什么两样。

尤赖厄熄掉火,然后把钥匙放进了口袋里。

"我正准备搬回去,和我男朋友一起住。"下车关门的时候,朱迪说道。

他盯着她,停了好一会儿。"这样做明智吗?"

"也许明智,也许不明智。"

他那若有所思的眼神迟迟没有移走,以至于朱迪开始觉得他不准备再说下去。"为你高兴。"他最终还是说了话,"你什么时候搬?"

"快了。"

"需要帮忙吗?"

"不用了,我没有多少东西。"

"我猜也是。"

"我还是有些犹豫。"

"又不是要永远住在一起,摆脱独居生活是个不错的想法,你会更加安全。"

他们边说边往酒吧走。"我们以前讨论过孩子的问题。"朱迪继续说。

"真的?"他替朱迪打开酒吧大门的时候问道,语气听起来有些惊讶。

这个入口的设计在明尼苏达随处可见。两道门。第一道门打开后,是一个小前厅,用来缓冲这里零下 40℃的温度。

"我讨论孩子,有那么奇怪么?"她回问道。

酒吧里面,灯色昏暗而且有些阴冷。一个穿着格子衬衫的男人正坐在柜台尽头,聚精会神地看着电视屏幕上的电视剧。这里一位顾客也没有。

"你带着小孩的样子……还真有点……"

"好的,'谢谢'你。"

"这个世界对孩子来说太乱了。如果你想要孩子,你得祈祷世界变个模样。你要给你的孩子们一个更好的未来。"

"坏人从来没有消失过。"朱迪说话的同时他们走进了其中一个包厢,这给他们带来更多的私人空间。"以后,坏人也会一直存在,这是无法改变的事实。你如何对抗他们,我是说如果你选择对抗他们的话,才是关键。我觉得不仅对我们来讲,还有对所有刚刚在现场的大家来说,人生的秘诀就是活在当下。我们回不到过去,也无法预测未来。人生太复杂了,真的太复杂了,我们需要关注的是眼前,其余的都抛到脑后吧。"

"所以你觉得你有一种使命感。"

"不是使命,是目标。我要找到杀害萝拉·霍尔特的凶手。"

"她已经死了,这一切已经发生了,我们没能阻止它,我们根本没有阻止它发生的能力。"

"我很遗憾。"遗憾他的痛苦，遗憾萝拉·霍尔特的死，遗憾他们在寻找凶手这件事上毫无进展。

"我必须得承认最近那些针对女性的暴行让我情绪低落，但是和你的经历相比，我的见闻根本不值得一提。可是，现在我还沉溺在自己的情绪里边，我好像真的挺自私的。我一直都是一个旁观者，从来没有体会过你的经历，但是话说回来，我就是个自私自利的混蛋。"

服务员在他们面前放上杯垫。朱迪点了一杯可乐，尤赖厄点了一杯威士忌。

酒水上齐后，他开始聊了起来。

然后，话题转到了"他那天为什么要回以前的房子"这个问题上。"你知道我的妻子自杀了吧？"他问道。

"我听说了。"

"在那以后的很长一段时间里，我都很自责。当时她正在明尼苏达大学上学。我每天都要工作很久。每当她想要出去走一走、想要找个人说说话的时候，我都不在。但是之后，一切又似乎有了好转。"他拿起酒杯喝了一口，其间并没有看向朱迪。

"她留遗书了么？"

"没有。"他一口喝掉了剩下的酒。"艾伦是小地方出生的，是我把她带到这里来的。她不想搬来这里，来了之后一直很想家。她害怕很多事物，我觉得我的工作放大了她的那种恐惧感。我想到了一个好主意。我说服她回到校园，也许可以拿一个学位。之后，情况好转了一段时间。她当时似乎很开心。"他耸了耸肩。"我不知道发生了什么。情况突然恶化，我不知道为什么我没察觉到。她的自杀不断地折磨我、纠缠我，我没有办法不去想它。为什么她要自杀？"

朱迪发现服务员正朝着他们的包厢走来。她对那个女人轻轻地摇了摇头，那个女人点头回应后便转身离开了。

"走之前我们打一局台球吧。"朱迪提议，她希望分散尤赖厄的注意，免得他还要再喝一杯。

这个提议很奏效。他把酒杯推到一边。"五美元赌我赢。"

虽然他们在打球，但是随着台上的球越来越少，他们也在低声讨论那起案件，两个人用旁人无法窃听的音量提出一个又一个新的假设，不过没有一个能够得到他们的一致同意。

比赛到目前为止仍然难分胜负。

"中袋八个球。"尤赖厄用球杆指了指，终于开口说道。

黑球入袋了。擦有蓝色巧克粉的母球顺着绿色毡毛滚入了尾袋——母球自落。一瞬间，尤赖厄优势全无。

愿赌服输，但是朱迪倒更希望用连下八球的方式赢得胜利。她把那张钞票收了起来，把球杆挂回架子，然后伸手示意尤赖厄把车钥匙给她。

第三十三章

他的女孩。

他来的频率不比从前。有时候,她写满两本日记,他才会提着购物袋和供提灯使用的新电池来到这里。购物袋里有很多盒麦片、盒装牛奶、能量棒和谷物棒。和这些一起带来的,还有几壶水。她早就学会如何合理分配这些水。她曾经跑出去过一次,但是她立刻因为缺水开始出现幻觉。缺水是他的解释。然后,她立刻回问他是不是医生,他随后给了她一巴掌。

她用那些水清洗自己,天知道她是多么的渴望洗上一次澡。有时候,她会幻想如果要在汉堡、薯条、巧克力奶昔和洗澡中选一个,她会怎么选。这一定很难。

她蜷缩着侧卧在床垫上,腹部绞痛。她慌乱地摸索提灯和提灯上的开关,找到后,她立刻打开了提灯。

他对她的日记不再感兴趣。他再也没有读过那些日记,但是她不停地写他。不是出于对过去的迷恋,而是出于某种愉悦。

距离他上一次来这里看她过了多久了呢？几周？她不确定该不该用周来计量。这段时间,她吃了几根谷物棒,用掉了一加仑的水。

她曾为自己的勇敢感到自豪，但是如今她却惶惶不安。不是害怕他，也不是害怕他可能对自己做的事。她那愚蠢又真实的恐惧感来自于他对她的不睬不理。他将她囚禁在这里，而她却深深地爱上了他。她害怕有朝一日他再也不回来了。

第三十四章

那具尸身和那只手的确是萝拉·霍尔特的。

北边行程结束两天后，朱迪和尤赖厄约在警局附近的酒馆见面。他们坐在露台上的一张酒桌两侧。附近没有其他的顾客，这是独属于他们的角落。刚刚出炉的尸检报告摊在桌上，他们面前各放着一碟三明治，尤赖厄点了火鸡起司现烤三明治，朱迪点了牛油果香蒜酱三明治外加一份甜点。

"你应该试试我的布朗尼。"她指了指餐碟，"真的很棒。"

尤赖厄切下一小块布朗尼，与此同时，朱迪在快速翻阅那份报告。和他们怀疑的一样，DNA吻合。

"有意思。"她把那份实验室报告递向对面。尤赖厄扫了一眼，立刻抬起头。"氯。"

"但是不在她的肺里，在她的皮肤上。"

目前为止，他们还是无法还原萝拉被杀当晚的真相。他们只知道她在葬礼结束后回到了学校，然后和几个朋友去了咖啡馆，之后她一直没有回家。

"我给她父亲打个电话，告诉他匹配结果。"尤赖厄说。

"当面告诉他或许更好。"朱迪看了看手机上的时间。"他应该正在上班。要我说,我们现在就去,给他个惊喜。"

"上次的事你已经忘记了吗?我不确定这是不是个好主意。"

"我想看一看他的反应。"

他们吃完各自的食物后又分别留下了小费,然后他们拿上自己的东西,起身离开。

霍尔特先生是一名抵押经纪人,在南部第八大街的 IDS 中心工作。他的办公室离警局不远。朱迪靠边停下了车,尤赖厄用警局的信用卡支付了停车费用。走进 IDS 中心后,他们在大楼指引图上找到了霍尔特的办公室门号,然后又等了好一会儿才拿到门禁卡。他们穿过安保检查,乘电梯来到二十三楼——霍尔特先生办公室的所在楼层。

"有两位警察来找你。"前台的女子对着电话听筒说道。他一定没有拒绝,因为她挂断电话后便领着他们穿过一条红毯走廊。

一见到他们,霍尔特的脸上便没了血色。他勉强招呼他们坐下来的同时自己也瘫坐在座椅上,城市的天际线在他的背后一览无遗。

"我们有些新的消息。"朱迪坐在他的正对面。

"我不确定我是否准备好了。"他用一只手颤颤巍巍地擦了擦自己的额头,另一只胳膊上还挂着灰色的吊腕带。"这件事什么时候是个头啊,我想要一个交代。"

每一个字都从他的体内喷涌而出,每一字都是从绝望到麻木的心上扯下的一块碎片。他没有准备好面对这一切,而这一切却不断地打击着他,给他带来一波又一波的绝望。

朱迪没有说的是这件事永远都不会有尽头。霍尔特先生再也不会在醒来的时候感受到人生的幸运与上天的眷顾;他的心再也不会因为新一天的到来而充满纯粹的激动与振奋;每一次绚烂的夕阳西下都将是一把插在心口上的刀，因为她的女儿再也不能看到这么美的景色了。

"DNA吻合。"尤赖厄平静地说道，"两天前在树林里发现的尸体就是您的女儿。我很遗憾。"他拉开自己的皮包，抽出一个马尼拉文件夹，然后把它放在了桌子上。"这是尸检报告。"尤赖厄凑近了一些，一只手仍然放在文件夹的上面，"这里面有很多张八寸彩照。如果您愿意，我们可以把报告放在一边，我们先向您传达报告的关键信息。报告我们可以替您保管。如果您想把它放在身边，我的建议是您不要现在就看。把它放在保险箱里或者把它锁起来。现在看它没有任何意义。"

"我们尤其认为您的夫人没有看这份报告的任何必要。"朱迪补充道。据她所知，那个可怜的女人受到保释，现在正待在家中。

那个男人点了点头，然后伸手拿起了文件夹。他没有翻开文件夹而是把它贴在胸口，他的嘴角不由地抽动，眼眶泛红，眼里闪着泪光。"报告提到了什么？"他开口问。

"霍尔特先生，萝拉在遇害当天有没有去过游泳池？这您知道吗？"朱迪问道，"那天，她在学校有游泳课么？"

"这学期没有。为什么要问这个？"

"尸检报告显示她的皮肤上有氯的残留物。"朱迪解释道，"您知道其中可能的原因么？也许她和朋友一起去了游泳馆？如果不在学校的话，她可能去哪儿游泳呢？"

"我什么也想不起来。她可能去了某个我不知道的地方。她很有主见，她不会什么事都和我们说。毕竟，她已经是个青年人了。"

他们对他的配合表示了感谢，然后又对他的遭遇表达了同情，此外他们还嘱咐霍尔特要保持联系，之后他们便结束了这次访问。

"你为什么不让他打开文件夹?"走向电梯口的途中,朱迪问道,"我原本打算观察他看到照片时的反应。"

尤赖厄按了"下行"按钮,然后转向朱迪,"我知道你的打算。"

"然后呢?"

"你记得你第一天来上班的时候对我说过的话吗?不记得了吗?我还记得。你说善良可能是一个人所能拥有的最重要的品质。"

"但是这怎么可以用在嫌疑人的身上呢?当我们面对的是可能透露线索的人时,这不适用。父母永远都是排在第一位的嫌疑人。"

"他什么都不知道。有时候你必须卸下警察这个身份,用普通人的眼光来审视一切。"

第三十五章

优步车开走的同时,朱迪一手拎着一个装满个人衣物的黑色垃圾袋往她的老房子走去。装着笔记本电脑、案卷和笔记簿的背包紧紧勒住她的肩膀。她之后还得再回公寓一趟,把自己的摩托取来。

今天是周三。现在,天色刚开始变暗。在市区的咖啡馆与埃里克见面已经是三天前的事情了。今天是明尼苏达州典型的好天气。空气干爽,天空通透, 24℃的样子。这种天气几乎弥补了明尼苏达冬天的残酷。

埃里克提议帮她搬家,实际上是请求。但是她想完全凭借自己的力量重新回到这里。此外,出于一些她自己也没有完全理解的原因,她并不想埃里克见到她的公寓。不是因为尴尬,她丝毫也不觉得那个地方丢人。原因更像是她不想这栋房子连同里面的那个男人和那间公寓产生任何的联系。也许那间公寓就像是一句警告。

他应门的时候红光满面,这种笑容和她上一次站在这扇门前看到的表情简直是天壤之别。那一刻可能会永远地印刻在她的记忆里。她不会忘记他当时的恐惧。那个女人的名字她至今都不知道。她曾经取代了朱迪,现在朱迪又回过头接替了她。

"快进来！"埃里克的激动让她意识到自身对于情感的缺乏，这让她感到不快。她是否也应该有同样的反应？她应该开心吗？

那是一栋米色拉毛粉饰的两层联式房屋。他们的屋子在左边，厨房、洗手间和起居室在一楼，卧室和浴室在二楼。从卧室的窗户可以看到圣玛丽大教堂的拱顶。

"我帮你把东西放到我们的房间。"

他接过那两大袋衣物，然后径直往楼梯口走去。朱迪如释重负，紧接着她又扭动肩膀把背包扔在了沙发上。

我们的房间。

"我在做饭！"二楼传来了他的大喊，而朱迪正在屋子里来回走动，审视着那些或熟悉或陌生的物件。沙发还是原来那个，那排座椅中却多了一把雕花木椅。新的电视、新的台灯。那个内嵌式的书架依旧塞满了书，大多数都是她的书。她一一抽出又放回。

"我尽量还原了屋内的摆设，"他下楼之后立刻说道，"我把你大部分的东西都收了起来。那段时间我不能看到你的东西，受不了。"

她好奇自己亲手制作的那本关于母亲的剪贴簿现在在什么地方。

"发表一下你此刻的心情？"他问道。

她的心情是什么？

她用一种审视的眼光望着他。她明白这种眼光曾让很多人感觉不快。他长得不帅，但是很有魅力，他有着一股天真无邪的气质，这甚至让她感到有些难以适应。此刻，他就像一个好动的小孩，焦虑、紧张又兴奋。他流露出来的丰富情感让朱迪难以招架。

"我想上楼看一看。"她于是说道。

埃里克跟在她的身后。

"我想一个人上去。"

他停了下来。朱迪能够感觉得出他有些受伤。

"我只是想一个人待一会儿。"她用相较刚才更为舒缓的语气解释道。

他点了点,似乎在表示理解。"我在厨房等你。你准备好了就下来,我们就能开饭了。我在做你最爱的墨西哥卷饼和牛油果沙拉。"

楼上的双人床上铺着一条粉绿相间的被子,她把背包放在垃圾筒旁。这条被子很新,窗帘也很新,是女生都会喜欢的那种薄纱质感。窗帘很有可能就是那个朱迪叫不出名字的女人挑选的。从品牌、款式到悬挂的方式都和当初两人刚搬进来时挑选的尼龙窗帘近乎相同。

这栋房子建于20世纪20年代,但是很多最初的细节直到现在依旧保存良好,比如木质地板、与粉蓝色墙壁对比鲜明的白色浮雕顶饰。以前这里的墙壁是一种淡淡的米黄色。相比之下,她更喜欢蓝色版本,蓝色让人安宁。

衣柜上的旋钮还是复古的玻璃质感。她拉开衣柜,发现自己的衣服挂在一侧,埃里克的则挂在另一侧。她过去常穿去上班的深色西服就在里面,她从古着店里淘到的皮靴、鞋子、红色羊毛大衣也都在那里。衣柜里还有很多她依然记忆深刻的复古服装,这些衣物怎么会让她觉得既私人又陌生呢?

她合上衣柜,转过身盯着那张床。这时,厨房传来了碗碟的声音,随之而来的是鸡肉的香味。

他们在这间卧室、在这张床上一起度过了多少个难忘的夜晚?

她在想今天晚上会发生些什么。他们两个。

她觉得很奇怪,因为被绑架的那几年里鼓励她坚持下去的事情就是他们在这间屋子里留下的回忆。他的温柔体贴,他的幽默嘲讽以及他们紧紧依偎着迎来的每一个清晨。那些回忆是她始终无法割舍的一部分;那些回忆不断提醒她牢记自己是个有血有肉的人;那些回忆让她相信两个人在一起不一定就是互相伤害。

但是此刻,她感到的是心痛。

床头柜上摆着一个相框,倾斜角度刚刚好。照片上有一对幸福的情侣。女孩在男孩的背上仰着头朝天空咧嘴大笑。

她记得那天……照片是在哈里特湖拍的。他们先去划船,然后在玫瑰园附近野餐。完美的一天……

她的手机响了起来。

她从背包的一个小口袋里抽出了手机。尤赖厄的简讯:感觉怎么样?

她盯着简讯。他真的知道这到底有多难?她给了一个简短的回复:有点奇怪。

她撒谎了,她应该说特别奇怪。

尤赖厄:我猜也是。如果你有什么需要,尽管和我说。

朱迪:谢了。

他的简讯让她好受了一些。

楼下,餐具已经在桌上摆放整齐。朱迪从没见过这些青黄色的餐碟。屋子里的每一处细节不是让她想起他们过去一起度过的时光就是让她惊讶于这些年的流逝。

"过一会儿我们可以去哈里特湖附近散散步,"埃里克提议道,"然后再去塞巴斯蒂安·乔①买些冰淇淋。他们一直有卖你最爱的树莓巧克力。"

---

① 即 Sebastian Joe's,明尼阿波利斯当地一家非常有名的冰淇淋甜品店。

嗨，他正在竭力获得朱迪的好感。白天的种种示爱都是为夜晚的到来而设下的陷阱。她需要的是逐渐适应过去的生活，而不是从哪里落下就从哪里接上，假装过去三年从未存在过。

这是一个错误。一个可怕的错误。

她觉得得感谢埃里克让她如此迅速地意识到了这一点。如果他在这件事上畏首畏尾，如果他没有如此地步步紧逼，可能好几个星期过去了，她依然无法醒悟。要不是他提到的每一件事都指向过去那个朱迪……要不是这一天都是在为即将到来的夜晚做铺垫……

他完全不知道她改变了多少。他不知道眼前这个人再也不是他从前认识的那个人了。她应该何时告诉他？现在，吃饭前？还是吃完？

"这行不通。"她最终还是决定开门见山，直接和他摊牌。告诉他这是个错误的决定之后，朱迪心中的石头终于落了下来。回到这里就像是在别人的照片里看到自己一样。

他突然愣住，抓着两个玻璃杯站在水槽和餐桌之间。"你是说菜？我可以做些别的。"

"不是菜。我是说你和我。"

不出所料，他呆住了。朱迪有些于心不忍。

他还是把酒杯放在了餐桌上。不是随手摆放，而是对准了餐碟的正右方，他似乎对今天仍然期待。"我为你放弃了我之前的生活。"他说，"我和贾斯汀分手。我翻新了整个屋子。我把你所有的旧衣服都从仓库里拿出来。我为你做了你最爱的食物。"

她想到自己放在卧室里的那些东西。她已经在设想把它们重新搬回公寓的场景了。

"在你拒绝我帮你搬家的时候、在你只提着两袋行李出现在这里的时候，我就该意识到！"然后他立刻换上另外一套策略。"不要走！"

他央求道:"给我一天的时间!不,几天!就几天!你刚来这里当然会觉得奇怪!"

"这是个错误。时间不会改变我的决定。抱歉,埃里克。我不应该给你打电话的。"说完,她转身上楼。

他一把抓住她,手指紧紧地勾住她的胳膊。他不肯放手,想要竭力挽留她。朱迪能够感受他指尖的力度。

此前她心中的犹豫和不定被他此刻表现出的侵略性完全粉碎。这不是粗暴也不是野蛮,而是男人对女人的束缚,是一种肉体上的禁锢,是一种强行的挽留。

他张开嘴,喘着粗气,脸上渗出汗珠。他的身上混杂着洗涤精、体香剂和准备午餐时沾上的洋葱的气味。他的皮肤上有一层淡淡的雀斑,如果不是凑得很近,根本就难以觉察。

她没有回避埃里克的眼神,"让我走吧。"

可能是她冰冷的语气震慑住了埃里克,于是他松开了手。也可能是他终于看清了眼前这个人。这个全新的朱迪并不是楼上照片里的那个女人,也不是穿着那些衣服的那个女人,更不是站在此刻他们所站的位置同他一起跳舞的那个女人。那个女人已经死了。

他脸上的惊讶忽然消失,俨然是因为脑海里又有了一套新的方案。他冲到走廊的壁橱前,从里面掏出几个纸板箱。他就像个使性子的小孩,这次遭殃的是那排书架。他把那些书一股脑儿地扔了出去,大部分落在了他脚边的纸箱里。而朱迪正站在一边,默默地看着他。

他的脸涨得通红,随后他又冲到楼上,双手捧着一大堆从衣柜里拽出来的衣服,然后冲了下来。他大步走到正门,打开门,把这些东西通通扔进了院子。他继续清理屋子里所有与她有关的东西,另一边,朱迪拿出手机,给尤赖厄打了一通电话。电话接通后,她立刻说:"我打算接受你的提议,来帮我搬家吧。"

"我以为你已经搬完了。"

"我打算搬回去。"

"哦。"停顿片刻后,她给了他这里的地址。虽然朱迪知道他至少来过这儿一次,因为他拜访过埃里克。她接着说:"十五分钟后见。"

实际上他只用了十分钟。

尤赖厄站在车外,双手叉腰,仔细地解读院子里散落一地的衣物。"哇哦。"

朱迪站在门廊前,背上背包,领着衣物,一边留意街道对面躲在窗户后面观察她的街坊邻居一边大步朝他的车走去。"没错。"她经过尤赖厄的时候说道,"这个方法不管用。"

"我看出来了。"

他们把院子里的东西全都装进车后,绕到各自的车门旁。正当朱迪拉开车门的时候埃里克顺着人行道跑了过来。从他的表情来看,他的神经依然绷得很紧。天啊,他竟然在哭。

"你伤害了我两次!"他大叫,"两次!"

朱迪砰地一声关上车门,视线穿过挡风玻璃投向正前方,尤赖厄将车开向马路的时候问:"他真的不是个自以为是的傻子吗?"

"我记得他不是这个样子的。"她抑制不住语气中的疑惑。那个男人是谁?她真的和他有过来往吗?"但是我感觉变的人不是他而是我。"有趣的是,让她遍体鳞伤、让她全线崩溃、让她头发变白的东西现在让她对周遭有了全新且真实的认识。那么邪恶的地方竟然赐予她一个全新的视角,让她重新审视这个世界,这太不符合常理了。

"重新回到这里一直都是支撑我走下去的信念。"她说,"它让我在被绑架的那段时间里保持清醒,但现在,这个世界并不属于我,而且再也不会属于我了。现在,连我都怀疑当时那个人到底是不是我。虽然当时的生活到现在都还历历在目。"

"你在这里的美好记忆帮助你度过了那个困难时期。那一定是属于你的记忆,而且是很重要的记忆。"

"没错,但是每当我意识到那段记忆对我来说已经不再那么重要了,我都会难过。他和我记忆里的那个人不一样,我们当时的相处也和现在不一样。我不知道到底发生了什么,我也不知道这一切怎么就变了。"

"当你意识到我们都会被生活的阴暗面所影响,你会觉得特别的毛骨悚然。"他说出了朱迪的心声。

"没错。我过去看《南方公园》和《辛普森一家》的时候总会笑得不停。"她承认,"现在坐在这里的这个我再也不会对着《辛普森一家》傻笑了。"

他向右转向林代尔方向。"我们得找个日子解决一下这个问题。"

回到朱迪的公寓,他们把箱子全都堆在了地板上。尤赖厄拿起那张埃里克背着她的照片,"我总是习惯不了你的深色头发。"

"看我笑得那么开心也不太习惯吧?"

"我没准备提这个,但是没错。这是什么时候拍的?"

她把一捆衣服丢在沙发上,抬起头说:"四年前,好像是。"

他把照片放在咖啡桌上,然后环视了四周。"有喝的么?"

"没。"

"我去楼下的酒吧一趟。"

没过多久,他便再次出现在了朱迪的公寓里。速度之快,以至于朱迪没来得及整理任何东西。"开瓶器在哪儿?"他从纸袋中拎出六瓶装的棕瓶啤酒。

朱迪在厨房抽屉里翻来翻去，最终找到一个金属开瓶器，它的把手是明尼苏达州的形状。尤赖厄接过开瓶器的同时，朱迪解释道："这是之前的房客留下的。"

他打开两瓶啤酒，递给朱迪一瓶。朱迪喝了一口，然后将酒瓶放在一边，伸手从橱柜里拿出了一罐猫粮。

尤赖厄扫视了一圈，并没有发现宠物的踪迹。"你养猫了？"

"没有。"她把猫粮塞进牛仔裤的后口袋，然后拿起啤酒。"跟我来。"

尤赖厄跟着她穿过那条狭窄的楼梯，来到屋顶。此时正值太阳落山，天空泛起粉红色。

"屋顶也是你的。"他说。

朱迪没有抬头看他。她把其中一个塑料座椅摆正后，把啤酒放在了座椅旁边。"不下雨的话我都会睡在这里，这里是我租这间公寓的原因。住在这里可能有些危险，我不是说这个地区，我是说屋顶上面。"

他从旁边拖来一把椅子，不过没有靠朱迪过近。"那猫呢？说说猫吧。"

她从口袋抽出那罐猫粮，然后揭下金属盖。"它会顺着那棵树爬上来，晚上在这里睡觉。据我判断，它是一只野猫。"她踩着屋顶上的焦油纸，走到细树枝伸上屋顶的那一侧，把猫粮放在了一碗水的旁边。

"你看上去更像个会养狗的人。"

"我过去的确喜欢狗。现在，我也不知道。"

她拿起地上的啤酒，坐回他的旁边。

"今天在那谁家发生的事，没事吧？"尤赖厄问道。

"从某种意义上来说，我很开心今天发生的一切。我终于可以永远地放下这一切了。没有犹豫和徘徊,没有如果。"

"嘿,快看。"他用抓啤酒的手向旁边指了指。

那只猫像在猎捕老鼠,它沿着屋檐警觉地移动,腹部贴近地面,时而缓慢移动时而静止。

"它有名字么?"尤赖厄问。

"没有。"

"你应该给它取个名字。"

"只是一只猫而已,一只屋顶上的黄猫。"

"我打赌我们能抓到它。"

"它在这儿挺好的。"

"冬天就要来了。你应该抓住它,带它去兽医那儿做个检查,然后让它待在你的公寓里。"

"为什么?"

"也许它可以当你的朋友。"

"我不需要朋友。"

"你确定?"

"我没法处理这些关系。即使是人和猫之间的关系也不行。"

"好吧。"他把瓶子里的酒一饮而尽。"我要走了,酒就放你这儿了,你就当它是乔迁礼物吧。不要喝太多,明天一大早我们还有另外一个专案组会议。"

"尤赖厄。"

天色已经暗下来,他的表情难以辨别。"嗯?"

"我刚刚说的是个人关系,不包括工作上的关系。"

"我知道。"

"谢谢你今天帮我搬家。"

第三十六章

尤赖厄离开后不久,朱迪便完成了睡前的准备工作。她的准备工作是指在屋顶上铺好睡袋和枕头并将手枪和手机放在身边。远处飘来的微弱音乐和街角酒吧的烧烤气味让她感到舒心。

入夜几小时后,冰冷的雨滴突然急促地拍打在她的脸上。她清醒地意识到发生了什么之后,便立刻抓着自己的睡袋和枕头跑向楼梯井。回到公寓之后,幽闭恐惧症扰乱了她的睡眠需求。她索性也就不再挣扎,把水壶放在炉子上之后,便开始整理客厅地板上的那一堆箱子。

她不确定箱子里有没有自己想要留下的东西,那里面每一件物品都会让她想起那段现在看来似乎错得离谱的生活。怎么可以一直活在过去的阴影之下呢?更让她心烦的是,唯一让她感觉真实且踏实的竟然是地下室里的那段日子。有哲学家说过,人生中最阴暗的日子会永远地寄居在你的灵魂深处,不时地回顾它会给你带来一种扭曲的快感。这句话传递了一个她不愿正视的事实。今后她还能不能找到她想要的那种生活?或者说那种生活对她来说是不是已经结束了?那种拥抱当下、允许自己被生活欺骗的能力是不是没有了?她是不是再也不会相信埃里克这样的人就是自己的归宿？

那盏台灯。要留下吗？那盏台灯是她和埃里克在圣保罗的百货商场里买到的。橘黄色的波纹灯罩和木质三足式灯座让人过目不忘。它不是复古风格，而是一件真正的古董，就连灯泡也是古味十足。朱迪接上电源，旋动开关。她惊讶地发现这盏灯竟然还能使用。

她喜欢这盏灯，于是决定把它留下。让她感觉糟糕以至于再也不想看到的东西，她是绝对不会留下的。

她清出两个箱子，当作垃圾丢掉的东西放一个箱子，决定捐给慈善商店的东西放另一个箱子。大多数衣服都放在了捐赠箱里，但是她留下了两条已经褪色的牛仔裤。牛仔裤就是牛仔裤，不带褒贬。她不确定要不要留下那几套商务西装。她还会再穿吗？不断提醒她过去的那个自己？带她回到那段她对工作、可能还对生活都信心满满的时光？优秀的警察是不会让绑匪抓住并囚禁三年的。

她留下两套西装，用来应付出庭作证。像台灯这类的东西，只要让她回想起过去的生活，就会被她果断抛弃。但是也许，过去的生活也会逐渐消散，西装、台灯也会逐渐变成新生活的一部分。

她打算把那些书送给尤赖厄。

小说和电影对她来说不再具有任何意义，只是些虚构的故事罢了。说的不是人们互相伤害，就是人们相互爱慕。她对两者都没有兴趣。

最后一个纸箱装着钱包和鞋子。她把那些钱包的口袋和拉链挨个检查了一遍，又倒着抖了抖。突然，一个红色的东西掉到了地上，看起来比回形针略大。

是一只U盘。上面没有字，也没有商标。

她捡起U盘，但是并没有回想起它的来历。不过，发现一只U盘就像发现一支笔，没什么稀奇的。她想在丢掉这只U盘前确认一遍里面的文件，以防泄漏私密信息，例如之前提交过的报告等。她打开电脑，把U盘插进一侧的端口。

U盘里只有一个MP4文件。她犹豫了片刻还是双击了图标。Quicktime的界面弹出之后，她点击了播放按钮。五分钟后，她点击了"暂停"，然后迅速拿起手机，拨打了尤赖厄的电话。电话一接通，她立刻说道："你必须来我家一趟。对，立刻就来。"

第三十七章

朱迪打开了楼下的门禁，几秒钟之后，咚咚的脚步声逐渐清晰。没等尤赖厄敲门，她就已经拉开了房门。

尤赖厄冲进屋子，两肩被雨水打湿，大口喘着粗气。她读懂了他脸上一闪而过的想法。他想抓着她，仔仔细细地检查一番，确保她一切正常。

不过，他并没有这样做。他关上身后的大门，然后快速地打量了她一番。看到她毫发无伤后，他脸上的担忧慢慢褪去，可是突然间他又变得有些恼火。朱迪并没有想到自己的来电可能会让尤赖厄误以为发生了什么不好的事。

"我暂且认为你并没有什么事。"他看起来困极了，潮湿的头发耷在额头。

"听起来你有些失望啊。"

"有一点。为了赶来这里，我闯了两次红灯。"这趟行程似乎耗尽了他全部的气力，他瘫坐在沙发里，双手无力地搭在扶手上。"我不是那种一叫就醒的人。罗尔德·阿蒙森①称之为'早晨易怒症'。"

"事实证明现在的说话方式和过去完全不同。"她举起手中的茶杯和茶包的纸质标签。"要补充一些咖啡因么?"

"有咖啡吗?"

"不好意思,没有。"

"这是哪种茶?希望不是药草茶。"

"伯爵茶。"

他揉了揉自己的脸。"听起来和婴儿奶粉一样诱人,我打算试一试。"

朱迪站在厨房的柜台前,往马克杯里倒上热水,然后把茶包放进杯子,端起茶杯回到了客厅。她散发出一种女主人的气场。

"我想知道你把我叫来是为了什么要紧的事,"他掏出手机,核对了通话记录。"凌晨三点把我喊来这里,也许你做事不看时间,也许你不需要睡眠来维持正常的生理活动,但是我还是需要的,好吗。"

他将水杯里的茶包上下晃动了一下,抿了一口,立刻面部一拧。"我感觉自己在喝香水。我现在开始怀疑波士顿倾茶事件和《茶税法》可能压根就没关系。"

"能不能别发牢骚了?"

"我和你说了,我很难清醒。"

"对警察来说不是件好事。我还有些啤酒,你要么?"

"我都习惯了。我小时候就不喜欢西兰花,但是我不还是照样在

---

① 即 Roald Amundsen,挪威极地探险家,第一个抵达南极点的人。

吃吗。"接着,他又喝了一口,脸上再次露出苦相。

"我想给你看点东西。"她坐到他的身旁,把咖啡桌上的手提电脑拉近了些,摆在他俩的正中间。"我当时正在收拾自己的旧东西,然后在一个钱包里看到了这个U盘。"她打开播放器,然后点击了"播放"按钮。

镜头十分暗,一开始根本难以辨别他们看到的是什么。但不久之后,水花伴随着嬉笑声表明镜头记录的是一群人在泳池里的狂欢。

"你喊我来这儿就是为了看一个泳池派对。"

"等等。"

手持照相机的人位于泳池的浅水区,镜头的焦点是五个女孩,她们在泳池嬉戏疯闹。一分钟之后,其中两个女孩开始接吻。镜头随后放大,大量的特写镜头对准了她们赤裸的胸部。一群裸体女孩。显然她们都喝得烂醉。

尤赖厄凑近了一些,眯着眼睛紧盯屏幕。"她们年纪也太小了吧。"

"没错,"朱迪说道,"看起来都没超过十六岁。"

其中一个女孩朝手持照相机的人走了过来。她顺着泳池的阶梯爬了上去,她的身体慢慢地浮出水面。镜头检视着她的每一寸肌肤,从她的双腿,到她泛红的脸颊和嘴唇,再到她暗淡的双眼。她斜过头,向摄像人会意地笑了笑。

屏幕暗了下来。结束。

"我觉得最后那个人可能是奥特塔维娅·杰曼。"朱迪说道。

"那个遇害记者正在调查的女孩?"

"我办公桌的抽屉里也有那女孩的照片。"朱迪补充道。

"我看挺像的。"他仔细对比照片里那个正在微笑的年轻女子。

朱迪重播了录像的最后几秒,然后将画面暂停在女孩的脸部特写上。"我们得用面部识别软件来确认一下。"

尤赖厄把茶杯放倒桌子上。"你从哪儿拿到这段录像的?它有什么特别的意义吗?"

"我不知道从哪儿拿到的。我在一个包的内衬里发现了U盘,我记得我好像带着那个包去见了伊恩·考德威尔。"

"那个被杀的记者?"

"没错,但是我不记得他有给过我这只U盘。"

"有没有可能是他在你不知情的情况下偷偷将U盘放进了你的包内?"

"可能吧。"

"他为什么给你,而不是给'失踪调查组'的人呢?"

"我不知道。"

他紧锁眉头。"我们姑且认为这是考德威尔给的。所以现在的情况是,一位记者不知怎么的就拿到了一个失踪女孩参加泳池派对的视频。我不知道视频有什么特殊含义。我是说,十六岁的孩子喝醉了以后脱掉衣服在泳池里胡闹,这不是一件很正常的事情吗?"

"至少我不会这样做。"

"我小时候经常这样干。只不过我都是在老家附近的水塘里、采石场还有湖里胡闹,没去过这些高端泳池。这算得上是我成长的一部分。我必须得说啊,我深更半夜风尘仆仆地赶过来,结果就看了这样一个视频,你说我亏不亏?就算那个女孩是奥特塔维娅·杰曼,又怎样?这个视频什么线索都没透露。事实就是没有其他信息,这件案子我们已经走进了死胡同。抱歉啊。"

"我知道这有些牵强,但是我在想这个视频会不会和我们手头的案子有关。视频里也是高中女生，也有水，水里可能也有氯。"

"我觉得这可能只是一个巨大的巧合，我们至今没有看到奥特塔维娅·杰曼身上和这两起案子的一丁点儿联系，而且她三年前就消失了。"

"也许就是这一点。这就是联系。"

"视频的分辨率很低。我不敢确定他们是在宾馆、学校还是私人住处。我想先确认其他女孩的身份，至少要确认一个人的身份，这样我们就能问一问她。"

"我叫技术部的特伦特来强化一下这个视频。"朱迪说道，"看看我们能不能识别出视频里的人或物。还有，我们也要注意一下视频里有没有时间和日期标识。我们需要这类信息来确定摄像机的运行系统。总之，不要放过任何一个细节。"

尤赖厄起身走向厨房，然后把他的茶杯放进了水槽。"我们明天再做这事儿吧，我准备回家了。"

"谢谢你愿意来这里。"她想起了那些书。于是，她捧起地上的纸箱，然后递给了他。"这些给你。里面可能有一些是挺值得收藏的书。"

他用胳膊夹住纸箱。"你懂我对书的'如饥似渴'啊。"他在门廊前停下来，转头对朱迪补充道："我还是觉得你没必要大半夜地把我叫过来。"

尤赖厄走了之后，朱迪横躺在沙发上，头靠着枕头，双眼盯着天花板，她想起那本为母亲制作的剪贴簿并不在自己的行李里边。

出门之后，尤赖厄朝警局便车的方向瞄了一眼。他知道那车的样子。午夜时分离开朱迪的公寓，在那里一共待了一个小时零几分钟的样子。在侦察车旁听下来并告诉王自己来这儿的目的只是公事，这未免也太过冒险。而且，很有可能的是，他根本就不会相信。事实上，尤赖厄对此根本束手无策，他只能期望王不要随口乱说。也许这压根就不是个问题，朱迪的心态和其他人都不太一样。事实上，她很有可能完全不在意别人怎么说她。

尤赖厄低下头，冲出雨篷，冰冷的雨水落到他的脸上和脖子里。

回到家，他难以入睡，所以他又做了他最近特别爱做的事——打开笔记本电脑，登上他妻子的脸书主页。他没有直接这样干，而是先访问了奥特塔维娅·杰曼的主页并做了一些笔记，然后他核对了一遍，发现杰曼、霍尔特、迈斯特斯三人并无共同好友。一个也没有。这也难怪，如果杰曼还活着的话，她比另外两个姑娘大了整整三岁。

然后他点了点自己妻子的主页。

他知道自己在做什么：以工作为由，实际是打算在天亮前的最后几个小时里再重温一遍艾伦的脸书相册。实际上，那个相册已经深深地刻在了他的脑海里。

和往常一样，他浏览结束后感觉远远不够。和往常一样，他登出了自己的账号，然后尝试以艾伦的身份登入。他可以联系脸书，然后得到她的密码。但是那样做，别人就会知道他始终无法摆脱对艾伦的迷恋。他不想那样。

他瞥了一眼放在门口地板上的那一箱书，打算换个思路：书名。他的第三次尝试是"Wuthering"这个词，因为《呼啸山庄》[①] 是艾伦最爱的书籍之一。

然后，他成功了。

[①] 《呼啸山庄》的英文标题为"Wuthering Heights"。

第三十八章

很显然,人们会私信离世的人。尤赖厄的妻子收到了近两百条的未读消息,大部分是在她自杀之后收到的。消息的内容大多是你选择结束自己的生命,我真的很难过。真希望自己可以早点知道你默默承受的一切。我真希望你当初把一切都告诉我。

一些消息来自那些并不知道她已经离世的"朋友"。这几次书吧聚会怎么都没看到你,下次该你主持啦。也有一些男人发来挑逗信息:嗨,美女,你很性感。他们中的大部分还附上了赤裸上身的照片。尝试随机搭讪的也有一些半裸的女孩。

看完那些消息花了他不少时间,最后他翻到了她生前作过回复的那部分私信。

他皱起眉头,凑近屏幕。

艾伦和一个名叫约瑟夫·约翰逊的男人有很多页的聊天记录。约翰逊是明尼苏达大学的一名哲学系教授。因为脸书会按照时间顺序显示消息,尤赖厄借由这一点找到了故事的起点。

一开始,两人的对话并无异常。他们谈论苏格拉底和尼采。但是之后对话的内容发生了改变——从邀请艾伦一起喝咖啡,到后来的宾馆房间，再到去外地旅游。

尤赖厄的心脏怦怦直跳。他强迫自己读完了他们聊天记录中的每一句话、每一个字。艾伦态度的转变——对城市生活从厌恶到喜欢的变化似乎就是因为这个男人。

尤赖厄在明尼苏达大学的官网上找到了他。

他浏览了约翰逊的个人简历和班级信息，人也逐渐恢复了平静。他合上电脑，看了看时间——刚过六点。于是，他去冲了澡、刮了胡子。之后，他便套上西装，系上皮带，然后带上了警徽。装枪之前他又检查了一遍他那把0.4英寸口径的史密斯威森半自动手枪，确保弹匣里的子弹已经装满。走出公寓锁好大门后，他顺着楼梯从十七层走了下去。

街上，清晨的空气带着城市固有的寒意，然而这种空气却预示着今天会是温暖的一天。一辆夜间运货卡车正开出装载区，引擎发出缓慢而疲惫的运转声，车尾喷出一长串柴油废气。

街角的咖啡店刚开门。

尤赖厄是今天的第一位顾客。拿到大杯黑咖啡后，他在罐子里放上小费，然后径直朝那栋六层停车场走去。他从那儿出发，顺着综合交错的街道穿过施工地段和一条接一条的单行道，经过维京体育馆后驶上通往明尼苏达大学的35号州际公路。现在，约瑟夫·约翰逊应该在带暑期班的早课，而且这节课的内容应该是伦理学。

第三十九章

　　尤赖厄没有进行任何预先联系，直接来到了约翰逊教授的课堂。他坐在讲堂最后排的角落里，以防引起别人的注意。

　　他能够看出艾伦为何迷恋这个男人。他自信、沉稳，说起话来十分笃定。但是同时他也有些老气。他头发蓬松、胡须杂乱，带着一副角质框架的眼镜，佩斯利漩涡花纹衬衫配深棕色领带，大概三十七岁的样子。

　　其实，尤赖厄说不清自己跑来这里究竟是为了什么。但是他想，至少要把这个男人痛扁一顿。不仅是因为艾伦的快乐最有可能是他带来的，更是因为艾伦的自杀也最有可能是他导致的。但是当尤赖厄坐在那里，置身于一个不属于自己但被他的妻子所拥抱的世界里时，他悲痛欲绝、悔恨至极。因为没有关心她，因为没有看清她的需要，因为留她一个人待太久，因为花了太多时间工作。

　　下课后，学生陆续离开，而尤赖厄仍然坐在后排等候教授和助理结束对话。他们作了简短交流后，小小的讲堂里除了尤赖厄就只剩下教授一人。

　　"您一直坐在那里，没事吧？"

约翰逊可能早就注意到他或者觉察到角落里投来的目光。尤赖厄腰上别着史密斯威森。拔出枪，灭掉眼前这个男人对他来说简直易如反掌。但是此时的他内心却丝毫没有那种冲动。他对自己的反应感到些许莫名的失落。他站起身顺着台阶走下去，全程紧盯讲台旁的那个男人。尤赖厄能够感受到他的学识和修养。

艾伦曾经也是这个世界的一员。她喜欢深刻且富有哲理的对话，而尤赖厄对此毫无兴致。"你太爱钻牛角尖了。"尤赖厄总爱这样说她。眼前这个穿着佩斯利衬衫、打着棕色领带、发尾与领口平齐的男人能够让她着迷，这一点儿也不奇怪。

走到阶梯底端的平台，尤赖厄迎着灯光挺直腰板，眼睛却一刻也没有离开过这个男人的脸。约翰逊认出他的那一刻，他的脸唰的一下变得煞白。尤赖厄看到这一转变，内心大为爽快。他把夹克的下摆拨到一边，一只手插在腰间，亮出了他的枪。"我来回答你的问题——有事，我坐在上面感觉很不好。"尤赖厄说道，"我下来了感觉还是不好。"

此时的约翰逊已经方寸大乱。仅凭这一点，这趟来的就已经值了。

"你来这里做什么？"他听起来像是东海岸的人，也许是波士顿。

"我想谈谈。"

"我什么也不知道。"

"我觉得你可能知道不少。"尤赖厄移开胳膊，让夹克的下摆自然下垂。"你和艾伦一共处了多久？"

约翰逊立刻就"缴械投降"了。枪支的威慑十分奏效。"几个月。"他答道。他决定开口之后便把一切的一切都毫无保留地告诉了尤赖厄。"我知道你在想什么。你觉得我也是借教师之职胡作非为的那类人吧。"

和尤赖厄想的没有半点偏差。

"她是唯一一个和我交往过的学生。这件事就自然而然地发生了。有一天下午，下课之后，我看到她坐在教室后排默默地流泪。她很孤独，也很想家。我和她聊了聊。只是单纯地聊天。后来，有一天我们一起去喝咖啡。以朋友的身份，我是说。"他摇了摇头。"事情就这样，"约翰逊补充道，"我在的时候，她很开心。"

"不够开心。"尤赖厄一直盯着他，试图唤醒内心的愤怒。然而此时只有一件事是有意义的。"她为什么要自杀？"

"我觉得是因为她的内疚。她来自一个小镇。她的字典里没有'外遇'。她爱你，这我是知道的，她从来没有爱过我，我只是碰巧在她失意的时候出现在她的身边。我想要娶她。我想她离开你。"他看着尤赖厄，眼中泛起泪水。

"她自杀的那晚你和她在一起吗？"她是在圣保罗的一家宾馆里服药自杀的。

"她自杀之前，我在。"他的声音开始颤抖，"她告诉我不要再见面了，她赶我走。所以我就走了。我只想保护她。到头来，我所做的一切都是火上浇油。是我害死了她。"

尤赖厄想要憎恨这个男人，但是他做不到。事实上，如果礼堂里谁更应该受到记恨，那个人显然是他自己。他没有再说什么，转过身离开了那里。

第四十章

"这里。"朱迪指了指显示屏。"你能让这张图变得清晰一些吗?"

发现 U 盘后的第二天早上,她和尤赖厄一起来到了明尼阿波利斯警局技术中心的地下工作站。现在,他们正站在一位名叫特伦特的技术专家身后。这个年轻的小伙子擅长分离音频,但是锐化图片也是他的拿手好戏。朱迪联络了那位已故记者的女友——肯尼迪·布罗德,期待她能够提供有关那个视频的线索,然而那个年轻女子表示自己并不知情。

一连串键盘的敲击和鼠标的移动之后,画面变得清晰明亮起来,那个朱迪怀疑是奥特塔维娅·杰曼的女孩被着重亮化。"这是唯一一个可以提取她面部图像的画面。"特伦特表示,"其他画面都太暗了,她的脸离镜头也都太远了。"

"我觉得就是她。"朱迪看了尤赖厄一眼。尤赖厄盯着屏幕,看起来若有所思又有些呆滞,眼神十分怪异。今天早上来到警局以后,他就一直这样。

特伦特截取女孩的脸部图像,保存为新的文件并点击了"打印"

按钮。办公室的另外一头,一台机器开始运转,转眼间两张照片便从出纸口送出。"我马上把 JPEG 格式的照片发到你们的邮箱。"说完,又是一连串敲击键盘的声音。

朱迪坐到一台电脑前,把刚刚发来的图片拖拽到面部识别软件里进行检测。"奥特塔维娅·杰曼,"几分钟之后,她满意地说,"搞定其中一个人的身份了。"

她并没有给自己时间沉浸在匹配成功的欣喜中。"房间里别的东西呢?"她回到特伦特的显示屏前,开口问道,"有没有可以帮我们确认视频拍摄地点的东西?"

"显然这是一个室内泳池,"他答道,"不是学校的,可能是某个私人住宅里的。"他放大了图上的一角,然后补充道:"这里有一扇窗户,看起来像是休息区。看到那个电视了吗?"

尤赖厄凑近了一些。"电视上放的是什么?"

经过一番研究后,他们断定这是一部情景喜剧,Netflix 或者 DVD 上都能找到。这个线索没有任何意义。"如果电视上放的是新闻就好了。"特伦特语气有些失落,"那样的话,我们就能确定视频的拍摄日期。镜头本身没有时间戳。我会把 U 盘送去数字取证组。看看他们能不能找出元数据的创建日期,但是元数据不一定就完全准确,尤其是对于那些在存入闪存盘之前已经上传到电脑里的文件。"

"那声音呢?"尤赖厄问道,"你可以把声音分离出来么?"

特伦特调出了音轨,敲击了几下键盘后点击了"播放"按钮。什么声音也没有出现,他摇了摇头。"抱歉,我会继续想办法的,但是我觉得有点悬。"

"对于室内泳池来说那些墙壁看起来有些突兀。"朱迪问道,"你们注意到了吗?墙壁可能是岩石或者是大理石制成的。还有那盏壁灯……那种样式很罕见。"

"我有个搞建筑的兄弟,"特伦特一边说一边敲着键盘。"虽然希望不大,但是我还是把这图片发给他看看。"

"谢谢。"朱迪走到打印机前,将出纸盘上的照片取了下来,然后她和尤赖厄一起离开了这里。

"那个视频真的没什么价值。"他们穿过走廊往电梯口走的时候尤赖厄说道,"我知道,你觉得它可能很重要,但事实上它就是一段普通的视频。特伦特没法儿确定视频的拍摄日期,就算数字取证组发现了什么线索,我不确定那些线索能有多少帮助。这案子和我们没有任何关系。你需要做的就是把你手头的线索和资料,无论大小全部转交给失踪调查组,然后忘掉奥特塔维娅·杰曼这个人。我并不反对一个警察在手头没有紧急案件的时候跟进凶案组以外的案子,但是目前你不能满脑子都是这起案子。"

"你看起来没怎么受昨晚的影响。"

他突然停了下来,面朝朱迪站在走廊的中间。一瞬间,朱迪识别出那种困扰了她这么久的气味。

"我很受影响。我就没有适应过。"他言语间有些激动,"我之前都在迁就你。你知道吗?世界上不止你一个人要处理私人问题,我也有自己的事情要处理,我有一大堆该死的烦心事。"

"你的妻子,我知道。我以为你不愿意提这事儿。"

他举起双手比划一通。"那是因为你的故事、你的经历特别重大。相比之下,我处理的事就都是琐事了。我没法儿和你谈论我的生活和我的经历。我不能这样做。"

昨夜他离开朱迪公寓之后和今早他们与特伦特的会面之前发生了另外一件事。"我很抱歉让你有这样的想法。虽然我有不同的观点,但是我觉得我能够理解你的感受。"

"能理解就好。"尤赖厄轻松了些许,"那么,我们把精力集中到自己的案子上,好不好?"

"好的。"朱迪其实并不想就此打住。她打算尽快见一次奥特塔维娅·杰曼的父母。走到电梯口,她伸手按了电梯按钮。在等待电梯的间隙,朱迪突然说道:"是书的味道。"

"你说什么?"

"之前我没识别出来的那种气味,是旧书的味道。我以前总以为那是肥皂或是须后水里的某种工业香料,但是那实际上是纸张、皮革、胶水、霉菌再加墨水的味道。我不知道为什么我花了这么久才闻出来。你的衣服、你的西装里全都是这种味道。"

他的表情像翻页书一样,飞快地从不解变为恼怒。他仰头望向天花板,耷着肩膀,竭力掩饰自己的反应。"真他妈见鬼了。"

叮地一声,电梯门向两侧拉开。

第四十一章

"我在报纸上看到过你。"艾娃·杰曼说。

距离尤赖厄建议朱迪忘掉奥特塔维娅·杰曼的案子刚过去 24 个小时。"我读过您的遭遇。"艾娃继续说,"我当时在想如果你还活着,如果你活着逃出来了,也许我的女儿也有活着的可能性。也许,她也能逃出来。"

"我知道您已经说了很多遍,"朱迪翻开笔记本、按出笔头的同时说,"我读过您的笔录,但是我还是想听您亲口说一说。"

就在今天早上,朱迪和奥尔特加局长提起过这件事,奥尔特加劝她不要重新调查这起悬案。非杀人案件,不是他们的任务。

"失踪的女孩每天都有,"奥尔特加说,"如果我们每个案子都去深挖,我们哪有时间去处理手上的杀人案?还是把它留给失踪调查组吧。"

五分钟后,朱迪查询了艾娃·杰曼的号码,告诉神情依然恍惚的尤赖厄自己马上要去看牙医。现在她到了,坐在一间狭小的政府补贴房里。这栋房子位于圣保罗的蛙镇街区,与轻轨仅仅隔了几条街的距离。这里的犯罪率颇高,但是这个坐在对面沙发上的女人一副什么都不在乎的样子，她对犯罪可能也不在意。她看起来健康状态并不是太好，整个人十分消瘦，宽松的灰色运动裤上还有明显的食物污渍。她扎着马尾，深金色的头发干枯毛糙，毫无生气。她可能在服用某种药物，因为刚刚，她话说到一半突然停了下来，一脸迷茫地看着朱迪。

朱迪来这里之前做了一番功课。她知道艾娃·杰曼是一个业内备受推崇的心理学家，在明尼阿波利斯第五区——高档的法商区内拥有一家诊所，事业蒸蒸日上。网上搜到的她看起来漂亮、自信、俨然是一副命运在我手的模样。然而，眼前这个女人和那个人完全沾不上边。

作为恶行的直接受害者，朱迪经历了巨大的人生起伏，她能理解一些，也只能理解一些。除非把艾娃·杰曼经历的一切重新经历一遍，不然没有人能完全理解她的感受。萝拉·霍尔特的父亲曾经问她什么时候才能了结，那种感觉就像是坐上过山车却在中途反悔。艾娃·杰曼活在一场没有尽头的噩梦之中。生死未卜让人煎熬更深。

那个女人从桌上的烟盒里抽出一根烟，点火，然后把塑料打火机扔到一旁，对着天花板吐了一口烟。

"能谈谈您女儿失踪的那一天吗？"朱迪平静地问。

艾娃似乎并不愿意放过任何一个细节——这进一步证明了父母是永远也不可能跨过那道坎的，同时也证明了朱迪完全没有必要拐弯抹角。朱迪连连发问，但并不是这些问题迫使她在回忆那一天的情景，而是她根本就不曾忘记那一天的情景，那一天永远都在她的脑海里。

据她所述，案发当天奥特塔维娅·杰曼去了学校但是之后却再也没有回过家。艾娃抽出嘴里的香烟，说话的时候眉头紧锁，神情十分专注。朱迪在想为什么绑架发生的时候没有一个目击证人呢？当时并没有人报案，没有人发现任何异常。这一点和霍尔特的案子一模一样。

"这种事情对于婚姻来说是一种致命打击,"艾娃透露,"我的丈夫在奥特塔维娅失踪八个月的时候离开了这个家,我也丢了工作。我曾经是一个心理学家。"她语带自嘲地问:"你想象得出吗?"她用双手从头向脚比划了一番。

朱迪望着她,不知如何是好。

"我没办法继续帮助别人,我没法儿倾听别人的烦恼,我也不能出门工作,万一她回来了怎么办?但是,我收入断了以后,我在明尼阿波利斯的房子也没了。现在就算她回了家,我也不在那儿了。"她吸了一大口烟。"我临走时嘱咐过房子的新主人,但是据我所知,那栋房子现在又有了新的主人。"她对着那个盛满烟灰的烟灰缸弹了弹手中的香烟,她思考了片刻。"我完全记不住时间。我不知道已经过去多久了。这是我应该知道的事情,是一个称职的母亲应该知道的事情。"

"大概三年半的样子。"

"没错。"她点头表示赞同。"如果她还活着,现在快二十了。我在新闻上看到你成功逃出来的消息以后,我联系过警局。我和他们说我想和你谈谈。"

"我没有收到您的消息。当时有很多人想要联系我。"

"不仅仅是我,还有很多其他的母亲,她们也想和你谈一谈。"

"其他的母亲?"

"我不是唯一一个女儿失踪的母亲。"

"您是说那个国家组织的成员么?叫作……失踪儿童网络?他们肯定会给予您很多帮助。"

"我加入了那个组织,但是我现在说的是明尼苏达州的失踪女孩。"

朱迪竭力保持声音的平静,不让自己表现的过于震惊。"你们这个小组一共有多少位母亲?"

"五个。之前有七个,但是有一个女孩,叫弗洛伦斯,结果证实她只是离家出走。还有可怜的凯瑟琳……她的尸体已经找到了。"

"不幸的是,青少年总爱离家出走,这让我们很难区分犯罪和青春期孩子的叛逆行为。"朱迪把笔放在手中的便笺本上。"这个凯瑟琳……你知道她是怎么死的么?"

"自杀。和弗吉尼亚·伍尔芙一样。她在自己的口袋里装满了石头,然后跳进了湖里。"

朱迪努力维持外表上的不动声色。"她是溺亡的?"

"是的。因为她被男朋友抛弃了。那个年纪的女孩总爱小题大作。什么事都生死攸关。"她苦笑一声。"生死攸关。"

"她姓什么?"朱迪继续问。

"纳尔逊。"

朱迪记录下来。

"你为什么这么关注她?"艾娃掐灭了手中的香烟,"她已经死了。你应该重点关注我的女儿。"

"麻烦您给我发封邮件,我想要你们团体所有人的姓名。"朱迪补充道,"还有电话号码以及邮箱地址。"

"她们没有一个住在这附近。"艾娃说,"她们大部分都生活在明尼苏达州的北部。我记得只有一个人是南部地区的,靠近爱荷华边境那块儿。"

这就能解释为什么这些案子并未得到标记。各个警局间的信息共享一直以来都是个问题,这也是"刑事信息共享和分析中心"正在竭力补救的方面,他们正在搭建一个可供州内所有执法机构使用的数据系统。

"还有别的消息吗?"朱迪问。

"我想请教你一个问题。我一直都想知道你是怎么逃出来的?我听说没有任何人协助你,你是完全靠自己逃出来的。但是,你是一名警察,我猜你的工作对你的帮助很大。"

"运气。全靠运气。"

"你杀了他,对吗?那个男人?"她看着朱迪,眼中燃起了希望,"那个绑架你的男人?"

"是的,他死了。"朱迪坐在那儿,脑海中全是艾娃刚刚分享的信息。这些失踪女孩是否存在某种联系?她合上笔记本,站了起来,然后递给艾娃一张自己的名片。"我打算马上开始调查这起案子。"她向艾娃许诺。

"每个人都这样说。"

"但我是说真的。"

第四十二章

盯着电脑屏幕的尤赖厄听到动静后抬起了头,只见朱迪大步朝她走来,手里抓着厚厚一叠材料。她把那叠纸重重地甩在了他的办公桌上,一股气流随即扑在他的脸上。"失踪名单,"她双手叉腰,郑重其事地宣布,一副准备好正面对峙的架势,"都是女孩。"她的眼里满是怒意,那是尤赖厄不常看见的眼神。那是她在这里、在谈论案件的时候从未有过的眼神。

"我以为你去见牙医了。"

"我骗你的,"她毫不掩饰,"我开车去圣保罗见了艾娃·杰曼——奥特塔维娅·杰曼的母亲。"

天呐。他知道朱迪背着自己和奥尔特加提起过调查失踪女孩的事,他也知道奥尔特加拒绝了她的提议。他在朱迪去见"牙医"之前就已经知道这事了。

"这起案件需要我们的调查。"她继续说。

他伸手拿起那叠材料。"我会把它转交给失踪调查组的。"

她连忙用手压住那叠纸。"不行!"

"你也许已经忘了,我提醒你,你在你的头盔里发现了一颗人头,而且,在那之前,我们手上还有一个女孩在湖里溺亡的案子。我们没有时间捡起失踪调查组那边解不开的陈年悬案。"

"你知道我为什么这么做?"她问道。

"我从没猜准过你的想法,所以最好还是你来告诉我吧。"

朱迪往尤赖厄的座位旁拖来一把座椅,然后坐了下来。她死死地盯着尤赖厄的双眼。"如果我说它们之间存在某种联系呢?"

他没有再说什么,他该说的话都说了不止一遍。

"失踪组的悬案和我们手头的新案子有关。"她继续说。

她只是在把这些案子强行联系在一起。当一个人深陷案件调查时,的确会出现这种情况。因为你的大脑被各种案件搅成了一锅粥。"我怀疑失踪组的那些案子之间压根就没有联系,更别提他们组的案子和我们最近的谋杀案存在什么联系。"

"我只是在猜想。我们都觉得那些犯罪是相互独立的案件,但是万一它们并不是我们想的那样呢?如果其中的某些案件,甚至它们全部都是相互关联的呢?我们不能不去考虑任何可能的情况,不能不去追踪手头的每一条线索。"

"你只是在把一些毫不相干的案子强行拉到一块儿。而且最关键的是,我们人手不够。我们只能有选择性地处理案件,然后一鼓作气。"

"你说得对,但是这个女孩,你怎么看?"朱迪在那叠材料中翻找一通,然后敲了敲其中一张表格。那是一张打印件,照片上的女孩长相颇为清秀。"官方宣布她为自杀。"朱迪说道。

"有人自杀是一件很正常的事情。"他冷冰冰地说。此时的两人仿佛互换了身份。

"你知道她是怎么'自杀'的吗?口袋里放满了石头。再告诉你一个消息。我联系了这个女孩的验尸官。没有在她的肺里找到湖水。"

现在，她成功吸引了他的注意。

尤赖厄的座机响了起来。"这件事你就先别管了。"他告诉朱迪，"我待会儿会仔细看一看的，我保证。"说完他拿起听筒。是他们的那位视听专家特伦特打来的。

"你们很好奇的那些壁灯台？"特伦特说，"你们一定不会相信。它们是为州长特别定制的款。"

尤赖厄清醒地意识到朱迪正坐在离他一英尺的地方，她的眼里充满了疑问。我的天呐，竟然是州长。那个视频会不会是造谣攻势的一部分？记者想要挖出某个政客的丑事，这并不少见。也许，考德威尔之所以联系朱迪是因为他知道朱迪是施灵的女儿并且他们父女俩的关系并不好。

"还有一个好消息。"特伦特继续说，"数字取证组识别出了视频的创建日期。"即使尤赖厄感觉在特伦特分享这些信息的时候他并没有任何的表情变化，朱迪还是猛地站了起来。他接到电话后全程面无表情，但恰巧是这样的反应让她原本已经过度高涨的警觉性再次骤升几个级别。

"发生什么了？"尤赖厄挂掉电话的一瞬间，她赶忙问道。

他把壁灯台属于州长官邸的事告诉了她，然后观察她消化这个消息时的表现。

"还有什么？他还说了别的吧。"

"取证组确定了你之前找到的那个视频的创建日期。"她觉察到他不想透露更多，而他知道对于日期朱迪早就有了自己的猜想并且她对此还存在许多过度的解读。"那个视频是在奥特塔维娅·杰曼失踪前一个星期创建的。"

第四十三章

三小时之后,朱迪和尤赖厄开车来到了位于萨米特大道上的州长官邸。这条林荫大道位于圣保罗市,这一带标志性的精美石屋是大部分人梦寐以求却无处可求的理想家园。幸运的是,朱迪没有住过这里,这让一切变得轻松了许多,因为这里并不会唤起她的痛苦回忆。她有些好奇他们以前在明尼阿波利斯的家是否还在她父亲的名下,然而她立刻制止了自己的好奇。

她的父亲。

那一通关于壁灯的电话将朱迪竭力埋藏的过去通通挖了出来。

她的父亲。

对于一起命案,人们往往会先否认再指认。在她任职凶案组的这些年里,这一点得到无数次的验证。否认和指认几乎是所有人最初的两种反应。如果一个人否认的态度不够坚决,那么这个人往往就是有罪的人。所以作为一名警察,她明白自己曾经经历过什么,也清楚她的固执己见可能并不正确,她只是需要一些可以抓住、可以相信的事情,一些可以指责、可以关注的事情,仅此而已。但是眼下……

那些壁灯台、那个视频的创建日期、伊恩·考德威尔在可以联系任何人的情况下偏偏找到了她——为什么？因为她会相信自己，可能只有她会相信自己。现在，尽管线索不足，她仍然相信她的父亲知道奥特塔维娅·杰曼失踪案的隐情。而且，如果真是这样，朱迪可能是唯一一个敢于从州长身上寻找答案的人。她愿意不惜一切代价获取真相。

他们走向官邸正门的时候，朱迪的脑海里浮现出母亲去世那晚的景象——她的父亲脸色煞白，衬衫上、手上全是血。他一边哽咽着向朱迪解释实情，一边伸手搂她。但是在他把脸埋进朱迪的头发里前，她分明看到了他的眼神，然后又在他自以为没人会察觉到的时候看到了他嘴角上的微笑。

应门的是一位高挑且严肃的妇女，她领着两位警察穿过走廊，来到一间开阔的图书室，这里也是州长的办公间。这里和朱迪幻想中的州长官邸一模一样。从地板到天花板，所见之处全都由黑木打造。一排排书架里整齐地罗列了各类图书，她估计这里大多数的书都是随房一并附赠的。她的父亲虽然爱好读书，但是在她的印象中，文学作品从来就不在他的兴趣范围之内，然而所谓的文学作品塞满了这里一整面墙，这些书注定只能用来装点门面。以朱迪对他的了解来看，通俗小说才是他的最爱，尤其是那些朱迪称之为"男性小说"的作品，比如汤姆·克兰西的小说。

她的父亲从一张大到足以停下一架喷气式飞机的桌子后面站了起来。他满脸笑意，张开双臂朝朱迪走来。

朱迪迅速地退后一步，抬起双手对他的欢迎表示了拒绝。"这儿没有记者。你可以把那一套慈父形象收一收了。"话一说完，她立刻从文件夹里抽出一张八寸照片，递到他的面前。"你见过这个女孩吗？"

尤赖厄偷偷地瞥了她一眼。没错，他此前一直说服朱迪不要过来。后来，当他眼看已经没有希望的时候，他开始考虑来这儿之后的分工。他的计划是他来把控局面，进行主要的交谈工作，而朱迪主要负责在一旁观察她父亲对于那些照片的反应。老实说，来这里的路上，她并没有顺利地表明自己对于这个计划的反对。

她的州长父亲接过照片，定睛看了几秒，然后将照片还给了她。照片上的女孩是被判定为自杀的凯瑟琳·纳尔逊。"我有可能见过她，但是我见过的人实在是太多了。不过，她刚失踪那会儿我的确有些印象。那起失踪案当时吸引了很多媒体的关注。"他摇了摇头。"可惜了。"

朱迪又在文件夹里搜寻了一会儿。州长估计她可能得花些时间，于是招呼他俩坐到一旁的深色皮椅上。"你们请坐。"

尤赖厄坐在皮椅上，而朱迪依旧站着，她觉得站立代表一种更为强势的姿态，但是当她的父亲也在办公桌的另一端坐下去的时候，她也只好坐到了她搭档的身边。这次她抽出了奥特塔维娅·杰曼的照片。因为办公桌十分庞大，她顺着桌面把照片推了过去。"这张呢？这个女孩看起来眼熟吗？"

他的呼吸出现了轻微的改变，程度之轻几乎难以觉察。朱迪瞥了尤赖厄一眼，然而他并没有看出端倪。

这时，门外传来一阵敲门声，随后办公室的房门被打开，刚刚领他们过来的那位女士把头伸了进来。"离出发还剩五分钟。"她提醒道。

州长松了口气，但是他的变化非常迅速，几乎难以捕捉。他的秘书前来打断他们的对话是不是他预先安排的呢？朱迪对此深表怀疑。

可能吧。

"这张照片?"尤赖厄伸手指了指。

"哦,对。"州长仔细看了看那张照片,再次摇摇头,然后放下了照片。他的额头出现了一层薄薄的汗珠,看起来有些发亮。"我不认识,这是谁?"

"这个女孩三年前失踪了。"朱迪向前凑近了一些,"就在她失踪的前几天,她来过这里。她来这里参加一个泳池派对。"

他在镜头前的惯用表情逐渐消失。"在我去木屋的时候,我的副手们经常在我家举行派对。这事大家都知道,媒体最擅长捕风捉影了。那个女孩完全有可能来过这里。"他盯着尤赖厄,"朱迪这些年来一直将她母亲的死怪罪在我的头上。现在听起来,她又想把某些失踪女孩的案子也归罪于我。我女儿精神不稳定,你意识到了吧?"他仍然死死地盯着尤赖厄,"对于发生在她身上和我们身上的事,我感到非常心痛。一直以来出于对我亡妻的尊重,我对她的精神问题闭口不提。请不要逼我将我女儿的精神状况公之于众。"

"你真的会这么做?我非常怀疑。"朱迪说道,"无论外界是否相信,这件事都会损害你的公众形象。公开羞辱自己的亲生女儿,况且我还听说你有意争取议员的席位。"

"如果你一直逼我,如果你抓着这些……这些莫须有的东西不放,我会立刻召开新闻发布会,公布一切。到时候你不仅工作保不住,就连出现在明尼阿波利斯或者圣保罗的公共场合都恐怕是种奢求。"

就在州长言辞激愤、出言要挟的时候,尤赖厄站了起来。"朱迪。走吧。我们问完了。"

他对朱迪动怒了,他一定在隐瞒些什么,他成功引起了尤赖厄对朱迪精神状况的疑心,也许并不只是疑心。

她对此早有见识。菲利普·施灵有能力让任何人相信任何事情，但是让她感到惊讶的是尤赖厄竟然如此轻易地中了他的计。

她一边整理照片，一边盯着她的父亲。他站了起来，把手伸进自己的西装上衣，拽了拽自己的马甲。虽然他浑身散发出镇定的气场，她依旧能够嗅出他由于紧张而难以抑制的汗水。他的内心惶恐不安，因为他在隐瞒真相。

朱迪还有最后一手，一个更有可能决定自己命运而不是她父亲命运的计策。"你说的没错。我的确精神不稳定。"她站了起来，伸手解开了腰间的手枪皮套，然后拔出了手枪。

有没有可能，这场当面对峙是她很久之前就已经计划好的？在他们接到那个有关视频的电话前就已经计划好的？一切都是那么的按部就班，从容不迫。她在屋顶望着天空的时候是不是就已经想好了这个计划？那在地下室的隔间里呢？也许是这样。她也不确定。单单是那种可能性就让她对自己困惑不解。她的父亲是对的吗？曾经的一切只不过是一个精神失常的孩子的臆想？而现在的一切也只是因为那个孩子长大成人了而已。

时间似乎放慢了十倍。她感觉自己有充足的时间用拇指打开手枪的保险栓，握紧手枪，然后对准她父亲的胸口。"告诉我那天在树林里发生的事情。"

尤赖厄的动作十分迅速，与房间里缓慢且厚重的氛围完全不同。他用手臂将朱迪的双手推向天空的方向，与之同时又用身体将她压向地面。

混乱中一声枪响。她和尤赖厄双双倒下的时候，她有些好奇那颗子弹击中了哪里。很可能并不是她的父亲。可能打在了墙上、书里或者天花板上。

她祈祷这一枪没有伤到任何人。她唯一想要伤害的人是那个站在桌子后面、表情滑稽的男人。她差点笑了出来。如果在她倒地的一瞬间，尤赖厄没有压在她的身上。肺里的氧气没有被挤压殆尽，她可能真的会发出笑声。

她想要告诉尤赖厄她并没有杀死州长的意图。这只是一种威胁，为的是逼他说出真相。他可能会最终承认自己就是杀害朱迪母亲的凶手，或者承认自己知道失踪女孩的消息，或者把两件事一并承认。但事实上，她并不确定自己是不是真的不会开枪。

尤赖厄看着她，他的脸靠得特别近。朱迪觉得有必要说些什么。"如果有女孩需要一个长满青草的土堆，在哪儿可以找到？"

他闭上了眼，然后又睁开了眼。他刚刚有笑的冲动吗？实际上并没有。

有人将手枪从她的手中夺了下来，可能是尤赖厄。他接下来所做的事却让朱迪始料未及。他伸手捋了捋朱迪的头发，然后对她说了一句："没关系的。"

但是他错了。怎么会没关系呢？永远也不可能。朱迪用眼神向尤赖厄传递了这些信息。她看到了尤赖厄眼中的同情和惋惜。

"都是因为我，你才会有这样的举动。"他语气中充满自责。

"他说他不认识奥特塔维娅·杰曼，他在撒谎。"她小声地说道。

"你怎么知道他在撒谎？"

"我能解读他。"

"朱迪，你不能解读任何人。你不能解读那些死去的女孩，你也不能解读活人。"

这时，门外传来了急促的脚步声。

尤赖厄挪开自己的身体。他的压制一旦解除，立刻有人上前抓住她的胳膊，把她拽了起来，她父亲的手下已经赶到这里，她惊讶地发现她的哥哥亚当也在押送她的人员之列。

她盯着亚当看了好几分钟，等待他开口说些什么，可是他并没有要开口说话的意思，朱迪于是低头看向那张八寸照片。那张失踪女孩的照片可能是从文件夹中漏出来的。照片正面朝上，躺在房间的地板上。

外面，警笛声逐渐清晰起来。尤赖厄给她戴上手铐。

"你见过那个女孩吗？"她用下巴向亚当指了指地上的照片。

亚当无视了她的提问，哼了一声之后转过头看向尤赖厄。"我怎么和你说的？"

把她移交给另一位警员之后，尤赖厄整理了现场的指纹、文件夹以及朱迪的配枪。朱迪被领向警车的同时回头看了她的父亲和哥哥一眼。此刻，他们正站在官邸大门内默默注视着这一切。

也许她真的疯了，也许母亲的死从来就不是她以为的那样。但是现在改变想法已经太晚了，她在自己三分之二的人生里一直坚信不疑的事实，现在抛弃，也已经太晚了。

她笑了起来，她感受到了多年未曾有过的安定和平静。这时，一只手粗鲁地按住了她的头，将她推进了警车后座的囚笼里。

第四十四章

"你父亲没有起诉。"尤赖厄跟随警车来到亨内平县监狱的地下送押区,他觉得朱迪至少会遭到法官的谴责,然后才能回家。但是他的父亲显然已经暗中摆平了这件事,她因此得到了无罪释放。

在地下室的罪犯接运区里,朱迪的手铐被摘了下来。尤赖厄拉着她的胳膊去找自己的车。朱迪坐进乘客席后,他便驱车沿出口匝道离开了这里。自动门打开之后,他们来到了第四大道。

"他当然不会起诉。"朱迪说,"起诉意味着大量的媒体关注,他才不愿意泄露这个秘密。虽然你不相信我,但是他就是在说谎。"

"因为你太了解他了。"

"没错。"

"真的吗?你十六岁以后就再也没和他一起生活过了,你们几乎断绝了来往。"

"这并不表示我不了解他。"

"好的,我们假设他在撒谎。"他顺着朱迪的思路分析,"你觉得他在掩饰什么?"

"关于奥特塔维娅·杰曼这个人,他一定知道些什么。他当时的表现就是在撒谎。"她看向尤赖厄,眼神笃定。"你刚刚是不是对我翻白眼了?"

"被你看到了。因为你一直在错怪你的父亲。小时候,你错误地判定他就是杀害你母亲的那个人,所以现在他就是一个坏人的形象。即使他没有罪,在你眼里他也是个罪人。如果他举止有一丁点不自然,那他就铁定是有罪了。但是你想想,他当时正在被自己的亲身女儿盘根问底,自己的女儿认为自己是个杀人犯不说,还在自己竞选议员的时候抹黑自己。他现在肯定非常担心你在媒体面前胡说八道,你的三言两语就有可能断送他的选举之路。"

"你站在他那边?"

"不是站在谁那边的问题,你需要放下过去,不容易,相信我,我是知道的,但是过去会混淆你的思维。如果每一个到手的案子都让你觉得和他有关,那……"他掐掉了后面的话。

"'那'什么?"她问道。

"没什么。"

"我替你说,那么我最好离开凶案组。这是你想说的吧,对不对?"

尤赖厄双眼盯着前方的道路和车辆,开口问道:"你当时是不是想杀了他?"

"你现在是以一个警察的身份在向我提问吗?"

"不是。这是一个完全私人的对话。"

朱迪没有立刻回答,过了很久,她才开口:"我不知道。"

尤赖厄转向华盛顿大道大桥的低层。穿过密西西比河之后,这座桥立刻将他们带进了校园,右边是弗兰克·盖里亲手设计的魏斯曼艺术博物馆,超现代轻轨列车在他们的左边,他们的前方是大批正在穿过马路的学生。此刻，他们仿佛在公园里兜风。

"我们现在去哪儿？"令她失望的是，她突然意识到他们并不在通往她的公寓或是警局的路上。

他按了"安全"按钮一下，所有的门窗咔的一声锁了起来。"我接到指示，我们需要对你进行七十二小时的拘留，为你进行精神治疗。"

"你在开玩笑。"

"我是说真的。"几分钟之后，他开车穿过了明尼苏达大学医学中心的急救通道，然后在病患接运区停下了车。他迅速下车，绕到车身另一侧，然后打开了她的车门。"下车。"

"这是我父亲的意思？"

"奥尔特加局长的意思。还有，你疗养结束后不用回警局了。我很抱歉，朱迪，你没有准备好，今天发生的事情就是证明，老实说，我从来没觉得你准备好过。"

"你个王八蛋。"

他预想过她可能会选择逃跑，可是她没有。走进医疗中心之后，她把面前的几张表格一一填写完毕，然后跟随护士穿过走廊，走进一扇厚实的大门。随后，大门在她们的身后锁了起来。

也许她知道这是为她好。

尤赖厄望着她的背影，好奇她会不会回头，她没有回头，尤赖厄也没有指望她会满足自己的愿望，和她的父亲一样，现在尤赖厄也成了她的敌人。

回到车里，他掏出手机，拨通了奥尔特加局长的电话。"搞定了。"

第四十五章

朱迪抓着装有药物的白色纸袋、几张说明书和联系号码离开了明尼苏达大学医学中心的精神科。

过去的七十二小时里，他们让她服用了一些强力药剂来调整她的精神状态。朱迪觉得这些药剂更像在封锁她的大脑。她对此并不介意，这对她来说是件好事。但是，那些药物正在她的血管里吟唱，让她难以站立，而此刻她却要回家。一旦到家，她一定会立刻钻进被窝。但问题是如何回家？她的摩托车还在警局的停车场里。剩下的选择还有计程车、优步和轻轨。所有的选项似乎都困难至极。

有人叫了她的名字。

她转过头的瞬间感到天旋地转。一只手抓住了她的手臂。"你还好么？"他的声音听起来十分年轻。

她眨了眨眼，眼前的画面重现清晰起来。她的面前站着一位大学生。卷发，络腮胡，双眼流露出关切的神色。朱迪点头作为回应后，他才松开手，往学校走去。

她不喜欢与陌生人发生肢体接触，但事实上，刚刚那个男生停下脚步、表示关心的举动让她倍感温馨。善意并没有消失，她需要牢记这一点,这很重要,因为这是她曾向尤赖厄宣扬的东西,也是她回归警察工作后无迹可寻的东西。

这个世界上还是有好人的。

并不是每个人都是恶魔。

几分钟前她听到的那句呼喊重新出现了。有人在重复她的名字。

她转向呼喊传来的方向,这次动作放缓了一些,随之而来的眩晕感也轻了不少。她定睛一看,一个男人双手交叉抱在胸前,双脚同样是交叉的站姿。他背倚着一辆轿车,眼睛盯着她。

是格兰特·王。

她估计尤赖厄也许会来,但是此刻,她完全没法儿和他接触。她不确定自己还能不能再和他好好相处,况且她也没必要再那样做了。奥尔特加局长昨天来过医院……或许是前天?不管是哪一天,总之奥尔特加来的那天重述了一遍尤赖厄之前转告过的话。

"我们就不再挽留你了。"奥尔特加说完又继续说明他们为朱迪安排了一份医疗津贴。"这段时间发生的所有事情都是我的失误。你就不应该回警局工作,你没有在这里工作的能力。不过,我们会把一切都安排妥善,你的生活会得到保障。如果你平常多注意一些,应该不会有事的。"

朱迪想问如果自己不去注意,那么会有什么事。

此时,格兰特正在招手,朱迪朝他的位置走去。她想象自己拖着脚走路的样子,如果她有力气,一定会被自己脑中的画面给逗笑。

他打开车门。"进来。"他说,"我送你回公寓。"

她上了车。格兰特关上车门,绕到车的另一侧,并肩坐在她的旁边。

"安全带。"他起步的同时提醒朱迪。

她随即系上了安全带。窗外的人行道上，学生们来来往往，有的在赶去教室，有的在返回宿舍。那种生活似乎既遥远又陌生，然而又是如此的让人舒心。她能够理解为什么有的人愿意当一辈子的学生。这是一个不受外界侵扰的世界，这样的世界怎么会不美好呢？

"我听说你今天下午出院。"格兰特说道，"我估计你可能需要有人载你一程，因为你的摩托还停在警局的车库里。况且，你现在无论如何也不应该自己骑摩托回去。"

"是的。"

她的大脑总是"断电"——至少她感觉是这样。也许这种感觉更像是意识的游离，因为她会猛地回到现实当中，意识到自己正坐在车里，而车正行驶在马路上。

来到朱迪的公寓楼之后，他们一同乘电梯来到四层。朱迪随后解开门锁，推开房门。客厅里的咖啡桌中央摆着一个塞得满满的纸盒，她立刻认出了那个纸盒，那里面全是她办公桌上的东西。唯一让她感到遗憾的是她没有看到那盆植物的身影。

"楼管让我进来的，我得把你的东西放进来。"格兰特解释道，"我觉得你可能不想再回去了。"他穿过客厅，打开冰箱门。"我还给你买了一些别的东西。"他指了指冰箱的内部夹层，动作活像凡娜·怀特①。"牛奶，果汁，鸡蛋。"他关上冰箱门后又打开了水槽上方的橱柜。"麦片和面包在这儿。抱歉的是你的手提电脑被带走了。警局需要，所以我不得不把它交上去，之后我会还给你的。"

"谢谢你所做的一切。"她放下药包，然后拉开自己的钱包。

"你不需要给我钱，"看到她的意图，格兰特立刻说道，"举手

---

① 即 Vanna White，美国著名电视明星、演员。

之劳。而且我想要帮你。"

"你是个好人。"

"哦，好吧。"他笑了起来，"我尽力。"他扫视了周围一圈，"想我在这里待一会儿吗？我有时间。"

"我比较想一个人待着。"

他点点头。"如果你有任何需要，打电话、传简讯都可以。你有我的号码。"

"好的。"

他一离开，朱迪就想起了那只猫。

她从橱柜里拿出一罐猫粮，装了一小壶水。即使她身心俱疲，只想立刻钻进被窝，她还是强迫自己走出公寓，顺着狭窄、陡峭的阶梯爬上了屋顶。

有人正站在屋顶的那一边，低头凝视街道。听到动静，他转过身来。朱迪认出了那个人——威尔·塞巴斯蒂安，公寓的楼管。"你能回来，我很高兴。"他先开了口，"你消失的这段日子，我帮你喂了猫。"

餐盘和水壶都已经填满。"不是我的猫。"

"不管是谁的猫……反正我喂过了。"

她把罐头和水壶放到桌上。"我从没见你来过这里。"尽管遍地的烟头表明他经常来这里。

"我通常白天上来，不像你是晚上。"

他很可能知道她在房顶睡觉的习惯。今晚，她不可能再这样做了。搭帐篷已经超出了她此刻的能力范围。

威尔穿过屋顶，向她走来。"我出狱的时候，"他对着她说，"我受不了狭小的空间。但是有些人不愿意待在户外，比如这里。他们害怕。"

朱迪感觉眩晕感突然来袭,便立刻说道:"我要走了,我得躺下。"她伸手去够那扇厚重的金属门,然后使劲拉开了它。头顶上方,威尔撑住了门,跟着她走进了楼梯井。那扇门在他们身后砰的一声合上了。

她不喜欢那种声音。

他跟随朱迪走到四层,一同进了公寓,然后立刻注意到了贴有药店标志的白色纸袋。"他们让你吃的是什么?"

那袋药真的那么显眼?她拿起纸袋,扯掉开口处的订书针,然后递给了他三瓶处方药。她在开什么玩笑?那袋药当然很显眼。

他阅读了瓶身上的标签,然后把它们递了回去。"这些药的药性很强。是那种精神病房的人才会吃的合成药。"

安定药、镇静剂和安眠药。"如果真是这样的话……"

"我曾经吃过这种镇静剂,"他对她说,"剂量大概是你的一半,我当时就像个植物人一样,几乎毫无知觉。吃这个需要一定的适应期。我不是在劝你不要吃这种药。"他似乎意识到自己的评论对于一个处境同她一样的人来说并不合适。他把那些药瓶放了回去。"不是你听起来的那样。我只是在说你可能需要一些时间来让你的身体完全适应这些药。"

"反正我现在什么活儿也没有。"她猛地坐进沙发,然后慢悠悠地把那些处方药瓶抛到了桌子上。"我被炒了。"

"天呐。"

"不过你不用担心,房租我还是付得起的。"

"我没有担心这个,反正这栋楼有一半都空着呢。"

"我准备睡了,所以……"

"在你能够重新站稳之前,我会好好照顾你的。"他说,"只是朋友间的关心。不管你需要什么东西,白天也好、夜里也好,大喊一声就好,明白?"

"明白。"

威尔走后,她倒出一片药,含在嘴里,然后喝了一口水。药见效很快。几分钟之后,她平躺在沙发上,开始经历威尔提到的"毫无知觉"。突然,她的手机响了起来。她花了很长时间才从后兜里取出手机。

她盯着手机屏幕上的来电提示:尤赖厄·阿什比。在她的注视之中,手机最终停止了响铃,那个名字也随之消失。随后,她又听到了短信的提示音。这回她没有再看手机,而是把它扔到了一边。她闭上眼,等待黑暗将她吞噬。

第四十六章

晴朗的周日清晨,朱迪来到公寓附近的农贸市场。逛市场的同时,她坚定了一个想法——一切都在好转。此时,距离她疗养结束已经过去快一周的时间。

她完全不在意自己没有回复尤赖厄的电话和短信。尤赖厄是她过去的一部分,属于她作为警察、作为侦探的那段人生。那些人和事与她再也没有交集。那个曾经的朱迪警官已经消失,那段侦查案件的短暂时光现在看来像是一个梦。

她在想什么?回去工作?

他们又在想什么?允许她回到警局?

她叫停了自己的思考,然后开始挑选那几个色泽尤为亮眼的西红柿。"这个多少钱一斤?"她提问的同时举起了绿色纸板盒。

"五美元。"

朱迪把手伸进斜挎在胸前的邮差包,拉开一个小钱包,取出五美元递向柜台后面的售货员。那个女人把钱塞进黄色围裙的口袋后,用沾满污渍的双手将几个西红柿放进了食品袋,然后把包裹递给了朱迪。

她还没准备好回去工作,她可能永远都没法儿准备好,她一边思考一边艰难地穿行在拥挤的顾客之中。

如今,每当她打开自己在二手店淘到的那个小电视、看到任何有关杀人案件的报道时,她都会提醒自己这和她已经毫无关系了。甚至当媒体掌握了她个人生活的最新进展、发布了多张朱迪在疗养结束后走出医院的照片以及她手中白色处方药袋的特写照片时,她都完全不在乎。

她甚至连在室内睡觉也不在乎了。这是一种进步,对吗?当她想到自己在屋顶上度过的那些夜晚时,她认识到了这种行为的本质:精神病人的行为。

她还是会爬上屋顶,每周一次,去喂那只猫,但也仅仅是出于这个目的了。她会把食物放进碗里,随后飞快地跑回楼下,因为她害怕如果在屋顶停留过久,自己又会变成曾经那个喜欢在屋顶睡觉的人了。

但是,关注她父亲的新闻依旧是她无法摆脱的习惯。她还是没能跨过那道坎。他家发生的那件丑事非但没对他造成困扰,反倒是让他人气更旺。事情发生以后,他在个人办公室召开了一场新闻发布会。他闭口不提朱迪拔枪的事,只是对外宣称她突然精神失常。他解释称,他女儿患有精神方面的疾病,这些疾病伴随她很多年,遭遇绑架一事加剧了这些疾病对她的困扰。她不应该受到责备。也许这是精神疾病医疗体系的责任,也许这是社会的责任,因为他们嘲笑、歧视患有精神疾病的人群。但是,这起事件也有积极的一面,它曝光了明尼苏达州精神疾病医疗系统的缺陷。他随后承诺会将精神健康作为自己政治生涯里的首要议题之一。

人们对此大加赞赏。

群众对他爱戴有加。

朱迪看着电视屏幕上她父亲的那张脸,她觉得自己也快要爱上这个人了。她记得很久以前她也曾对这个男人充满爱戴。

离开农贸市场之后,她从一个穿着印花裙和白色拖鞋的苗族女孩手中买了一束小苍兰。朱迪把花举到鼻子前,呼吸那股清甜的香气。然而,她却没有任何感受。

这是女人爱做的事。在集市里买束花带回家,然后放在桌子上。她打算明天去图书馆参加一场书社交流会。今晚她打算上Youtube多看几个编织教程的视频。也许威尔会带些食物过来,也许他会邀请朱迪一同前往公园参加一场音乐会或者沿着湖边散散步。

如果是这样,她会答应。因为这是正常人该有的生活。

她走到街角,按了一下"通行"按钮,等待绿灯亮起。

"方丹警官!"

朱迪回头发现一个身穿牛仔裤和青绿色连帽衫的金发女子朝她走来。那个女人走近之后,朱迪感觉胃部猛地一沉。是艾娃·杰曼。

那个悲痛欲绝的母亲大概给她留下了二十多封语音邮件。朱迪一封都没有回复,听了最初的三封邮件之后,她索性不再听,直接把剩下的邮件删掉了。

绿灯亮起时,倒计时的数字同时出现。朱迪直接无视掉那个女人,走下台阶,快速穿过马路。

艾娃·杰曼小跑着追了上去,带有粉色印花的白色鞋盒被她像个足球似的夹在胳膊下面。她追到马路中间才最终和朱迪步调一致。"我一直在努力联系你。"她气喘吁吁地说,"我给你留了消息。"

她们走到马路对面时,绿灯还剩下三秒。朱迪的公寓离这里只有几条街道。她不想艾娃跟着她找到那里,但是很显然,这个女人不会善罢甘休。朱迪深吸了一口气，转过头，看着她。

她和上一次看起来完全不同。不再是那么的蓬头垢面了，也许是她剪了头发的缘故。今天她还化了妆。

"我不再是警察了。你可能看过新闻了。我一开始就不应该回去工作。"

"你是两年来唯一一个联系过我的人，"艾娃继续说，"你是唯一一个给过我希望的人。"

虚假的希望是朱迪脑海里浮现的字眼，但是她没有直说。现在的她内心几乎没有任何的起伏，但是当她想到虚假的希望时，她依旧感觉糟糕。"对不起。"她答道，"你需要找失踪组的人谈一谈。"

"我去过了。他们不停地点头、做笔记，但是我敢肯定只要我一离开，他们会把这个案子立刻抛到一边，他们根本不在乎。"

"我觉得……"实际上能做的他们都已经做了。

"你不能继续调查吗？"艾娃语气中带着哀求。"就算你现在不是警察了，你也能继续调查啊，对吗？"

"抱歉。"

"我没有很多钱，但是我能付你一些。"

"这不是钱的问题。"

艾娃的举动就好像朱迪是那个可以拯救她、找回她女儿、挽救她人生的人。朱迪惊恐地发现自己差点就打算询问这个悲痛的母亲有没有想过培养一些爱好，比如编织。她最终还是选择将手中的花送给她。"拿着。"

也许它们会有所帮助。也许将那束花送给她在某种程度上会减轻朱迪由于擅自联系她而带来的罪恶感。但是实际上，如果说那股甜腻的香气真的给她们带来了什么，那也更可能是将这一刻深深地印在了她们的脑海里。这一天，朱迪终于醒悟自己的生活是怎样的一团糟，而艾娃·杰曼也彻底认清没有人会再给予她任何的帮助了。艾娃不知道的、她很有可能永远也不会承认的是她的女儿已经死了。

这是警局公认的事实。

四十八小时内没有线索，人质最有可能的下场就已经是遇害，何况是三年半的时间呢？

朱迪是极个别的特殊情况。朱迪的存在给了这个可怜的女人不止一种希望。她的来访是一种、她曾经许下的那些没有信守的承诺是另一种、仅仅是她还在呼吸也是一种。

"拿着。"艾娃把纸盒塞进朱迪的怀里。"这可能会帮助你找到奥特塔维娅。"说完她便转身离开，留朱迪一个人站在人行道上。朱迪盯着那个鞋盒时，远方传来了教堂的钟声。

第四十七章

回到公寓后,朱迪把鞋盒放在了咖啡桌上,不知道如何是好。塞进衣橱?还是沙发底下?反正不要打开就对了。虽然她这样想,她还是记下了鞋盒的品牌(斯凯奇)和鞋码(6.5)。

她发现自己正在思考那些失踪女孩的生理特征,她在想如果接手这个案子的人是她,那么她知道的信息有哪些,她需要知道的信息又有哪些。她在思索那些失踪女孩和最近遇害的女孩存在什么样的联系。

现在的她能够打断自己的思考了。

她走进厨房,装了一杯水,然后服下了药物。她今天服药的时间比往常稍晚一些,这是她学到的小技巧,第二天早上有安排的时候她都会这么做。药物起效后的数个小时内,她的身体难以进行正常的生理活动。一半时间内,她甚至不记得自己做过什么或者去过哪里。医生告诉她她会适应的,但是直到现在,她依然无法适应。

她的大脑得到"重置"之后,她认识到自己在州长官邸的行为的确不是出自一个理智的人。每当她努力思考这个问题时,她总会怀疑自己。母亲去世之后,她所做的一切、她所感受到的一切是不是都有问题?她甚至开始质疑自己逃跑后的行为——回到凶案组工作、宣称自己可以"解读"尸体和活人。如今,凶案组的工作没了,解读能力似乎也消失了。自她服药以来,一切都变了。

回到客厅后,她睡到沙发上,枕着枕头,打算用平躺的方式度过接下来的一个小时。她瞥了一眼桌上的鞋盒,然后伸手抓住它,将它放在了自己的肚子上。最后,她揭开了盒盖。

她估计里面的东西都经过了艾娃的仔细审查,并不是那个失踪女孩几年前随手分装的东西。女孩,虽然几乎是不可能的事了,但如果奥特塔维娅还活着,她早就不是孩子了。她今年十九岁,已经拥有选举权,已经到了服兵役的年纪。

朱迪一张一张仔细检查里面的那叠照片。她是个漂亮女孩,深棕色直发,笑起来简直完美。照片多是她和其他女孩或男孩的合照。有一个男生出现在好几张快照中。

如果朱迪正在调查这个案子,她肯定会问艾娃对奥特塔维娅的朋友了解多少。如果他们还生活在附近,她甚至可能会约见他们。

她在盒子里找到一枚破损的腕花和一串黑熊站的皮质钥匙链。在明尼苏达,可能有一半的青少年买过黑熊站的东西。这是北岸沿路一个人气颇高的车站。

一本封面上印有蝴蝶图案的日记本被塞在接近箱子底部的地方。日记记录了一段中断的人生。

那个箱子和里面稀疏的物品预示着一个女孩所处的人生阶段。十六岁,世界等待她去探索,她可以为所欲为,她可以大胆去爱,爱情和幸福本该不可避免。

即使那个年纪的朱迪生活一团糟,她仍然记得不可思议、充满希望和无限可能带给她的感受。

她翻开了日记本。

笔迹充满青春的气息，字体又大又圆，朱迪可以想象出那幅画面：一个深棕色发色的女孩盘腿坐在床上记录心事，粉色的双唇上挂着浅浅的微笑。

她查看了日期，第一篇日记是奥特塔维娅失踪一年前写的。她把鞋盒放到一边，躺定，然后开始阅读。

日记主要围绕朋友、男生还有班级三个主题展开，朋友和男生是主要部分，例如初夜，第一次喝醉等等。

在日记中段，奥特塔维娅开始提到悄悄溜出去的事。她会告诉母亲自己要在朋友家过夜，但实际上她是去参加派对，镇子上的、镇子外的都去过。

直到这个部分，这本日记才像是一本真正的日记。它盛放着少女内心的一切，没有半点隐瞒。之后，也许奥特塔维娅厌倦了这种记录形式，也许她的生活过于忙碌，日记给人一种闪烁其词的感觉。她依然时常提起溜到镇子外面参加派对的经历，但是细节部分却完全省略。男友也是，之前都是直呼其名的，而现在都只用星号代替了。

她在其中一篇日记中谈到自己回家的时候胳膊和双腿全被"某种带刺的灌木"擦伤了。母亲问她擦伤的原因，她编了一个故事，说自己不小心跌进了朋友家的玫瑰丛。

那些擦伤让朱迪感觉蹊跷，但这也可能是药物作用。它们浸入朱迪的器官，让她的身体变沉、思维变缓。她努力睁开双眼，让自己保持清醒。

每一天，她都会这么做。但是她扛不了多长时间。在完全昏睡之前，她拿起手机，向下翻动通讯录，然后拨打了法医英格丽德·史蒂文森的办公室号码。

出乎朱迪意料的是，史蒂文森医生亲自接了电话。

"我在跟进那起斩首案件。"朱迪解释道。

电话那头出现短暂沉默后，响起了回复："我以为你已经离开凶案组了。"

朱迪撒了谎。"我现在不做全职。"她说，"我手头只剩下迈斯特斯和霍尔特这两起案子。他们觉得这些案子已经到了目前这个阶段，再换新人来做不太合适，还是让我继续做完比较好。"这说得通么？她听起来有道理么？

她的语气肯定很有说服力，因为史蒂文森医生随后问她自己有什么可以帮忙的地方。

"我正在查看文件资料。"朱迪翻动日记本，纸张发出沙沙的声音。"萝拉 霍尔特的胳膊和腿上有擦伤么？"

"稍等，我把文件调出来。"

朱迪听到键盘声，然后想象起英格丽德坐在办公室电脑前的样子。

"她腿上没被烧焦的部分有几处划伤。"

"能否估计这些伤口的成因？"她变得有些口齿不清。她赶紧坐直身子，把脚放到了地板上。她感觉整个公寓瞬间歪向了一侧。她闭上眼睛，向后仰起了头，等待整个屋子稳定下来，其间，她不断地做小口呼气。

"我猜是某种带刺的植物造成的。可能是沙棘，这种植物在北边真是个大麻烦。"

她们又继续谈了一会儿，朱迪对她的帮助表示了感谢，然后准备就此挂断电话，就在这时，英格丽德补充道："很高兴听到你还在处理这个案子。新闻报道把你的遭遇说得很惨。"

"你知道的,媒体总爱夸大其词。"

"没错。"验尸官笑了起来。"我印象中关于我的报道就没有一篇是准确的,然而每当我看到那些新闻的时候,我发现自己总是不自觉地信以为真。我必须得改一改。"

朱迪用略带大舌头的口音再次对她表示了感谢。她把日记放回箱子的时候,一条细链吸引了她的眼球。她取出那条项链,然后将它举高。

这是一条心形项链,她曾经见过相同的款式。这一条上刻有奥特塔维娅的名字。他给了她们每人一条刻有姓名的项链。她把项链放回了纸盒,合上盖子,然后晕了过去。

第四十八章

朱迪醒来的时候发现自己依然躺在沙发上,她感觉大脑一片混乱,手脚也不利索。日记的内容和她给验尸官打得那通电话现在只剩下模糊的印象。咖啡和洗澡并不管用,她对此十分肯定。

这天傍晚,门外传来了敲门声。她辨别出敲门的人是威尔之后,便开门让他进来。

"想出去兜一圈么?"他走进厨房,检查了分药盒,确保她正在按时服药。他打开药盒,确认无误后,又咔哒一声合上了药盒。他没有离开,而是站在原地开始清洗水槽里的碗碟。看到威尔在自己的公寓里转悠,朱迪已经不会有异样的感觉了。

"你今天吃了什么?"他转过头关切地问道。

"我在农贸市场买了点吃的。"她买了吗?她已经不记得了。最近,她的体重在不断下滑,因而威尔不停地确认,确保她有按时吃饭。她经常忘记吃饭,这是那些药物的另一个副作用。

"出去兜一圈,你觉得怎么样?"

他的意思是他载着朱迪出去兜一圈。她现在还不够清醒,没法儿自己骑车。她的摩托已经被威尔从警局的车库取回来了。她不确定自己是否想和威尔出去兜风。也许想,也许不想。"我觉得我还是待在家里织织毛衣比较好。"

听了这话,他边笑边摇头。"你?织毛衣?这也太逗了吧。"

"这对我很有帮助。"

"我一点儿也不怀疑。"

"你也应该试试。"她努力让对话变得轻松起来,但似乎并不见效,这让她感到乏力。

"我骑车去兜一圈。需要我临走前喂一下猫吗?"

"我能搞定。"

"别忘了吃安眠药。"

"不会忘的。"

他朝朱迪走过来,然后在距离她几英尺的地方停下了脚步。威尔穿着丹宁背心,扎着马尾,身上有几处文身。他身高六尺多,体重约两百镑的样子。这样一个彪形大汉不停地嘘寒问暖,模样着实好笑。"明天早上我再来看你。有任何需要就给我打电话。别忘了给手机充电,你手机总是自动关机。还有,冰箱里有冰激淋,睡觉之前吃一点,你需要能量。"

看到朱迪点头以后,威尔才离开公寓。

他走之后,朱迪从厨房的橱柜里取出了一罐猫粮,然后顺着楼梯爬上了屋顶。她用金属勺把罐子里的食物赶进了不知道从哪里冒出来的大碗。这个碗昨天突然出现在这里。她估计是威尔从宠物商店里买的。

准备好猫粮后,她听到摩托车开出地下车库的声音。她走到屋顶一边,看到威尔的摩托车逐渐远离大楼,驶入大街,轰鸣声不断。她的目光转而落到了一辆米白色的轿车上。她第一次注意到这辆车是在几天之前。警方的监视任务早已撤销,那辆车依然停在格兰特·王之前常停的位置。而且,车里分明有人。

很可能是她多疑了,也许是她多疑了,希望是她多疑了。

她在凶案组的短暂任职就像一个梦,现在看来十分遥远。就连她在自己的头盔里发现一颗人头这件事也完全不像真的。那种感觉更像是她刚看完的惊悚片里的某个桥段。

不过,她记得尤赖厄。他比其他一切都更加清晰,可是她不能原谅他的背叛,即使她知道尤赖厄只不过是在执行公务。也许那才是让她耿耿于怀的地方。执行公务。尤赖厄把她带去医院,对她没有丝毫的袒护或提醒,这尤其凸显了他缺乏对搭档的忠诚。

想到这里,她从牛仔裤里掏出手机,在不长的通讯录里找到了尤赖厄的名字。她犹豫了片刻,然后点击了屏幕上的"删除"图标。

那只猫没有出来吃东西。

天上的星星非常清楚,但她丝毫不在乎。

她顺着楼梯回到公寓,拿起毛衣针,然后打开手机上的Youtube,开始观看教程。十五分钟后,她把针扔到一边,打了一个大大的哈欠。也许,她应该选择画画。

她走进厨房,打开周日的药盒,装了一杯水,然后将安眠药倒在手中。她突然觉得现在的生活并没有比地下室的生活好多少,或者是有多少改变。

站在厨房里,她可以看到沙发下伸出的鞋盒角。那些擦伤……那些擦伤值得好好调查一下……还有那条项链。那条项链可能隐藏着非常关键的信息。

她应该给尤赖厄打一通电话。然后,她想起自己已经删掉了他的号码。老实说,他真的在意吗?他真的有空调查这个无关紧要的线索吗?

答案无疑是否定的。

但她有时间。

她把安眠药带到厕所,扔进马桶,然后冲进了下水道。

她有的是时间。

几个小时过去了,她仍然躺在床上,毫无困意。她开始后悔自己丢掉了安眠药,她还在纠结要不要去厨房再拿一片,就在这时,她听到了门锁转动的声音。

她第一反应是伸手去拿枪,但她的枪早就被没收了。鉴于她此前的遭遇,这显然不是一个明智的选择。她正准备翻到床下躲避时,她闻到了一丝熟悉的气味——是废气、啤酒、廉价香烟和男人体味混杂在一起的味道。

是威尔。

她躺在床上,眼睛留下一条缝,几乎屏住了呼吸。

她听到大门合上的声音,听到轻柔的脚步声逐渐逼近她的房间。

当他走到房门口的时候,他停了下来。他的轮廓在黑暗中依旧清晰,因为街灯,这里的黑夜永远无法接近漆黑的色度。

此时的他是以朋友身份前来看望她的,还是说他正怀揣着一些阴暗的想法?

他站在那里,盯着朱迪看了整整五分钟,他的呼吸很沉重。然后,他离开了这里,临走的时候没有忘记将大门锁好。

她松了口气。还有哪里能让她感到安全?她要一直担惊受怕地活下去吗?她拿起手机,想要给格兰特打电话,但是街道对面的那辆车立刻浮现在了她的脑海里,于是她把电话放到了一边。她没法儿相信任何人。能信的只有自己。可就连自己,她也不确定是否可靠。

第四十九章

他的女孩。

他终于来了。他带来的食物，她几乎没动。她一心期待接下来的活动。他们撕开彼此的衣服，像往常一样缠绵不止。黑暗中，她摘下了他的面具，这样她就可以用自己的双唇肆意感受他肌肤的纹路。他们一待就是几个小时，直到他筋疲力尽为止。每次结束的时候，她都会变得异常暴躁，因为做爱是她生命的唯一主题，是唯一一件能够打破无尽的乏味感和枯燥感的事情。她努力挑逗他，试图激发他的兴致，但是并不奏效，他躺在那张狭窄的小床上一动不动。

他从不在那儿过夜，从不。

她踮起脚走到手提灯旁，打开开关，然后小心翼翼地回到床上，把灯举高。

她不知道自己在这间狭小的房间里到底生活了多久。按那几堆日记本推算，她猜大概有几年的时间。大部分时间，她总在幻想那个男人的样子。她生怕自己忘了那张面孔。他不在身边的时候，她总是想他；他来到身边的时候，她痴迷不已。

如果三维特效合成剪辑师在这儿，她甚至能把他的每一根毛发都描述得清清楚楚。他眼睛的颜色、他的下巴还有嘴唇的形状都不在话下。

所以这个躺在她身旁、一丝不挂的陌生人到底是谁？

至少不是她想象中的那个男人。

他看起来差远了。和她的男人一点儿也不搭界。

她死死地盯着他，希望他的脸，甚至他的身体会在她的注视下发生转变。他必须得变。

可怕的是，她竟然认识这个人的脸。真是太诡异了！但是，这是她几年来第一次看清人类的容貌。是大脑在捉弄她么？

不，就是他。她十分肯定。

他睡着了。她可以趁机溜走。会有谁阻止她离开这里呢？找到他的钥匙，再找到他的车。开车回家，走进屋子，给父母一个巨大的惊喜。

她还在努力规划自己的逃跑计划，就在这时，他睁开了眼，视线死死地锁住她的脸。他的表情发生了一系列的转变，直到他意识到形势的严峻。

她能够看到他。

她能够识别出他的身份。随后，她意识到这意味着什么。如果他不杀她，那么他绝不会让她离开这里半步。永远都不会。

"没关系。"她轻轻安抚道，"我想看看你。"她把提灯放低了一些。明暗的改变让他的脸也发生了变化，增添了几分恐惧感。"没关系的。我不会告诉任何人的。我永远都不会说的，一个字也不会。"

"你当然不会。"

他坐起身子。即使现在戴上面具已经没有任何意义，因为他的脸已经暴露。他还是戴上了那幅滑雪面罩,把自己的脸遮了起来。

此时的他像极了刽子手。

她退到墙边,不小心打翻了一垛日记——那是记录生活和爱人的文字。

有时候,她觉得自己是个成人,有时候又觉得自己是个孩子。她被囚禁在这儿的日子里,她成熟了许多,但是她也知道自己的内心遭到了扭曲、生长受到了遏制。有时候,她视自己如今的生活为女性生活的悲惨实例和男性渴望控制女性的真实写照。因为这糟糕的经历与千千万万未被囚禁在狭小隔间里的女性的处境差别并不大。其他时候,她觉得这一切就是疯子在发疯。

他向她慢慢逼近,显然已经有了打算。他的眼里映射出提灯的光亮。

离她很近的时候,她尖叫了起来。向他扑过去的同时她抄起手中的提灯砸向他的脑袋,砰的一声,他们两人都吓了一跳。

一直以来,她都是那么的言听计从。

而且她曾经爱过他。也许她现在还爱着他或者说她能够再度爱上他。他的脸变回了她几年之前创造出的那张脸。

提灯重重地坠到地面,整个房间顿时陷入漆黑。她感受到了一股气流,感受到了他的巴掌和推搡。她感觉自己的肚子被猛地踹了一脚,她随即止不住地向后倒去。日记在她周围雪崩一般倾塌下去,她想着要怎样才能把这些日记重新摆好,这得花好大一番功夫。然后,她开始好奇自己是否有机会重新整理这些日记。如果没有,这些日记会落得怎样的下场?这些文字?她的文字?关于爱和希望的文字?

"你比我想的要老。"她的声音有些虚弱。这一句评论更多是在自言自语,而不是对他的挑衅。"反正,对我来说太老了。"

她的最后一句话着实激怒了他。"如果要说谁太老了，那也是你。"他又猛踢了她一脚，但是她还是为自己刚刚的出手感到开心。如果她能活下去，她可能会找个时间好好回味自己刚才的表现，尤其是提灯撞击他头盖骨的那声巨响。

第五十章

朱迪出现了停药反应。

不是很严重,也许是因为她服用那些药物的时间不是很长。唯一一种不良反应是她无法入睡,但是每当威尔半夜进屋查看的时候,她都会假装熟睡。她还假装自己大舌头,假装自己对什么事都提不起兴趣。

每当威尔问她是否想去做某事的时候,无论是什么,她总会说:"我太累了。"

三天。

整整三天以后,她的思路才变得完全清晰。

第三天,她去地下车库找自己的摩托车,但当她试图点火的时候,发动机什么反应也没有。她下车检查了所有她知道如何检查的地方。

火花塞不见了。

这不是那种容易脱落的零件。相反,如果没有专门的棘轮,火花塞是取不下的。因为这辆车停在监控区域,可能做这事儿的人也就没剩几个了。

她不断告诉自己是自己出现了精神问题、是自己偏执过头了。一切的一切都是她在地下室待了好几年的缘故。甚至在那之前,她的大脑就已经出现了问题。可是,目前的证据表明的确有人想把她困在这里。但也许,这只是那个神经兮兮的楼管干的好事。

她顺着楼梯爬上一楼,来到一条通向大楼入口的走廊前。走廊两侧挂有嵌入式邮箱。她穿过走廊,推开那扇双开门,那辆米白色的轿车正停在左侧街道的不远处。

人行道另外一侧传来了逐渐清晰的脚步。是威尔。他正朝她大步走来,脸上写满了担心。

她立刻垂下肩膀,装作有气无力的样子。

"怎么了?"他一边问一边伸手撑住大门,不让它合上。

"我打算出去一趟。"她举起手,扶住额头,她希望自己看起来犹豫不定。"但是我并不想去。"

"今天天气很好。我们可以去湖边散散步。"

他的话听起来是多么的无害。多么的无害!她再一次开始质疑自己。去湖边散步可能是个不错的选择。

但是他晚上会悄悄地溜进她的房间。

没错,来查看她。

这不好吗?他很危险吗?

是的。没错!

"我太累了。"她答道。

他点头表示理解。

"我打算看会儿电视,然后就去睡了。"

"好的。我迟点再上去看你。"

他当然会这么做。"哦,对了。"她假装自己突然记起了一些无关紧要的小事。"我刚去车库检查了我的摩托,它没法儿启动。不知道你能不能抽空去看看。"

"我该早点告诉你的。我把火花塞给拔下来了,我打算换一个新的。我想着反正你一直都用不到它,我就没和你说了。"

他的语气里没有一丝歉意。他的确不必,因为他在主动帮忙。

之后,当他出现在朱迪公寓的时候,朱迪拜托他清洗碗碟和喂猫。她答应他会按时服药。但是,他一走,她就立刻把药冲进了下水道。当他半夜现身查看她的时候,她假装自己已经睡着。当他离开之后,她立马跳下床,穿上靴子,套上黑色连帽卫衣。她随后拿出双肩包,将一些随身物品、衣物还有艾娃给她的鞋盒塞了进去。

收拾完毕后,她悄悄地溜出公寓,顺着楼梯来到了屋顶。她用帽子遮住浅黄色的头发,然后小心翼翼地瞄了一眼楼下的街道,果不其然,那辆车还在那里并且里面有人。她分辨出了香烟的亮度。

她俯身屈膝,一个箭步冲向大楼另一侧的大树。她抓住一根树枝,然后向下爬到了离地面最近的那根枝干上。还是很高。她深吸一口气,然后松开了手。落到地面以后,她在砖块路上滚了几圈。

有一些擦伤,但是没有伤到骨头。她爬了起来,调整了背包的肩带,然后往巷子深处走去,她的背影与黑暗逐渐融为一体。

她走到最近的自动取款机,取出了二十四小时的取款上限。她把钱塞进口袋后,拿出了手机。短暂犹豫后,她把手机扔到地上,然后用鞋跟将它踩得粉碎。

第五十一章

朱迪的目的地是女孩霍尔特尸体被发现的地方,她需要往北走。那个地方离她母亲去世的地点——那间木屋并不远。逻辑上来说,她知道两起案子几乎不可能存在联系,但是那个女孩的尸体离施灵的房子如此之近,再加上那条项链可能就是从附近的黑熊站里买到的……这些最多只能称得上是细小的线索,但它们毕竟也是线索。朱迪再一次心生疑虑:也许她只是渴望回到母亲生前特别喜欢的地方——那个她去世的地方。

她想过要不要偷一辆车或者买一辆便宜的二手车。她也想过不是可以搭到顺风车或者撞见一辆北上的赌场巴士。最终,她做了一个可能比这些主意都要愚蠢的决定。她乘市内巴士去了艾娃·杰曼家,她一路低头,没有摘过帽子。

在黑夜的包裹中,她不断轻敲艾娃家的大门,直到她听到动静。门廊灯亮了起来,也许艾娃透过猫眼看到了她,也许她压根没有看。

"哪位?"

"朱迪·方丹,方丹警官。"

大门打开后朱迪赶紧溜进屋子,随后大门在她身后合上。"我需要你的帮助。"

她没有细说，因为有什么细节是听起来不那么荒唐的呢？她要怎么做才能显得不那么像一个偏执狂？也许一切就是荒唐的，也许她就是偏执狂。也许一直都是。"我得离开这个地方，所以我需要一辆车。"

艾娃穿着毛绒拖鞋、灰色卫裤，站在这间充斥着香烟味的屋子里。"发生什么事了？"她问道，"你要去哪儿？"

"明尼苏达北部。我现在只能告诉你我正在追踪一条线索。"

"有关奥特塔维娅的？"

"是的。"

艾娃捂住自己的嘴，双手止不住地颤抖。她紧紧地盯着朱迪，双眼泛起泪光。"我想和你一起去。"

"你不能去。"她语气坚决，听不出任何商量的余地。

在意识到无法从朱迪口中得知更多信息之后，艾娃把那件扔在沙发上的夹克里里外外翻了个遍，最终取出了一串钥匙。她摘下其中两枚钥匙放入口袋，然后把剩下的钥匙交到了朱迪手中。"你得去一趟加油站。油箱里应该只剩下三分之一的油了。"

朱迪握住那串钥匙。"不管谁找到你这里来，告诉他们是我强迫你把车借给我的。还有，别告诉他们我要去哪儿。"

"车就停在门口那条路上。"艾娃说，"银色卡罗拉。那车原本是奥特塔维娅的。我之前一直把它放在车库里，可后来我丢了工作，我的房子和车都没了，所以我就开始开她的那辆车。我恨我自己把一切都毁了。我希望她回家的时候，看到一切还是原来的样子。"

那辆车代表着一位母亲的希望。"她当时刚拿到驾照。她特别喜欢那辆车。那个时候，开这种车真的是一种奢侈，但是我觉得拥有一辆属于自己的车能让她更安全一些。"她突然哭了起来，但是很快再度控制住了自己的情绪。她继续说："感觉像是刚刚发生的事，又感觉发生了很久。这日子过的……就好像穿梭在别人的梦里。你知道那种感觉吗？"

"我知道。"

"你读过她的日记了吗？你看到她去北边树林参加派对的那部分了吗？在我读到那里之前，我完全不知道她去过那里。在她失踪之前，我什么都不知道。我没想到她竟然有这么多秘密。"

"青少年大多是这样。"

"我想也是。"艾娃打开大门，站在一侧。"一路小心。不管你能否找到她，我都一样感谢你。谢谢你愿意听我说话，谢谢你所做的一切。"她又想起了些什么，补充道："你就像圣女贞德。"

"她最后是不是疯了？"

"人们的确这么说。"

朱迪大笑起来，这反应让她自己都大为吃惊。她转过身，朝那辆车小跑过去，同时按了按钥匙上的"解锁"按钮。她把双肩包扔到一旁的座位上，然后钻进驾驶座，不一会儿便消失在了街道的尽头。

她开得很快，一路上没有什么小插曲。九十分钟后，她把车停在了黑熊站，加满油之后，她并未急着离开，而是进站逛了逛。商店里的光线有些诡异，午夜的商店总是这种光线，即使你意识清醒，也能把你弄得晕晕乎乎。柜台后面的高脚凳上坐着一个低头看漫画的黑发店员。除他之外，整个商店里没有别的人。

朱迪在商店后面发现了雕刻机。让她惊讶的不是雕刻机的存在，而是那些项链正是她要找的款式，可以选择金、银两种材质和心形、环形、椭圆形三种形状。

她投进几枚硬币，输入了想要刻在项链上的文字，然后看着机器程序化地凿刻项链。完成以后，她从取货口取出了项链。鉴定方面她并不在行，然而她必须对两条项链进行一个比较。它看起来和朱迪在鞋盒里找到的那条完全一样，也许和黛利拉·迈斯特斯尸体上的那条项链也完全一样。

然而，这一点能证明什么呢？

什么也证明不了。

她把项链戴到脖子上，扣上扣环，然后走到柜台前，支付了纯净水、燕麦棒以及刚刚加油的费用。她想给这位店员看一看奥特塔维娅的照片，但是又怕引来注意。考虑到这位店员几乎不太可能为这件陈年谜案提供帮助，她感觉自己不值得冒这个险。

"名字很酷，"那个看漫画书的男孩看到项链后，一边点头赞许一边将找回的零钱放到她的手上。"谢谢光临。"

"再见。"

三十分钟后，她出现在了通往木屋的小路上。朱迪惊讶于自己竟能如此轻松地找到那里，她甚至连 GPS 都没有打开过。但是，即使在过去的二十多年里，她从未回过这里，这里却无数次地出现在她的脑海中。

北部地区的道路一旦荒废，总是会杂草丛生，那条小路便是如此。但是，朱迪还是能够看出车辆偶尔来往的痕迹。轮胎轧过的平行轨迹上只有泥土，而两条轨迹中间凸起的长条部分却长出了能够刷到汽车底盘的野草。汽车驶过凹凸不平的地面，前照灯也跟着起伏不定。她看了看仪表盘上的时钟：距离日出还有三个小时。

抵达木屋之前，她关掉了汽车的前照灯和引擎。她打开仪表盘上的储物箱，快速翻查了一遍，一只手电出现在了她的面前。她打开开关，激动地发现电池并没有耗尽。

下车之后，她轻轻地合上车门，并没有彻底关死。如果此时有人在屋子里，那么关门声就等同于宣布自己的到来，而她并不想这样做。她将手电指向自己的靴子，背上双肩包，然后顺着那条小路往前走，她注意到地上没有近期留下的车轮轨迹。

绕过一个弯，木屋出现在了她的视线中。她用手电快速扫视了一圈，没有发现任何车辆。她用处理犯罪现场的方式慢慢逼近这栋房屋。她十分慎重。看到木头台阶和门廊上的灰尘，再加上并没有发现多少鞋底刮擦的痕迹，她断定这里有一阵子没有人来过了。

不出所料，前门上了锁。

她站在窗前，仔细搜索安装在房屋框架上的安全检测器和天花板角落的运动传感器。没有发现任何表明室内装有警报系统的线索，她从一旁的木头堆里拿起一根木头，狠狠地砸向窗户。咣的一声，玻璃被砸得粉碎。她把大块碎片一一扯了下来、把背包从窗户扔进了屋子，然后自己也爬了进去。一进屋，她便在墙上摸索起了开关。当桌灯亮起的时候，她并没有太过惊喜。

那间木屋比她印象中的小一些，房顶特别低。她甚至怀疑自己是不是来错了地方，但是当她逛了一圈之后，她见到了一些眼熟的东西，比如客厅墙上的照片——那张出事之前拍的全家福。照片至今还挂在那儿，这让朱迪有种说不出的滋味。

朱迪的父亲站在她身后，双手搭在她的肩膀上。她的母亲也在那儿，还有亚当。活生生一个和睦美满的家庭。她看起来和母亲更加亲密。拍照那天，她是不是特别开心？没错，她的表情和站姿证实了这一点。不论她母亲出事那天究竟发生了什么，"从前"的她快乐过。这是真的。

这间木屋和"精致"二字完全不沾边，尤其它还是州长的房产。她父亲没有把木屋卖掉，然后在那些优质地段买一栋精致且奢华的房子。这一点，她由衷感激。如果她没记错的话，这间屋子是纯木质结构，建于 20 世纪 50 年代。屋内阴暗潮湿、带有霉菌和房屋净化系统散发的气味。这间屋子的客厅和餐厅连在一起，配有独立厨房和三间卧室。她的正前方是一张粗木打造的八人餐桌。这里没有固定电话，也没有网络。

她不敢相信自己真的来到这里了，然而，她不得不提醒自己别忘了手头的任务。那些身上带有擦伤的女孩和那条项链才是她来这儿的目的，她还打算尽可能全面地把这周围搜索一遍。这一切听起来都愚蠢极了。

父母卧室里的那张床是明尼苏达北部地区十分常见的款式——原木床身，床垫上铺有格纹被套。她强迫自己往房间里面走了几步。她拿起一个枕头，将鼻子埋进去，然后深吸了一口气。不是母亲的气味。她有些松懈又有些失望，放下枕头继续查看木屋的其他角落。当她走到儿时的卧室前时，她停了下来。这里的天花板相比客厅还要更低，看起来像是门厅改造而成的房间。

天呐。床罩还是原来那个，粉紫相间的那个。简直难以置信。这里几乎没有变化，和她离开的时候一模一样。有那么一瞬间，她想要冲上车，立刻离开这里！离开明尼苏达！远离她的父亲！远离母亲去世的地方！远离所有能让她想起凶案组的人或事！远离那个在她熟睡时默默监视着她的男人！还有那些在大街上袭击女性、斩首少女的恶魔！

她讨厌一直扮演受害者的角色。也许这才是这一切的重点。表明立场、破窗而入、举枪指向自己的父亲……只有成为坏人，才能与受害者的身份撇清关系。

不知哪里突然传来了潜鸟的叫声。那种声音听起来凄惨且诡异,此时正在木屋上方回旋开来。这是她这些年来第一次听到。

离开那间卧室后,她打开了后门的门锁,然后穿过湿物存放间,走出门廊,向潜鸟叫声的方向走去。通往湖边的那条小径被杂草覆盖。像小时候一样,她再次来到湖边赏月。漫过膝盖的杂草完全浸湿了她的牛仔裤。她记得自己曾经站在同一个位置,母亲在她身边紧握着她的手,当时,她穿着睡衣,睡眼惺忪,只想钻进被窝,但与此同时,她也意识到那一刻的特别。

她用手电扫视了湖岸一圈。船坞并未下水,而是被放不远处的湖岸上,看起来急需修缮,那条船可能早就不在了。她转过头,突然意识到人生是如此的戏剧、如此的不真实。

她回到木屋,把背包放在木桌上,然后将鞋盒里的东西统统倒了出来,从里面找到了那条项链。她把自己在黑熊站买到的那条项链摘了下来,然后将两条项链仔细对比了一番。

完全一样。

这意味着什么?

她喝了一瓶水,吃了一根燕麦棒,然后拖着疲惫的身子来到自己儿时的房间。她横躺在儿时的床铺上,不一会儿就睡着了。

第五十二章

对尤赖厄来说，每一个辗转难眠的夜晚都属于那些遇害少女。唯一对他的专注构成挑战的是他对妻子的思念和对朱迪的担心。他对事情沦落到如今的地步感到十分自责。

他需要休息。如果他能多睡几个小时，也许他的大脑会更加高效。但是，他太渴望得到案件的真相了，以至于他几乎无法入睡。现在是凌晨五点，他终于放弃了。他不再思考那起案子，而是强迫自己反其道而行之，他希望自己再回到这个谜团上的时候可以打开不同的思路。

他来到厨房，往咖啡机里舀了几勺咖啡粉，填满水箱，然后按下了"开始"按钮。等待咖啡的同时，他穿过昏暗的公寓，把灯光调到柔和的亮度。紧接着，他在唱盘上放上了一张黑胶唱片。他走到书架前，准备挑选一本老书，经典文学可能是个不错的选择。

他没有时间好好整理朱迪送给他的那些书。为了快速腾出箱子，他将那些书胡乱地塞进了书架。他发现了一本《爱丽丝镜中世界奇遇记》。他怀疑这是初版，里面还配有一套黑白蚀刻版画。朱迪很有可能想要拿回这本书。

他把这书从书架上抽了出来，然后小心翼翼地翻开。标题页贴着一张华丽的藏书票。书票是长方形的，质感厚实，在手写的"娜塔莉"三个字下面印着一幅画：一个男孩坐在苹果树下读书。这张藏书票很明显是在这本书发行很久之后才贴上去的，而且贴票人是个新手。他估计藏书票贴了也不过二三十年的样子。

也许是因为他饱受失眠的困扰，也许是因为他和朱迪还有艾伦之间发生的那些事，以及压在心头的案子，此时他竟然感到一股忧伤在往心头钻。

尤赖厄钟爱古玩，尤其是书籍和音乐方面的古董。旧书和老歌总让他感到舒心，可有些时候，它们也会让他过度悲伤，因为它们总提醒着他时间正在飞逝。

没有孩子。

没有狗。

艾伦，走了。

他的父母正在变老。

他有什么？

工作。

工作和这间装满忧郁的屋子。大街上，女孩们接连遇害，那些女孩没了变老的权利，没了认识自我的机会，没了有朝一日吊唁逝去时光的可能。

然而，她们中的每个人都该拥有这些。

他不在做自己的工作。

昨天，他和奥尔特加商量了"请求 FBI 介入"一事。早该这样做了，但是他们必须证明霍尔特和迈斯特斯的死是存在联系的。

厨房传来咖啡机释放蒸汽的声音，这表明咖啡已经制作完毕。和平咖啡①的中度烘焙咖啡粉果然不错,那股香气在狭小的公寓里弥漫开来,让人感到舒心。对尤赖厄来说,只要端着咖啡,即使站在尸体面前他也不会介意,吸一口咖啡的香气就能解决所有问题。

他真是个傻瓜。

他小心翼翼地翻着那本书。翻书的动作掀起了另一股他喜爱的味道:旧书和旧纸的味道。他浅浅地笑了笑,脑海中浮现出朱迪的评价。朱迪曾经说这是独属于他的气味。

即使他知道这是降解中的纸张和霉菌孢子混杂在一起的有毒气味,他还是吸了一口。他听说有人因为生活在旧书堆旁而患上肺病。他觉得用这种新闻来推广电子书真是再合适不过了。

他想给父亲打通电话,但是立刻意识到这个点太早了。在他的记忆里,父亲从未把工作带回家,尤赖厄禁不住好奇父亲有没有一直未能侦破、不停蚕食自己的案子。

因为小城镇也有犯罪。

尤赖厄往后翻了一页,一张从《星坛报》上剪下的文章出现在他的面前。尤赖厄把书放在一边,然后打开了这张剪报。纸张已经泛黄,但是折痕却异常平整。难以辨别是因为这张纸被人反复折叠了很多次,还是因为它被夹在了书中,所以给人一种它曾被反复阅读的错觉。

那则新闻是二十七年前的一起失踪案。明尼阿波利斯一少女无故失踪。她叫霍普·蒂玛尔斯,失踪时年仅十三岁。

尤赖厄把剪报拿到光线较强的厨房里,以便看清她的照片。是个漂亮的小姑娘,一头金色直发,笑容十分明媚。她看起来和湖里的那

---

① 即 Peace Coffee, 1996 年在双子城成立的咖啡制造商。

个女孩有几分相像。

他打开抽屉,拿出了放大镜。那是他母亲送给他的礼物,拿她的原话来说:"哪个警察不需要放大镜?"

他将放大镜对准图上女孩的项链——心形吊坠并且刻有她的名字。

他回到客厅,打开手提电脑。他用谷歌搜索找到很多有关这个女孩的报道和照片。不少照片中,她都带着那条项链。然后,他又检索了有关朱迪母亲意外身亡的报道。事情发生在明尼苏达北部施灵名下的一处房产。年仅十二岁的亚当·施灵正在树林里用易拉罐练习射击,其间娜塔莉·施灵突然出现在了他的射程里。根据那篇文章,案发时朱迪也在那间木屋。表面上,这个报道并无任何牵强之处。枪支事故是再寻常不过的案件类型了。

尤赖厄重新拿起了那本《爱丽丝镜中世界奇遇记》。这一次,他把每一页都仔仔细细地检查了一遍,以防错过任何信息。当他翻完最后一页,准备合上书的时候,他感觉到了异样——像是什么东西滑动了一下。

他又在厨房的抽屉里搜索了一番,这一回拿出了一把水果刀。毁掉一本新书对他来说并不是件难事,但如果是一件古董呢?这让他非常心痛。他带着满满的负罪感把书翻回了标题页,他用手指在起伏的藏书票上摸索了一通,紧接着,他用刀刃撬起了藏书票的四个角,用手把整张书票揭了下来。一条廉价的金项链映入了他的眼帘。他提起项链,凑到心形吊坠前。上面刻着:霍普。

他突然屏住呼吸。这意味着什么?谁把项链放在那儿的?

"我母亲喜欢收集图书。"朱迪曾经说过。

把项链藏在那儿的人是朱迪的母亲?一瞬间,之前那些看似毫无联系的线索突然间被串在了一起。那些遇害的女孩，那个叫做霍普的女孩，没错，甚至是那位记者，还有奥特塔维娅·杰曼都可能与之有关。

那条项链改变了一切。

他掏出手机，拨打了朱迪的号码。

您拨打的电话已停机。

她可能忘记按时缴费了。

接下来的一个小时里，尤赖厄试图拼凑出所有可能的情况，最让他感到恐慌的是这一切可能和朱迪的母亲有关。如果失踪女孩的项链在她手上，这就意味着她当时的处境非常危险。也就是说，朱迪假设的方向可能是正确的。"她母亲的死是她父亲一手造成的"这一假设目前看来还是过于牵强，但是"她母亲的死不是意外"这个假设有可能并不是无稽之谈。

日出一小时后，尤赖厄换上西装，打好领带。他打算去一趟亨内平治安官办公室的犯罪实验室。抵达之后，他对娜塔莉·施灵的尸检报告提出了查看申请。

办事员在电脑前进行了一连串操作，然后立刻说道："她的报告五年前就已经被销毁了。"她全程没有抬头。

"销毁了？谁的指示？"

又是一连串的键盘声。"明尼阿波利斯警局，落款是麦考尔法官。"

这并不奇怪。考虑到存储空间的问题，证据不会永久保留，尤其是那些和谋杀案没有关联的证据。

"多谢。"

尤赖厄走在那条顶部挂有荧光灯的走廊时，他的手机震动了起来。他看了看手机屏幕——英格丽德·史蒂文森，于是接通了电话。

"我刚把迈斯特斯和霍尔特的头发分析结果用传真发给你了。她们体内都含有 γ-羟基丁酸。"

γ-羟基丁酸，俗称 G 水，一级管制药品，是"约会强奸"和性骚扰时常用的药物。这种药物在派对上也很流行，所以那些女孩可能是自愿服用的。

"她们溺亡的原因有可能是服用了这种药物。"

"英格丽德，多谢。还有别的消息么？"

"前几天，朱迪·方丹给我打了一个电话。"

"真的吗？"这有些出乎他的意料。

"我们讨论了一个非常有趣的话题，是关于植物的。我敢肯定你一见到她，她就会把这事儿告诉你。"

"朱迪·方丹已经不是明尼阿波利斯警局的警员了。"

"她说她还在处理那起斩首案件。"

"好吧，实际上她没有。她和那起案子已经完全没有任何关系了，如果你再接到她的电话，别透露任何信息。"

"真的很抱歉。"隔着电话，他都能感觉到她的窘迫。

"别自责。她的确很会说服人。你说的植物是怎么一回事？"

听到方丹的消息后，她花了好一会儿才最终理清自己的思路。"她问我萝拉·霍尔特的腿上是否有擦伤，我告诉她有。"

朱迪为什么要询问霍尔特的案子？"还有别的吗？"

"我们讨论了霍尔特尸体被发现的那块地方。据我所知，那个县正在整治泛滥成灾的沙棘。最近，丹博里原油公司发起了一项铲除沙棘的行动，吸引了不少媒体的关注。"

尤赖厄回想起在霍尔特的抛尸现场时，他们的衣服的确被那里的沙棘给勾破了。他向史蒂文森表示感谢后挂断了电话,然后立刻朝停车场走去。

下一站,朱迪的公寓。

第五十三章

尤赖厄沿着人行道，向朱迪的公寓走去。当他经过那辆暗中监视朱迪的车辆时，他停下了脚步。警局之前以资金不足为由中止了王的监视任务，所以尤赖厄雇用了一名私家侦探来监视朱迪的活动，在她完全脱离危险且不再对州长构成威胁之前，尤赖厄会一直这样做。他敲了敲那辆车的车身，随后那位私家侦探摇下了车窗，一个年轻的小伙子出现在了他的面前，他的名字叫做泰勒·福特。

尤赖厄弯下腰。"怎么样？"

泰勒摇了摇头。"今天她还没有出过门。"他低头查看了看手表。"现在八点还没到。对她来说，太早了。如果她要出来，通常也是快到中午的时候。"

站在公寓楼外，尤赖厄按下了朱迪所在房间的"呼叫"按钮，但是没有人接听。鉴于这些天她从未回过任何短信，他十分确定她并不想和自己说话。

他又试着联系了大楼的管理员。过了好一会儿，那个古老的对讲机里才终于传来了一声简短的应答"喂？"。

尤赖厄做了自我介绍后大门应声打开，他随即走了进去。离开大厅后的第一间公寓门上写着管理员三个字，第二排是他的名字威尔·塞巴斯蒂安。

没等尤赖厄敲门，那个男人就自行打开了房门。他块头很大，长发，身上还有大片的刺青。看样子是尤赖厄把他给吵醒了。他脸上浮肿，呼吸中带着刚起床时常有的异味。他没有向尤赖厄问好，只是站在门旁，一只手高高地搭在门框上，眼神充满疑虑。

"我需要见朱迪·方丹一面。"尤赖厄亮出了自己的警徽。

"我知道你是谁，我非常肯定朱迪不想见你。"

"这不是想不想见的问题。"尤赖厄没有继续和他耗下去，说完便转身顺着楼梯爬上了四楼。他反复大力的敲门声并未得到任何回应之后，他又跑上了屋顶，再回到四楼的时候，楼管已经站在了朱迪的房门前。

"把门打开。"尤赖厄用命令的语气说道。

"不行。"塞巴斯蒂安用力地敲了敲门并叫了朱迪几声，他的视线全程没有离开过尤赖厄。

"她可能遇到麻烦了。"尤赖厄尝试说服他，"她可能用药过量。快打开门！"

那个男人向后捋了捋马尾辫里挣脱出来的几缕头发，然后长叹一声，从牛仔裤前面的口袋里掏出一长串钥匙。

两个男人分头搜索了那间不太宽敞的屋子。

"不在这边。"这个结果似乎让塞巴斯蒂安有些恼火。

屋里的种种迹象表明她离开得很匆忙。抽屉、衣柜、橱柜都是开着的。厨房的柜台上整齐地摆放着三瓶处方药。

尤赖厄阅读了瓶身上的标签。"哇。"都是强力药。

"我猜她已经断药了。"塞巴斯蒂安说道，"我之前怀疑过，哎。"

尤赖厄递给他一张自己的名片。"如果你看到或听到任何消息，不论什么时候，请打电话给我。"说完，他顺着楼梯一路小跑，离开了公寓楼。回到私家侦探的车旁时，他对敞开的车窗说道："你还是回家休息吧。"

泰勒探起头，"什么？"

"朱迪·方丹已经走了。很可能是昨天晚上或者今天早上的事。我不需要你的服务了。"

"哦，我的天呐。"并不难理解为什么他的脸上此刻写满了窘迫。

尤赖厄目送那辆车离开的同时，他又试着拨打了朱迪的手机，还是一样——手机已停机。紧接着，他又给警局的私人数据专员打了一通电话。"我需要朱迪的信用卡流水。"那位专员年纪轻轻，业务素养很好。凡是涉及传票的内容，他的效率总是特别高。"我还需要她在过去四十八小时内的通讯和银行信息。"

三十分钟后，正当尤赖厄驶入警局的停车坪时，他收到了反馈信息。

"没有信用卡交易记录。"那位专员答道，"但是，她似乎把提款卡里所有的钱都给取了出来。一共有两次取款记录，两次的取款地点仅仅隔了几个街道。时间都是凌晨十二点多。之后就没有别的记录了。她已经很多天没有通讯记录了，最后一通电话打给了一个叫做威尔·塞巴斯蒂安的人。"

尤赖厄道完谢，又给局长打了一通电话。

"方丹消失了。"他告诉奥尔特加，"她停用了手机，取走了卡里所有的钱。"他又补充了一些他不愿提及的内容，"得找人和州长取得联系，告诉他今天最好不要出门。他现在很危险。"也许朱迪只是想离开这里，换个地方重新开始新的生活，但是这似乎不太可能，因为这些年来，父亲对她的困扰一直都在增加，从未有过减少。

结束了与奥尔特加的通话后，他又马不停蹄地给王发了短信，告知他目前的状况。

轻轨开通以后，蛙镇的居民纷纷移居别处，这里因此淡出了人们的视线。现在，这里是圣保罗犯罪率最高的地区之一。此时，尤赖厄正站在一栋位于蛙镇的住宅前用力地敲着大门。这栋房子看上去破旧不堪。

应门的女人看起来受过不小的打击。她有些脱发，浑身散发着廉价烟草的味道，一副刚醒不久的样子。尤赖厄出示了自己的警徽，做了自我介绍，然后说道："我需要和艾娃·杰曼谈谈。"

"我就是艾娃·杰曼。"

尤赖厄有时很和气也很会说服人。果然，十分钟后，他的猜测得到了证实。他一边快速地走向自己的车，一边举着电话同警局的信息专家莫莉交谈。"我想知道州长在北边有没有房子。"

他坐进驾驶座的同时听到电话那头传来了键盘的敲击声，随后是莫莉的答复："他在北边有一处持有期超过三十年的房产。是一间湖滨木屋，占地五十英亩，有三个卧室，位于利特尔福尔斯的东边，距离明尼阿波利斯不到两个小时的车程，那地方不大。"又是一串敲击声，她随后继续说道："但是话说回来，如果我住在州长官邸，我永远也不会离开镇子半步。"正当尤赖厄准备打断她的个人评论时，她又补充道："我高中的时候，他们常在那儿为州长的副手举办派对。作为过来人，我和你说，那地方真的很不错。"

"你在那儿游过泳么?那是泳池派对吗?"

"当然没有!你在开玩笑么?那种派对很正式,简直逊爆了,无聊透顶。"

他立刻掐掉了这个话题,转而说道:"莫莉,我需要那栋房子的地址。"

"哦,明白!"她报地址的同时,尤赖厄将信息输入了车上的GPS系统。

"多谢。"在她开始下一个话题之前,尤赖厄挂断了电话。紧接着,他又打了另一通电话。这一次是吩咐接警员发布一则全境通告,用以搜索朱迪的下落。他向接警员提供了朱迪驾驶车辆的颜色、品牌、型号和执照。

第五十四章

老鼠刮擦天花板的声音吵醒了睡梦中的朱迪。她平躺在自己儿时的卧室里，衣服、靴子都没脱，床铺也都还整整齐齐。她看了看身旁的闹钟——9点45分。她不确定这闹钟是否准确。

鉴于这间屋子里发生过的事情和那件事拆散这个家的过程，她惊讶地发现在儿时的睡榻上醒来竟能如此地舒心。这么多年过去了，过去在她的脑海里已经所剩无几，但她还记得小时候在这里休息和玩耍的场景，光是这一点就让她感到无比宽慰。重回木屋打破了她对自己的界定，现在她对自我的全新定义又能得到进一步地扩展了。

当她抬头望着天花板，试图锁定那些烦人的老鼠时，她注意到了木板的异常。

那是一个阁楼。

在这之前，她完全忘了自己的房间里还有这么一块空间。她仅存的记忆就是父亲伸手从那个"黑洞"里面掏箱子的画面。那大概是朱迪五六岁时的事。

她走下床，把角落里的椅子拖到了阁楼的正下方。然后，她爬上椅子，伸手按压天花板。啪地一声，其中一块木板松开了，阁楼的入口出现了。她的举动惊扰到了阁楼上的老鼠，它们顿时安静了下来。

通往阁楼的门没有上锁，但它也没有把手，打开阁楼的唯一方式就是向上推门，然后将它移到一边。她就是这么做的。

一种很久没有闻到过的熟悉气味从入口处飘了出来。那种一种她难以辨认的气味，那种气味往她胸口钻、让她嗓子发紧。

那块木头盖被托起放到一边之后，她立刻把手伸进漆黑的阁楼里四处摸索了一通，她的手指碰到了一个金属盒的边缘。她继续摸索，这一次她摸到了一本书，书的边角凹凸不平，但尺寸很大。她抓住那本书，将它抽了出来。

她站在椅子上，直愣愣地看着手中的书。现在她总算明白为什么那股气味是如此的熟悉，为什么那股气味让她的心隐隐作痛。那是她的剪贴簿，她一直都在寻找的剪贴簿。

她随手翻了几页，视线落在了她儿时镜头下的木屋上。她直愣愣地盯着那些照片就好像它们可以解开她母亲的去世谜团一样。那是她人生中的第一宗案子，也是她迄今为止的第一起悬案。

一定是埃里克在她的衣物里发现了这本剪贴簿，于是将它归还给了她的父亲。这似乎是唯一合理的解释。它为什么被放在这里，这一点仍然是个谜。

没有时间继续想这事儿了。她一边提醒自己，一边把书抛到床上，然后继续爬上椅子，伸手去够那个金属盒。她把那个盒子拖到入口边缘，然后将它托了出来。

她也认出了那个盒子。那是一个灰色的金属盒，配有一个挂锁，是用来存放法律文件的。盒子的一角贴有一张黄色的笑脸。她还记得自己亲手贴上贴纸的那天。那是在明尼阿波利斯的家中、在她父亲的办公桌前发生的事。当时，她跑进房间看望自己伏案已久的父亲，她被她的父亲一把抱了起来。坐在父亲腿上的时候，她萌生了一个念头——她要把那张贴纸贴在他的脸上。这个举动惹得她的父亲大笑起来，他随后把那个带锁的盒子拿到了她的面前。

现在，这个盒子再次出现在她的面前。它来自过去、来自她的童年。她的童年似乎有那么一小段时光是完美的。

她跳下椅子，端着盒子来到餐桌前。她从壁炉里取出拨火棒，砸开了挂锁，然后掀开了铰接的盒盖。

一眼望去，里面似乎没什么特别的东西。一叠马尼拉纸信封，封装的大概是和这栋房产有关的纸质文件。除此之外，信封上面还有一架宝丽来相机和两卷胶卷。虽然拍立得已经淘汰，那种胶卷在典当行和易贝上依旧可以找到。

她总爱管这种相机叫作"连环杀手相机"。众所周知，连环杀手总爱记录自己的罪行。记录受害人的死亡让他们着迷，他们渴望图片的记录和文件的证明。而宝丽来又是反侦察的利器，所以他们总爱使用这种相机。

没有照片就等于不曾发生。

这和普通人喜欢在度假时拍照是一个道理。

她带着逐渐膨胀的不安打开了第一个信封，里面放着一张快照。照片上有一个戴着心形金项链的女孩。

第五十五章

朱迪并没有认出照片中的女孩。她站在一堵布满霉斑的水泥墙前，光着脚，身穿一件浅色印花连衣裙。光从穿着并不能得到任何结论，过去十年间，这种款式的衣服到处都是。照片模糊且昏暗，难以看清她身上是否有受虐的痕迹。

这张照片是在哪里拍的？看起来像是一间地下室，地下室是这间木屋所没有的结构。多年之前，这栋房子还有另外一部分，但在很久之前就被推翻，地下室也被填埋掉了。

她的视线扫过女孩的脖子和手腕。想要看清这张照片，只能靠数字专家的加工和净化了。也许处理过后，这张照片能够透露一些信息。但是朱迪并不需要看到任何的伤痕、淤青或割口。那个女孩的肢体语言已经说明了一切。

她除了嘴角是微笑的形状之外浑身看不出一丁点儿的快乐，肌肉、神经还有双眼都没有。她耷拉着的双肩体现出她的疲惫不堪，四肢的紧绷感是恐惧的表现。她眼神呆滞，朱迪从中读不出一丝情感。

大多数人可能无法轻易看出她的害怕。有些人甚至会觉得这就是一个开心的漂亮女孩。

朱迪需要数字取证小组前来协助。她知道自己不该再碰其他任何东西。但是谁会相信她呢？谁会过来呢？而且很有可能的是，她只是碰巧看到了一张女孩的照片而已。可能只是某人倾慕的对象？也许是个家族秘密，某人的私生子？

不太可能。

朱迪把照片放在项链旁边，然后打开了第二个信封。

又是一个女孩。

这一次，朱迪认出了照片中的人。

奥特塔维娅·杰曼。

她的姿势和前一个女孩类似。光线昏暗，背景同样是水泥砖块砌成的墙面。小姑娘的脸上带着假笑。她光着手臂和双腿，又是一张看不出是否遭受暴力的照片。

但是那双眼睛。

还有她整个身体。她摊开一只手掌，手指蜷缩，就好像正在试图抓住什么。她的指节形状尖锐、轮廓清晰。她的裙摆挡住了另一只手，可是朱迪仍然可以隐约看到她紧握的拳头。她抬头的姿势十分僵硬，就好像她过于紧张，无法顺利摆出一个自然的姿势。

朱迪把照片放在一边，向后靠进自己的座椅，这才松了一口气。尽管奥特塔维娅的照片应该足以把取证组请来这里，但是她还是没有任何确凿的证据。

她继续拆开其余的信封，事情朝坏的方向愈演愈烈。她发现了令人心碎但也是她当下急需的证据——四位遇害女孩的照片以及四条项链。桌上的项链缠在一起，已经堆成一堆。

所有的照片都十分相似，拍摄地点看起来像是一片茂密的林地，这让她猜想藏尸的地点就在离这栋木屋不远的地方。所有的尸体都缠上了透明塑料纸并扔在了同一条沟渠里。她们脸上的塑料纸被扯向一边，以便照片可以清楚地记录下她们的容貌。她们相似的姿势让朱迪有理由相信这些埋葬属于某种仪式，就好像凶手的行为是对她们的表彰和嘉奖。至少从凶手病态、邪恶的思想来看，是这样的。

奥特塔维娅并不在死者的行列。

朱迪的脉搏突然加快。她还活着么？

谁把盒子藏在那里的呢？她的父亲？亚当？还是说，这件事压根和他们就没有关系？

还剩最后一个信封。

这个信封明显最旧，应该在盒底压了很长时间。信封非常平整，但是马尼拉纸已经有些泛黑。当她取出信封的时候，她闻到了一股陈旧的气息，是旧纸张、灰尘和隐蔽空间混杂在一起的味道。

她把信封朝下抖了抖，一叠照片滑到了桌子上面，一共六张。朱迪像占卜师一样将它们一字排开。

不是她预期的东西。

她感觉两眼发黑、大脑轰鸣。她立刻伸手抵住桌面，希望借此止住双手的颤抖。然而这并不管用。颤抖顺着她的手臂蔓延开来，她整个人都止不住地颤抖起来。

那些照片是很久之前拍摄的，准确来说是朱迪八岁的时候。

照片里，她的母亲躺在地上，眼神被死亡吞噬殆尽。每一张照片都充斥着色情感，就好像拍照的人想要彻彻底底地记录下她的身体，一个角度也不放过。

子弹射进她母亲的胸口之后，现场混乱一片。有人撕开了她的衬衫，也许是为了方便急救也许是为了营造出有人试图挽救其生命的假象。她的乳房裸露在外，被暗红色的血痂覆盖，胸口上子弹贯穿的伤口是这场混乱的源头,而她眼中的死寂也同样让人难忘。

现在她终于明白为什么剪贴簿和锁盒被一同藏在了天花板上。凶手习惯将所有受害人的信息都藏在某个特定的地方。

说到头号嫌疑人,朱迪的第一反应是菲利普·施灵。当她发现那本剪贴簿也牵涉其中之后,她更加坚定了自己的想法。但是,任何训练有素的警察都会告诉她她并没有任何确凿的证据。这些物证的确是在施灵的房子里被发现的,但是这并不表示它们就是施灵的东西。

朱迪把那些照片摞成一堆,然后翻到了背面。她无法再多看那些照片,哪怕一眼!那些画面从她的视线中消失之后,她立刻捂住嘴,止不住地大哭起来。她感觉这间木屋藏着好多邪恶的秘密。可是,她对此却无法做出任何防备。

第五十六章

朱迪把所有东西重新整理好。尽管她感到此事刻不容缓，她并没有因此被打乱阵脚。她小心翼翼地把照片放回对应的信封，尤其注意哪些是她碰过的东西，哪些没有碰过的东西，她坚决不去触摸。当所有物品全都重新放进盒子以后，她合上了盒盖，然后将这件毛骨悚然的"纪念品"放进了自己的双肩包，包里还有艾娃给她的鞋盒以及奥特塔维娅的项链。照理说，证据应该原封不动地放在它被发现的地方，但是朱迪不敢冒险。

她试图忽略自己战栗不止的双腿。她大步穿过木屋的正门，走向自己的车。她毁了自己的手机，所以现在她不得不开车去附近报警，接警员随后会通知刑事警察局。这里不属于明尼阿波利斯警局的管辖范围，但是她想让奥尔特加也知道。她希望局长会把这一信息告知尤赖厄。

一分钟后，她沿着小路转过弯，看到她借来的汽车依旧停在那里。就在这时，她突然放慢了步伐，她感觉自己的胃正在下坠，直到她走得足够近的时候，她终于证实了自己的疑虑——汽车的四个轮胎都被割破了。

尤赖厄想起了他们驾车往北前往霍尔特案发现场时朱迪说过的话。凭着直觉，他离开了十号公路，然后把车停在了黑熊站的停车场。走到站内，他向售货员出示了警徽，做了自己介绍，然后举起了自己的手机，屏幕上显示的是朱迪回明尼阿波利斯警局第一天拍的照片。"这个女人最近来过你们店么？"

那个中年白人店员看了照片一眼，然后摇了摇头。"也许之前来过。我七点才开始上班。"

感应门的欢迎铃声响了起来，只见一个深色直发、块头很大的男人走了进来。"嗨，你拿到我的支票了吗？"他对着柜台后面的中年女子问道，"我得还车贷了。"

那个店员打开收银机，然后转头看向尤赖厄。"你应该问问特迪。"说完，她对刚进来的那个男人点头示意。"我的上一班是他。"

尤赖厄给特迪看了朱迪的照片。

"没错，她来过。大概凌晨三点左右。我当时觉得有些奇怪，因为她跑到商店后面的雕刻机那里买了一条项链。通常只有小孩和中学女生会买那种东西。"

柜台后面的那个女人把支票递给了他。他浏览了一遍，然后把它叠好、塞进了自己的钱包里。"她来柜台结账的时候戴上了那条项链。我当时还和她说我喜欢奥特塔维娅这个名字来着。"

"奥特塔维娅？"尤赖厄追问道，"你确定是这个女人么？"他再次举起了自己的手机，好让那个男人再看一遍。

"没错。这么浅的发色很难搞错。而且，她看起来有些冷漠但有股韧劲。我当时还好奇她是不是玩乐队的。"

尤赖厄谢过他的帮助，然后急匆匆地回到车里。冲出停车场的同时，他重新打开了 GPS 的导航。

第五十七章

背包的两根肩带死死地勒着朱迪的肩膀。她双手握住肩带，钻进了木屋附近的那片林地。她全力冲向公路，频频低头躲闪树枝的阻挠，跃过凸起的岩石和倒下的小树，她希望借此甩开那个戳破轮胎的人。突然，她停了下来，她在确认是否有人尾随。当她准备再次起步的时候，远处突然传来一阵树叶的摩擦声，紧接着又是一串爆裂声。

住在城市里的人们通常会将枪声误以为成鞭炮声。刚刚的声音的确相像，但是要响得多，是三连发。

人脑对这类状况的反应真的很奇怪。即使她感到一股灸热的疼痛正在撕扯自己的肩膀，即使她感到滚烫的鲜血正沿着自己的胳膊往下泄，她发觉自己依旧在想：为什么有人会将烟火浪费在这么一个大晴天呢？她觉得自己太荒唐了。即使面对铁定的事实，她的大脑依旧拒绝接受她在潜意识里认定为不可能发生的行为。可是片刻之后，她的大脑终于敲定了事实——有人想要她死。

她迈起步子，飞速穿过成片的低矮树苗，试图找到最佳的掩护位置。树枝的折断声一直尾随着她的脚步，她顺着一条斜坡滑了下去，坡上密布的沙棘撕扯她的裤子，刮伤了她的手臂和双腿，和那些女孩的遭遇一模一样。她的靴子落到地面时发出了沉闷的撞击声。现在，她落到了一条浅沟里。她跛着腿，恍惚了一秒，仅仅一秒，然后立刻躲到一棵大树后面。她背倚着树干，在疼痛的折磨下，紧闭双眼。

也许是她的粗喘，也许是她脑中的混乱，周遭的动静完全没有引起她的注意，她完全没有意识到有人正在接近。突然，有人喊出了她的名字。她立刻认出了那人的声音，即使上一次听到那声音已经是很多年前的事了，但是，他念"朱迪"两个字的方式总是很有特点，带有一种嘲笑和轻蔑的语气。

她睁开眼睛，眨了几下，眼前的画面才逐渐清晰起来。她的哥哥正站在她的面前，手里举着枪。

"你怎么知道我在这里？"她这次行动十分谨慎。

"你老板，对了，我应该说——你以前的老板提醒了我们，她说你可能会去州长家。"他解释道，"但是当我听说你被标记为涉案人员的时候，我立刻联系了我在警局的线人，他说你一直在调查萝拉·霍尔特被抛尸的地方。从这点不难推测你很有可能会来这里。"

鲜血从她的指尖滑落，滴在靴子上，然后向四周溅开。她感觉双眼发黑、视线开始恍惚不定。亚当，这怎么可能？"你杀了那些女孩！？"她为何从未对他起过疑心？因为她一口咬定的是自己的父亲，这就是原因。萝拉·霍尔特的死也是亚当干的吗？黛利拉·迈斯特斯呢？奥特塔维娅呢？

"我犯了太多错。"他冷冷地说道。

起初朱迪以为他在忏悔，但事实并不是这样……

"从一开始，我就应该直接了断你的。"

了断。"我……我的绑架是……你……一手策划的？"朱迪对他从未有过称赞，但是她怎么也没想到自己那几年生不如死的经历竟然是他一手策划的。

"我知道伊恩·考德威尔手上有我的把柄,"他似乎希望朱迪理清这件事的来龙去脉,他向朱迪描述了那个记者如何向他炫耀、如何威胁他会把证据交给朱迪。那一刻,亚当起了杀心。"我原本打算把你和考德威尔都给解决掉,但是王想出了绑架的主意。"

"王?"

"我的线人。没有他,我怎么能肯定你逃出来以后对我们有没有威胁呢?王向我保证你不记得任何有关考德威尔的事了。"

没等她缓过神,亚当一并解开了剩下的谜团:斩首事件是他干的,他希望借此警告朱迪和那些女孩;朱迪在巷子里遇袭是他和三个同伙一起干的。他似乎对一切都非常满意,但是他还是搞砸了其中一件事——对萝拉·霍尔特尸体的处理。

朱迪绞尽脑汁想要找到一个自救的办法。如果她就地倒下,然后假装晕倒,或许她能够趁机夺下他的武器,逆转被动的局面。事不宜迟,她一手抵住树干,勉强将重心移回双脚,然后朝前走了一步。对此,他似乎并无察觉。"那我妈呢?"她必须得知道那天在树林里到底发生了什么事!"你为什么要杀她?!"

"那是意外!"他的脸因痛苦而过度扭曲,看起来竟有几分滑稽。

"我不信……我看过那些照片……"她的声音越来越小,言语间满是哀求。他打算杀了她,所以告诉她真相又有什么关系呢?"我需要真相。"

"你不会明白的!"

"你说的对,可能我永远都不会明白。"她并没有就此打住。"你是怎么拿到那本剪贴簿的?"

"埃里克给我的。他认为我们可能需要它。"

"施灵知道我妈去世的真相吗？他知道那些女孩的事吗？"

这时，树林里传来一些动静，他们俩一齐转过头，只见尤赖厄·阿什比扒开灌木，从密布的树木间走了出来。他举着枪，西装革履的模样看起来十分突兀。显然，全世界都知道她的行踪，那几声枪响更是给了尤赖厄准确的定位。

朱迪立刻将注意力移回眼前的对峙。她在训练中模拟过类似的场景，尤赖厄很可能也是。甚至有可能，他是带着训练中的思路现身对峙现场的。当第二位警察出现在了高度紧张的警匪对峙现场，他要做的就是尽可能持久地分散歹徒的注意力，为第一位警察争夺足够的行动时间。训练的意义在于让你的下一步行动深深地印刻在你的肌肉里，以至于你可以不假思索地采取行动。但是鉴于朱迪现在的身体状态，她没有信心完成接下来的一系列步骤。

亚当的反应完全处于他们的意料之内：他转向尤赖厄，手枪跟随他的转身也一并对准了眼前这个男人。

朱迪来不及犹豫，一心想着接下来的操作。她使出全身力气甩腿踢向亚当，她的靴子狠狠地撞上他的大腿。亚当应声跪倒的同时扣响了半自动手枪的扳机，朝尤赖厄的方向一波连发。枪声在整片树林里回荡起来，弹壳在地上弹跳，火药味在空气中扑散。

混乱之中，根本难以辨认尤赖厄是否也开了枪。不过，亚当直直地跪倒在地，几秒之后，他一头栽进了树叶堆里。

尤赖厄毫发无损。他一个箭步冲向亚当，一脚踢开了他手中的枪，亚当躺在地上一动不动。就在手枪划过泥土的时候，朱迪瘫了下去。痛感已经逐渐模糊，倒下去的同时她的视线依旧朝着那两个男人的方向。

"他死了吗?"她喘着粗气。奥特塔维娅。我没有问他奥特塔维娅的下落。

尤赖厄将亚当翻过身。一摊混杂着泥土的鲜血出现在了他的眼前。他检查了亚当的脉搏,又撕开了他的衬衫——子弹击中了他的胸口。

这是怎样的巧合!朱迪感慨万千。亚当在同一片森林、被以同样的方式夺取了生命。这就是所谓的因果循环么?

尤赖厄长舒一口气。"好吧。"她能够看出尤赖厄已经开始质疑自己的举动了,他不确定自己是否开枪过早。

"你没有别的选择。"她设法安慰道。"不是他死就是你亡。"

"我知道。"但是,他依旧无法打消自己的质疑。

在和亚当对峙的过程中,她的双肩包无意间落到了地上。她拖着脚步艰难地走到背包前面,提起背包,一只手将它搂进怀里。她感觉两眼突然模糊得厉害,整个人轰得一下向后倒了下去。"今天的天真的特别蓝。明尼苏达的天难道不是最蓝的吗?"

尤赖厄从亚当的尸体旁边走过来,蹲在她的身边。他举起一根手指,试图松开自己的领结。

"我不敢相信你竟然打扮成这样出现在这里。"她打趣地说道。

他只是冷冷地笑了笑。"包里装着什么东西?"

"能让你大吃一惊的证据。"

"你没有必要抓得那么紧。我觉得它不会长腿溜走。"

随后,她松开了背包。"奥特塔维娅可能还活着。"

如果他们知道遇害女孩被埋的位置和那些照片的拍摄地点就好了。那堵水泥墙让朱迪怀疑囚禁和行凶的地点并不在这附近,这里也许仅仅是掩埋尸体的地方,但是彻底搜查这一带依旧是必须完成的任务。"你得叫搜查队来这里。现在就叫。"他们正在逐步理清刚刚发生的一切可能带来的所有后果。如果他们找不到奥特塔维娅,如果她并不在这附近,那么亚当的死就意味着这个世界上再也没有人知道她在哪儿。

领结解开后,尤赖厄把缠在衣领上的领带松了松。"来看一看你的胳膊。"

"我觉得我不想看它。"

尤赖厄卷起朱迪T恤的袖口。朱迪没有看自己的手臂,而是抬头望着尤赖厄的脸。他的表情有些紧张。由于精神过于集中,他一直紧锁眉头。他的表情迟迟没有缓和,朱迪的理解是情况或许不容乐观。

"会有点疼。子弹还在里面。"说完,他用领带缠住她的手臂,然后打了个结。其间,她的呼吸明显变得急促起来。

伤口包扎完毕以后,她仰起头向后躺了下去。她希望那股灼心的痛感可以逐渐消退,但事实是它并没有。她曾经一直好奇枪伤的感觉。现在她完全明白了,就像一根烧红了的拨火棍在你的身体里不停地搅动。

尤赖厄对着手机简述了事情的经过和这里的具体位置,然后申请搜索队立刻前来这里。挂断电话后,他把手机塞回了口袋。"走,我们现在去医院。"

她把头转向一侧。亚当也正"盯着"那片让她赞叹不已的蓝天。"他怎么办?"

"让他待在这里。你觉得你能走路吗?我猜我背得动你,但是我真的不太愿意。"

他的话很有趣。

"你刚刚是笑了吗?"

她笑了吗?

他伸出一只手握住了朱迪未受伤的那只手,另一只手扶着她的背,小心地引导她站起来。朱迪直起身子后停顿了片刻,她在等待大地不再晃动。

"可以吗?"他言语中带着关切。

她点点头。

尤赖厄一只手环抱着她,正准备离开这个地方时,她说道:"等一下。那些证据。"

尤赖厄抓着一根包带,把包挎到了肩膀上。

"你为什么会来这里?"朱迪问道,她的口齿有些含糊不清。

"因为艾娃·杰曼。"

"我真以为她是个能够保守秘密的人。"

"是我太有说服力了。"

他们回到了尤赖厄的车里。鲜血滴到座位上的时候,朱迪似乎咕哝了些什么。尤赖厄告诉她没关系,因为他会把清洗账单发给她的。

他们在车内坐好,汽车顺着马路开动起来。即使他言语之中带着打趣的嘲笑,他开车的状态依旧反映出了情况的紧急。每当她开始打盹儿的时候,他便立刻找她聊天,有时候语气平静,有时候却明显慌乱。"我们马上就要到了。"他不止一次地说道。朱迪十分好奇他口中的"就要到了"指的是什么地方,但是她感觉自己的意志过于模糊,根本没有力气开口提问。肯定不是明尼阿波利斯,她心想。那儿实在是太远了。

她眨着眼睛,竭力保持清醒,其间,她一直紧盯方向盘上那双被鲜血染红的手。

她想要谈谈那些遇害的女孩、那些失踪的女孩、奥特塔维娅、那些项链还有那叠照片、她的母亲以及她的推测，但是她实在是太累了。

汽车呲地一声停了下来，朱迪一侧的车门被迅速拉开，一张轮床和一群穿着桃红色手术衣、挂着黑色听诊器的医护人员出现在了车门外面。蓝蓝的天空变成了刺眼的荧光灯，开阔的场地竖起了绿色的墙壁。

她知道她不该关心这些事儿，至少现在不该。但是，一股满足感正在她的心中生根发芽。她的意识非常清醒。

第五十八章

"你的组织和肌肉均出现了不同程度的损伤,但是经过一定时间的休整,你会痊愈的。"一位年轻的医生告诉朱迪,"我不确定你的手臂能不能完全恢复到原来的状态,但是,听着,你至少挺过来了,对不对?"他冲着朱迪笑了笑。

距离尤赖厄把她送进急诊室已经过了整整一晚,太阳刚升起不久。尤赖厄带她去的地方是利特尔福尔斯。这家医院看起来不错,医生们看起来都很棒。是一群名副其实的年轻医生。

"我看过你的新闻。"那位年轻医生接着说。如果她判断无误,这位医生似乎对她颇有好感。她估计这群医生没见过多少女人,因为哪个女人会赶到这一大片冰雪封冻的苔原深处来看病?好吧,她只是开个玩笑。利特尔福尔斯当然有女人,漂亮的女人不在少数。此刻站在病房门口那个护士就是其中之一,她手里拿着垫板,正在填写朱迪的出院记录表。

她被告知有一名警察正在外面等她,会将她送回明尼阿波利斯。就在几分钟前,她看到一则实况新闻,菲利普·施灵站在木屋前接受了访问,他表示将全力配合执法部门的调查。

"首先，我是一名父亲。尽管亚当·施灵犯下了滔天罪行，残害了一群无辜少女，但我也永远失去了我的儿子，如果我说自己一点儿也不心痛，那肯定是假的。"他说，"但是，另一方面来看，我心中的石头终于卸下来了，我们的街道又恢复了往日的安定。"

朱迪估计大众的同情心很可能会帮助他赢得议员资格。新闻主持人已经多次指出州长对最近发生的一系列事件的处理十分得当，其中包括他与自己女儿的对峙。近来外界对他子女的讨伐声不断，称他们为"罪恶的种子"。尤赖厄因侦破该案得到嘉奖，朱迪的父亲也曾提及女儿的这个搭档，准确来说是前搭档。他表示：尤赖厄让他印象深刻，他在这起家事中实际拯救的是两个人。"……他还拯救了我的女儿，不论发生什么事，我对她的爱永远不会改变。"州长曾公开说道。

她应该自责，不是么？她怀疑自己的父亲怀疑了那么久……

没错。

但是她也许会在这一切结束之后再好好地自我检讨一番。她打算立刻返回木屋。现在，调查队应该正在那里开展行动。在和尤赖厄的上一通电话里，朱迪听说警局正在筹划对那片区域进行网格搜索，志愿者们正在赶去该地区的路上。

在医生离开病房、护士签完手续后，朱迪立刻走出病房，径直朝那位女警官走去。她说："计划有变，我打算立刻前往犯罪现场。"

那位面容友善的女警官将手搭在自己的腰带上，思考着朱迪的计划。从她衬衣的平整度来看，很明显她穿了防弹背心。防弹背心是某些警察的日常必备，但也有些警察不会每天都穿。她可能觉得和朱迪共处几个小时是一件非常危险的事，她也有可能是想确保自己每天都可以按时回家迎接自己的孩子，当然，前提是她有孩子。

"如果你不送我去，那我就搭顺风车过去。"朱迪告诉她，"我可以明确地告诉你，后一种方案并不是个好主意，因为我的枪伤还没痊愈。"说完，她低头看了看套在肩上的灰蓝色悬带。搭顺风车可能只是她随口一说，但如果她接下来的租车方案遭遇挫败，她可能会考虑那个方案。

女警官很是精通察言观色。

她上报了朱迪的新计划后将朱迪载到了犯罪现场。朱迪在州长屋子的入口处下了车。黄色的警戒线早已将这一块重重围住。

朱迪下车后对驾驶座上的女警表示了感谢，然后径直走向了路障旁身穿制服的警察。朱迪向他们做了自我介绍，虽然他们的表情表明他们知道她是谁，但是仅凭这一点是不足以得到放行的。

"谁都不能进去。"其中一位警员说道。

"你问问阿什比警官，"朱迪答道，"他会批准的。"

那位警员打完电话后不久，尤赖厄就来到了现场。他的急刹车扬起一阵尘土。他快速熄掉火，从车里冲出来，大步走向朱迪。他两只手前后摆动，看起来活生生一位发怒的家长。他的头发比平常更加卷也更加乱，看起来经历了不少的风吹雨淋。他需要刮一刮胡子，再换一套衣服。他仍然穿着那件沾满鲜血的白色衬衫。

"你现在应该在回明尼阿波利斯的路上。而且……"他凑近了些，以免那些警察听到。"……你已经不在警局工作了。"

"那你呢？这里不属于你的管辖范围。"

"州立警局实地行动组请求我协助调查。而且他们需要一个能带领他们找到亚当·施灵的人。"

"即使我已经很多年没在这里生活过了，但我依旧可能是最熟悉这里的人。"她的语调逐渐走低，"我或许能够帮上忙。"

他看了看她的绷带。"你的胳膊怎么样了?"

"疼。很疼。但是昨晚的止痛药药效过后,我感觉自己清醒了很多。"

这时,木屋所在的方向出现了一辆黑色的凯迪拉克。那辆车从他们身边驶过,然后向公路的方向驶去。

"是我父亲。"朱迪说话的同时那位"焦点人物"的车在检查站旁停了下来。车窗拉开时,警卫向窗边凑近了些。他脸上挂满笑容,短暂交流后,他将道路中间的木质路障移向一边。

州长神情憔悴、向那群警员点头示意后便开车离开了。幸好,他并没打算在这儿多留一会儿。

"佩服佩服。"尤赖厄望着汽车尾灯和车后扬起的一串尘土。"他竟然自己开车。"这时,他好像突然想起了什么,伸手从口袋里掏出了手机。他点了点手机屏幕,冷冷地说了句:"你好。"他听着电话那头的人滔滔不绝地说话,他的表情发生了奇怪的变化,看起来既怀疑又恐惧。这是朱迪第一次无从揣测到底发生了什么事。

"奥特塔维娅?"尤赖厄把手机塞回口袋的时候,她兴冲冲地问道。

他瞥了那群警察一眼,视线随后回到了朱迪的脸上,"我们借一步说话。"

他们并肩走向尤赖厄的车。尤赖厄扶她坐进副驾驶,然后合上了车门。在方向盘后坐定之后,他用曲柄发动了汽车引擎,完成三点转向后立刻沿着那条尘土飞扬的小路向施灵的木屋开去。

"他说什么?"朱迪这才问道。

"他们在离木屋半英里的地方发现了一个地窖。他们觉得这个地方可能藏着一些东西。"

她挺直了身子。"有人进去了吗?"

"没有,上面叫他们在外部待命。他们正在讨论处理方案。"尤赖厄看了朱迪一眼,她的神情非常紧张。"里面可能什么也没有,也有可能是让人永生难忘的东西。那里可能就是亚当用来杀人的地方。当然这只是我的猜想。"

还有一种可能——那里是他拍摄照片并囚禁女孩的地方。

第五十九章

他们将车停在通向木屋的土路上，在实地行动组组长马克·舒尔茨少校的带领下，走进了一片浓密的桦树松树混合林。这里的树木展现出一股放肆又疯狂的生命力，树枝和树枝纠缠在一起，在他们周围结成一片。几分钟之后，他们终于走到了这片树林的尽头，树枝在他们周围逐渐打开，一块齐膝的草地出现在了他们的视线之中。

"我记得那些苹果树。"朱迪说道，"这里曾经有一栋房子，但是根本没人住，房梁全都烂了，屋顶也塌了。我母亲担心房子会砸伤人，索性就它给推倒了。"

草地的一侧聚集着一圈警察。

"我们找到一个看起来像酒窖和地堡的地方。"舒尔茨指着那边说，"就在那个斜坡后面。那边的草地上有汽车通行的痕迹，不过不是很深。"

"最近的？"尤赖厄问道。

"没错，但是，不幸的是有些过于'热情'的搜查员在那块区域封锁之前开车轧过那儿。"

他们跟随少校来到一块土墩前，这种土墩通常是地窖入口的标志。以前，这种地窖主要用于储存水果和蔬菜。地面上有一小截石头台阶，台阶通向地窖的入口。台阶的尽头，一位警员正在尝试用断线钳打开地窖的大门。

在尤赖厄和朱迪的注视下，那只断线钳完成了使命，然后被扔在了一边。随后，门锁被摘了下来。几名警员纷纷举起武器走到了地窖的门前，那个剪断门锁的人推开大门。几乎就在同时，他本能地向后一缩，立刻用手捂住了口鼻，慌乱中差点失去了平衡。

那股气味飘向了朱迪和尤赖厄所在的位置，朱迪闻到后立刻辨别出那种味道——那是很长时间没有清洗过的身体散发出的味道。是粪便、尿液和腐烂的食物混杂在一起的味道。

尤赖厄跟在她身后穿过那群愣在门口的男男女女。那位没敢进去的警察伸手拦住了他们。

"让他们进去。"站在楼梯井上方的舒尔茨少校立刻说道。

听到指令后，那人垂下手臂。

朱迪没有将视线从漆黑的地洞中移开。"我需要光。"

有人立刻递来一把手电筒。

她一只手接过手电筒，用大拇指推开开关，然后用光线扫视了一圈。地窖并不大，她快速检查了这里的状况。"没人在这儿。"她低头走进地窖的深处，看到了水泥浇筑的墙面、泥土地面以及低矮的木质天花板。地窖里还有一些别的东西，例如地上的床垫、提灯、用来代替厕所的无盖水桶以及她脚边一团团被揉皱的垃圾食品外包装。

她举起手电，顺着其中一面墙由上而下移动。这里有一垛书，堆叠的高度与天花板齐平，每一本都是同样大小，摆放的方向都是书脊朝外。

尤赖厄在她的身边戴上黑色的取证手套后，又递给她一双。他从朱迪手中接过手电筒，方便她戴上手套。由于她的臂伤，戴手套的过程依旧显得十分尴尬。其间，尤赖厄小心翼翼地从书堆顶端取下一本。他打开之后，神情颇为惊讶。"这是一本日记。"

朱迪环顾四周后补充道："我猜这些都是日记。"

"这里有签名。"尤赖厄突然愣住。"奥特塔维娅。"

她发现床上有一本单独的书。她用戴着手套的手将它拿起，然后直接翻到了最后一则日记。

尤赖厄将灯光打到页面上，他们一同阅读了奥特塔维娅的记录：昨天我听到了类似烟火的声音。我不知道昨天是不是国庆节。

"她听到了昨天的枪声。"朱迪抬头看向尤赖厄，"也就是说她今天还活着。"

第六十章

尤赖厄陷入沉思之中。他可能正在尝试理清思路。

"亚当没有转移她。"朱迪尝试将真相逐步还原出来,"也就是说,亚当中枪的时候奥特塔维娅还在这里。"

他抬起头,双手依旧托着刚刚的日记本,脸上写满了疑惑。

"刚才我父亲开车离开这儿的时候,车里可能还有别人。"也许他一直都知道亚当绑架、杀害女孩的事。"这可能就是他选择来木屋发表声明的原因。"她语速越来越快。"他来这里不是为了给新闻发布会找一个最佳的召开场所,而是为了掩盖真相以求自保。"

尤赖厄终于跟上了她的思路。"这狗娘养的!他当时无论如何都得回来一趟。"

"没错。他想在我们找到奥特塔维娅之前将她转移。"

尤赖厄迈着步子,气冲冲地往外走去。走出地窖后,他将日记本递给了一名犯罪现场组的工作人员,然后把他们的猜想统统告诉了舒尔茨少校。

"你们是说这背后的元凶是州长?"舒尔茨狐疑地打量着一旁的朱迪。

又来了：那种眼神，她再熟悉不过了。他十分清楚她的过去，很可能也知道她最近被凶案组除名的消息。那种事情让他难以信任眼前这位女子。

"如果你们判断错了，那我的工作也就丢了。"他说道，"我得考虑考虑我的老婆和几个孩子。"

"反正你都得冒险，不是你的工作就是一条人命。"朱迪冲着他说道，"如果换作是我，这选择一点儿也不难。"

犯罪现场组的专家打断了他们的对话。"这个，你们得看一下。"她举起尤赖厄刚刚递给她的日记。日记本非常平整，她用戴着手套的手指指向其中一段。

所有人都凑向前，安静地阅读起来。

我的天呐，他很老！他真的很老！比我爸年纪还大。但我一点儿也不在乎！我是不是病得很重？对我来说，那个绑架我、强迫我和他发生关系的男人是谁根本就不重要，何况那个人是明尼苏达州的州长！这难道不棒吗？我觉得我越来越爱他了。

罪魁祸首不是亚当，而是他的父亲。

朱迪想起昨天自己同哥哥之间的对话。他对萝拉·霍尔特和伊恩·考德威尔的死进行了一番吹嘘，但是并没有供出其他的凶手。这样看来，她好像从未错怪自己的父亲。但是此刻，她反而希望是自己搞错了。

得知他的罪行给她带来了一种难以言喻的冲击。这么多年，她预感和猜测的一切最终得到了证实。亚当坦白后的几个小时里，她对自己感到无比失望，因为她浪费了那么多年的时间误解、错怪、对抗自己的亲生父亲。紧接着，她意识到自己终于可以放下过去，也许还可以重拾父女关系。她甚至想象过和父亲共进晚餐、叙旧、唠嗑、相互扶持的场景，像真正的父女一样生活。

舒尔茨对着肩上的对讲机疾呼："我们需要发布一则全境通告。"听到那头的应答后，他继续说："全境通告？通告明尼苏达州州长。"停顿片刻后，他又说道，"没错，就是州长。"

他又打了几通电话，明尼苏达州所有的巡逻队都接到了通知。

"一有消息麻烦立刻联系我们。"尤赖厄说完便同朱迪一起跑向他的汽车。

"你需要一把武器。"尤赖厄拉开后备箱，打开一个扁平的黑色箱子。朱迪发现了一把格洛克 17，这和她之前被没收的那把非常相似。她取出那把枪，又拿出一盒子弹。尤赖厄随后关上后备箱，两人快速坐进车。正当他们系上安全带的时候，刚刚启动的全境通告已经在车上的移动数据显示屏上滚动了起来。

"我们怎么也赶不上的。"朱迪说道，"他已经开了十五分钟了。"

汽车颠簸着沿小路飞驰，不时碰撞着公路两侧的平行砖路。其间，朱迪紧盯着电脑屏幕，不放过任何新的进展。

全境通告发布几分钟后便传来了一条消息。那辆黑色的凯迪拉克正在十号公路上由北向南行驶，目的地应该是明尼阿波利斯。

他们决定在十号公路向南方向汇合。朱迪打开警灯，但是并没有同时打开警报器。这时，尤赖厄猛踩一脚油门，把车速拉到了九十迈。

"州立警察正在秘密追击。"她紧盯着屏幕，"圣克劳德派出了一架直升机。"

尤赖厄紧盯前方的路面，单手从口袋里掏出自己的手机，递向朱迪。"联系少校，让他们追踪施灵，但是不要公开追击，不要打开警灯和警报器。"

朱迪拨通电话，传达完尤赖厄的指示后，又补充道："我们不能赌上奥特塔维娅的性命。她很可能就在车里,不要贸然行动,不要刺激他。还有,少校?我想参加抓捕行动。他可能会愿意和我说话。"

"我们会给你单独逼近的机会,但如果我们行踪暴露或者他突然加速,那这个方案就立刻中止,我们会立刻采取精准截停方案。还有,现在是周末过后的回城高峰,路况十分拥堵。我们在州长即将经过的路段安插了大量巡警,看看能否控制住车流的速度。"

说完,他们挂断了电话。

三十分钟后,少校来电称他们打算打开警报器。"直升机已经锁定目标,我们准备封锁公路。"他给了朱迪汇合和逮捕行动展开的坐标。

朱迪把坐标信息给了尤赖厄。驶上十号公路之后,尤赖厄一路紧追。五分钟后,他们隐约听到了警报器的声音。他们继续向前的同时明显感到车流速度的快速下滑。

这是条双车道公路,道路两侧有宽敞的砾石路肩。在后视镜里注意到他们的司机纷纷让到一边,扬起一片尘土。最前方有警车的灯光在闪烁,正上方有直升机的螺旋桨在旋转。朱迪打开警报器,更多的车辆做出了回应,他们或向左或向右,让出了一条空路。

又过了五分钟,这里的车流完全堵死,私家车和警车都一样。实在无路可走,尤赖厄和朱迪只得下车朝车灯闪烁的地方跑了过去。

那辆黑色的凯迪拉克被警车重重包围,一架直升机在上空盘旋。就在这时,驾驶座一侧的车门被猛地推开,州长从车里走了出来,奥特塔维娅并不在他的身边。

他半路丢下了奥特塔维娅?还是她被藏在了后备箱里?她还活着吗?

朱迪掏出武器,脱下手臂上的悬带,用受伤的手支撑起持枪的手。她完全忘了手臂的疼痛，大步朝她的父亲走去。全程，她的枪口瞄准他的胸口，随时准备开火。

"朱迪。"尤赖厄连忙跟上去，提醒她不要开火。他本该站在警车后面，用车身作为掩护。

"快回去。"她命令道。

"不要开枪。"尤赖厄重复了一遍，"他可能是唯一一个知道那女孩下落的人了。"

她听到身后传来的脚步声，知道尤赖厄此时也举着枪。她并没有从州长身上移开视线。"举起手！"她大叫一声。

州长完全不听她的指令，绕到汽车后面，拉开后备箱。他将一个年轻女子从里面拖了出来，其间一直用枪指着她的太阳穴。

他们本该抓准时机直接冲过去的。

"是她！"朱迪惊呼道，"奥特塔维娅！"

她被塞住了嘴巴，双手被绑在身后，全身上下只穿了一件肮脏的白色T恤，内衣、内裤、鞋子统统没有。她并不是典型的骨瘦如柴，她的手臂和双腿很细，肚子却很大，看起来更像是营养不良。她的长发乱成一团，即使距离很远，朱迪依旧可以闻到那种由于长期没有清洗而产生的恶臭。

州长把女孩拽到他的胸前，一只胳膊扼住她的喉咙。迎面的阳光迫使她眯起眼睛。"让所有人离开，不然我就杀了她！就在这里！就是现在！"

"退后！退后！"听到号令之后，警员纷纷向后撤退，唯独朱迪一人没有移动。无论怎样，施灵都没有什么可输的了。如果他成功带着奥特塔维娅离开了这里，那么她极有可能在一个小时之内就遭遇毒手。

朱迪感到鲜血正从胳膊上的伤口里往外渗，流到腋下，滑过腹部，滴在牛仔裤的腰带上。但是，她没有感到一丝的疼痛。她和奥特塔维娅用眼神进行了交流。她可以读懂那些眼神，因为她曾经也带着同样的思维方式生活过。她不会害怕，对她来说，害怕是一种丢失已久的本能。

朱迪用极其微小的幅度向右摇了摇头。

奥特塔维娅看懂了！她看懂了！她们正在交流！

就在女孩躲闪的一刹那朱迪叩响了扳机，子弹正中菲利普·施灵的眉心。他像石头一样立刻坠倒在地，手中的枪也咔嚓一声撞上了柏油路面。

朱迪并没有回想自己到底做了什么——女儿杀了自己的亲生父亲。她会好好想一想，但不是现在。之后，她会感到伤心，不是为父亲和哥哥的死，而是为他们之间从未有过真情。

她把武器塞回自己的腰间，朝地上的男人和站在一旁的年轻女子走去。同时走近的还有一位手拿毛毯的长官。朱迪从那位长官手中接过毛毯。

周遭的动静似乎丝毫没有引起奥特塔维娅的注意。她站在那里，呆呆地盯着脚边已经断气的男人。朱迪故作镇定地喊了喊她的名字，然后帮她取出了嘴里的布条，又解开了她手腕上的麻绳。这时，她才将视线从那具尸体上移开，投射到朱迪的身上。

"你冷吗?"朱迪抖开毛毯，向她递了过去。

那个年轻女子似乎也在问自己同样的问题，她不知道自己到底是冷还是不冷。朱迪将毛毯轻轻地披在奥特塔维娅的肩膀上，然后从口袋里掏出尤赖厄的手机。

"你在流血。"奥特塔维娅的语气里没有一丝生气。

朱迪看着鲜血滴到自己的靴子上。她感到眩晕，她不知道自己还能撑多久。她用手指在手机的虚拟键盘上戳了几下,快速检索之后,她要找的号码出现在了屏幕上,她点击了"拨打",然后把手机举到自己的耳边。电话接通后,她立马说道:"我找到了一个人,我觉得你可能想和她说说话。"

她把手机递给了奥特塔维娅。"你的妈妈。"

在她局促不安地举起电话时,她脸上的茫然也在逐渐涣散。"妈?"她颤抖的声线中充满迟疑。

从度日如年到度年如日。奥特塔维娅在"监狱"中已经待了三年多的时间。今天,她像往常一样记录自己的感想,心中没有一丝期盼。她当然不会知道就在这天,一切都会变得不同。

朱迪看到一架来自亨内平县医疗中心的直升机降落在了草地中央。她感到一只手托着她的背,她抬头看到尤赖厄正在说话的嘴以及他指向那架飞机的手。一名医生正站在直升机敞开的门旁,挥手示意他们过去。过了几秒,朱迪才意识到那位医生希望她们俩一起过去,奥特塔维娅和她。

两名伤员。

尤赖厄扶着她走向飞机,另一位警员从奥特塔维娅手中接过电话又继续说了几句,他很有可能在告知艾娃他们接下来的行程。

医护人员将她们固定在轮床上,然后推进了机舱,其间还不断地低头与她们交流。某一刻,朱迪望向窗外,她发现地面正在快速下沉。尤赖厄站在那里,抬头目送她们离开,他的衣服紧贴身体,头发随巨大的气流摆动不停。

当一位医生把留置针插入朱迪的手背时,她转过头看了看走廊另一侧的奥特塔维娅。看到她并无大碍后,朱迪长舒一口气,然后闭上了眼睛。

第六十一章

"我跟你说,这肯定管用。"尤赖厄说。

朱迪瞥了他一眼,脸上写满了怀疑。"我觉得不靠谱。"

"人要有信心。"

他们站在朱迪公寓楼的楼顶,盯着一旁大树上那只也在看着他们的猫。朱迪背靠空调外机坐在一旁,尤赖厄趴在地上。他手里拽着一根长绳,长绳的一端系在一根木棍上,木棍撑着一个洗衣篮,洗衣篮的下面放着一罐开口的猫粮。

威尔·塞巴斯蒂安不再是公寓的楼管。他承认自己常在朱迪睡着之后偷偷潜入其公寓。新任楼管看起来谦和老实,但愿他不是个坏人。而格兰特·王对自己的罪行供认不讳,他承认曾参与策划朱迪绑架案、销毁犯罪线索以及制造虚假证据。他希望借虚假证据引导警方以迷恋为唯一动机迅速结案。那么王真正的动机又是什么呢?钱,可能还有官职。他希望自己有朝一日可以晋升为警察局长。朱迪拒绝过王,因此她怀疑王从未原谅过她。她甚至在想王选择萨拉查作案是不是就是看中了他那出了名的残忍性格。她希望事实并非如此。

"这个办法是你在卡通片里学到的,对吗?"朱迪问道。

"没错,而且我试验过。你绝对猜不到我用这个方法逮到过多少只猫。"

"我还是觉得应该用捕兽器。我可以从动物保护协会借一个过来。"

"然后错过一个这么好玩的法子?"

"这上面太热了,沥青纸都快化了。"

"这就像一场冒险。"

"那个篮子把它罩住的时候,我是说如果能成功罩住的话,它会吓得立刻推翻篮子,然后四处乱蹿,最终的结果就是我再也别想再见它一眼。"

"它推不开篮子的,因为你得在那之前冲上去,按住篮子。只要我们准备好,保持高度警惕,就不会失手。"

"如果我们真的抓着它了,我反而会不好受。"

"你之前告诉我你不好受的原因是它正变得越来越瘦。"

"那也是原因之一。"

"我们现在在做正确的事。它年纪不大,但是它的牙齿可能并不健康,也许它身上还有打架时留下的伤口和伤口恶化形成的脓肿。我们得带它去做个全面检查。"

"然后呢?"

"这栋公寓允许养猫,对吗?"

"我还没做好养宠物的准备。"

尤赖厄撑起手肘、垂下手腕,始终保持那根长绳处于松弛状态。他转头看向朱迪。"养宠物对你有好处。"

自他们救出奥特塔维娅·杰曼已经过去一周的时间了,那个女孩在病床上发表了声明,称自己曾多次参加州长官邸的派对,派对上还有一群同她年纪相仿的少女。那些充斥着毒品的派对很可能是菲利普·施灵物色受害人的途径之一。

所有前去参加派对的人都必须签署一份似乎相当正式的保密协议，承诺不会泄露州长府邸内发生的任何事情。她们中的大多数对自己能够参加这种刺激且私密的成人俱乐部都感到无比荣幸。但是当施灵父子的行为被曝光之后，很多女孩主动站了出来，黛利拉的死亡谜团很快就解开了。黛利拉遇害那晚经历了极度的恐慌。她全身赤裸、尖叫着拼命逃出州长的住所。亚当·施灵立刻抓住了她，将她拖回泳池，按在水底，让她永远地安静了下来。可怜的萝拉·霍尔特是目击者之一。亚当肯定认为在口袋里塞满石头的做法在凯瑟琳·纳尔逊身上起了作用，这次也一定能奏效。

对州长名下的木屋进行了一番彻查之后，四具女尸相继被挖了出来，她们被埋的地方都不深，而且正是那些照片上的女孩，其中一位是艾娃所在的失踪儿童组织里另一位成员的女儿，一位是在娜塔莉·施灵去世前不久失踪的十三岁少女霍普·蒂玛尔斯，另外两具尸首身份尚不明确。警方还在距离地窖不远的地方挖出了一个胎儿。难以想象可怜的奥特塔维娅到底经历了怎样的恐惧。

与木屋以及周边地区的搜查行动同时展开的还有针对州长的任职调查。不幸的是，自朱迪的哥哥和父亲相继死亡后，她再也不可能清楚地知道母亲去世那晚到底发生了什么。项链为什么会出现在那本书里也没有定论，不过那可能是娜塔莉·施灵在发现了菲利普·施灵的恶行之后出于对自身安危的担忧才藏在那里的。警方的猜想是施灵在杀死朱迪母亲之后教唆自己未成年的儿子亚当主动承认这是一场意外。也许甚至连亚当自己也相信母亲的去世就是一场意外，至少最初是这样的。不管事情的经过是怎样的，亚当为他的父亲杀人并竭力掩盖他的父亲对女孩的畸形迷恋。那天，亚当在树林里对那场意外的坦白触发了他人生的阴暗面。

"好莱坞一直在联系我。"朱迪对尤赖厄说，"他们想把我的故事拍成电影。"

"你愿意？"

她轻轻地摇了摇头，视线始终跟随猫的脚步。"不愿意。我不想把过去搬上荧幕，也不想电影出来之后体验一把'昨日重现'。"

"假如你同意了，他们会找谁来演你呢？"

她轻轻地笑了笑。"想不出来。"

"更重要的是谁会来演我。他们得找一个特别帅气的男演员才行。"

现在，这样的对话已经成为日常。他们经常互开玩笑。她似乎正在逐步找回从前的幽默感，尤赖厄的呵护可能也是这种改变的原因之一。

"我不明白州长为什么不直接在地窖里杀掉奥特塔维娅。如果他杀了奥特塔维娅，再带走最后一本日记，我们可能永远都会认为这一切都是亚当干的。"

"我觉得奥特塔维娅是那群女孩里他最在乎的那个。"朱迪说道，"想想她在地窖里待了多久。"奥特塔维娅尽全力将他刻画成自己故事中的英雄。他读过奥特塔维娅所有的日记并且深深地爱上了这个女孩。现在，这个可怜的女孩非常想念他。她的眼神说明了一切。

那只猫跳下树枝，落到屋顶。"它来了。"朱迪低声说道。

它看起来十分消瘦，半边脸是肿起的，浅黄色的被毛结成一片、毫无光泽。它将身子贴近地面，快速蹿过屋顶，然后突然停下脚步，一动不动；片刻之后，它再度启动，挪着步子一点一点接近那个陷阱。饥饿让这些野兽学会了孤注一掷。

这一定没用。

这一点没……

尤赖厄猛地扯了长绳一下,篮子立刻落下,罩住了那只猫。

因为手臂被悬带缠住无法动弹,朱迪冲了过去一脚踩住篮子,不给那只野猫一丝逃脱的机会。

尤赖厄拿出从楼下的新房客——一位老妇人那儿借来的软面宠物笼,带上皮手套,然后冲朱迪点了点头。朱迪提起篮子的同时尤赖厄伸手抓住了猫的后颈。经历了一阵挣扎、乱刨、炸毛后,那只猫最终发出了几声惨叫。尤赖厄将它放进笼子后,朱迪拉上了笼子门。

尤赖厄站起身子,把脱下的手套扔向一边,一副曲棍球运动员准备开架的架势。他用手背掸走 T 恤上的猫毛。"你可能遇到了一个不小的麻烦。"

"也许只是因为它的性子太野了。"

那个笼子不停地晃动。尤赖厄打量了一番,说道:"你再等等,不过我觉得它会适应的。"

他的语气就像朱迪打算一直守在这里,直到问题解决。

她的自我怀疑已经减轻了许多,尤其是当她发现自己并没有错怪她的父亲之后。从现在起,她决定不再忽略自己的直觉,她会尝试倾听。她想给自己的直觉写一封道歉信。她是一个好警察。现在,她终于确信这一点。

尤赖厄穿过屋顶,举起笼子,朝里面看了看。他背对着朱迪问道:"你怎么打算?要回来吗?"

他指的是回凶案组工作。朱迪之前的职位目前仍然空缺,格兰特·王被逮捕的同时也被免职,因此警局还有一个空缺的职位。奥尔特加正在组织面试,但是距离新职员正式上任可能仍需不少的时间。

朱迪心里清楚最好的选择是收拾行李离开这里,在一座无论漫步到哪个街角也不会唤起过去的城市重新开始。但是她发现自己止不住地在想这里的未来。诚然,这里的未来将不可避免地伴随着路人的注视和议论,但有些时候,这并不是一件坏事,这意味着他们知道她的过去,这意味着她无需再多作解释或隐瞒,她在明尼阿波利斯有过属于自己的艰难期。

艰难。这个字听起来太过轻松。但是朱迪开始觉得自己交到了一些值得信赖的朋友:艾娃、奥尔特加局长,还有尤赖厄。艾娃希望朱迪可以每个月来看望奥特塔维娅几次。她们有着相似的遭遇,所以她们之间多相处相处对两人都有好处。她们不必分享被绑时的遭遇,只是一起出去、到处逛逛。

朱迪看向尤赖厄。他提着宠物笼,一边哄逗一边端详那只猫的反应。它发出喵喵的叫声,尾音的起伏带有一种欢快的气息。

尤赖厄看起来欲言又止,他不确定自己是否应该说出口。犹豫之中,他放下了手中的笼子。"你不会做傻事吧?"比如自残?自杀?尤赖厄的心思逃不出朱迪的眼睛,她突然明白尤赖厄为什么坚持让她收留那只猫。

她不知道怎么回答这个问题。既然一切都结束了:汉弗莱·萨拉查、她的哥哥和她的父亲都已经死了;她母亲的凶杀案已经水落石出;奥特塔维娅已经找到。朱迪寻求正义和真相的专注力和动力都已经不复存在,她还有什么继续活下去的理由?她还有什么方法,可以用来消除记忆中的恐惧?

"有三个场景我至今都只见过一次。"尤赖厄逆光中眯起眼睛,"刚过膝盖的浓雾,我踢它的时候,它会旋转;一端落在街道上的彩虹，那条街道就在我的面前；还有兔子跳舞。你听过兔子跳舞吗？"

"没有。"

"这种现象通常发生在半夜。几百只兔子聚集在一块空地上，看起来像在迎着月光跳舞。我不知道该怎么描述，那个画面让我觉得奇怪，但是这种奇怪是以一种积极的方式呈现出来的。当那些令人惊叹的事物出现在我面前的时候，我并不知道那一刻或许是我一生中第一次也是最后一次见证它们的存在。我是说那些事物，那些随机的、疯狂的、与你所做的决定、与你的过去或未来统统毫无联系的惊喜可能值得你为之停留。"

街道上传来了汽车的关门声和新房客的说话声。很可能在几天前，朱迪就已经下意识做出了决定。"我决定回凶案组。"她会回去，而且她再也不会刻意掩盖自己能够解读旁人的能力，相反，她会努力提高这种能力。

"那猫呢？"他的言下之意是我需要担心你吗？

"如果我决定把它留在身边，那么我们得去买猫砂和垃圾桶。"

尤赖厄笑了笑，从舌头上捏起一根黄色的猫毛。

图书在版编目（CIP）数据

人体解读师/（美）安娜·弗雷泽著；陈罗皓，肖维青译.
-- 上海：上海文艺出版社，2019.8
（血手印系列）
ISBN 978-7-5321-7211-5
Ⅰ.①人… Ⅱ.①安… ②陈… ③肖… Ⅲ.①长篇小说—美国—现代 Ⅳ.①I712.45
中国版本图书馆CIP数据核字(2019)第144216号

Copyright ©2016 by Anne Frasier
All rights reserved.
This edition made possible under a license arrangement originating with Amazon Publishing, www.apub.com.
Simplified Chinese edition copyright:
2019 SHANGHAI LITERATURE AND ART PUBLISHING HOUSE

著作权合同登记图字：09-2017-823

书　　名：人体解读师
作　　者：（美）安娜·弗雷泽
译　　者：陈罗皓 肖维青
出　　版：上海世纪出版集团　上海文艺出版社
地　　址：上海绍兴路7号　200020
发　　行：上海文艺出版社发行中心发行
　　　　　上海市绍兴路50号　200020　www.ewen.co
印　　刷：上海盛通时代印刷有限公司
开　　本：890×1240　1/32
印　　张：11.25
插　　页：2
字　　数：197,000
印　　次：2019年8月第1版 2019年8月第1次印刷
I S B N：978-7-5321-7211-5/I.5749
定　　价：49.00元
告 读 者：如发现本书有质量问题请与印刷厂质量科联系　T: 021-37910000